史上第一混亂

卷五 水滸決鬥

張小花——著

目錄

Contents

第一章

現代版武松

盧俊義越眾而出：

「這位兄弟，你說你不是武松，那你姓什麼叫什麼？」

「武松」道：「我叫方鎮江！」

如果說兩個人長得相似，但絕不可能連胎記也一模一樣。

再說，在現代怎麼可能有人能和武松練成一樣的功夫？

我之所以沒有留下來吃飯，是因為我發現外面公路上車流開始增加，結果我剛把車頭調過來就接到李師師的電話，她興奮得幾乎是尖叫說：「表哥，金少炎忽然又要繼續拍那部戲了。」

「啊？這麼快。」我想不到太后還是個急性子，這才不到十分鐘她老人家就下通牒了。

李師師說：「只不過他要求見我們一面。」

「我們？」

「就是我和你呀。」

我說：「他要拍就拍，見我幹什麼？」

李師師道：「你說他會不會是想起什麼來了？」

我篤定地說：「不會——你們約在哪兒了？」我不想讓李師師再失望了，而且我也挺好奇金一要對我說什麼。

他們約的地方是一個名流茶吧，按李師師交代的那個地址，我把車遠遠的停在了對面，我可不想再幹凱撒門口那樣丟人的事情了。

進去以後，我在侍應的帶領下走向金少炎和李師師坐的雅間，遠遠看去仍舊是俊男美女一對，但是兩個人顯得有些冷場，金少炎閒雅地品著茶，李師師用兩隻手的食指無聊地挪著杯墊。

當我走到他們跟前的時候，金少炎抬起頭來，淡淡地看了我一眼，然後忽然露出一絲玩味的笑。

我就知道今天的談話不會出現我想要的結局，掛在金少炎嘴邊那抹笑意思很明顯，是嘲弄和蔑視，就像一個人看見一條以前咬過自己一口的癩皮狗一樣，雖然我現在在人前也是有身分的，開著自己的酒吧，管理著學校，某些業內人士甚至還知道我是散打王……但這一切在豪門金少爺眼裡都是零，沒有意義，小強永遠是小強，那個街頭混混。

但他還是站起身，假笑著跟我握手，還自以為豁達地開了一個玩笑：「怎麼強哥，不知道該怎麼稱呼我了嗎，你可以像別人一樣叫我金先生，不過我希望你能叫我少炎。」

我起了一身雞皮疙瘩，以前的金少炎看不起你會表現在臉上，肯定不會假惺惺的表演，他居然能那麼輕易地就叫我強哥，也就是說，這小子比金一更不是人了！

我冷冷地說：「坐吧金總。」

金少炎臉上的笑凝固了一下，他大概是沒想到我反而拿起了架子。但他很快恢復了鎮定，我們坐下以後，他開門見山地說：「以前我們就差點有合作的機會，今天把兩位找來，還是為了合約的事，我決定繼續拍那部《李師師傳奇》。」

我淡淡地說：「好事啊。」

李師師悄悄拉了我一下，然後把那張十五萬的支票擺在金少炎面前。

金少炎看了一眼那張支票，問李師師：「這是……」

「這是違約金，既然又要開機，這錢還給你。」

金少炎並沒有把它收回去，而是扯開了話題，他說：「說起這部《李師師傳奇》，我的副總跟我說，六月份是我特意簽了字，讓人著手去辦的，可奇怪的是，我一點印象也沒有。」

我和李師師對視一眼，都搖頭苦笑，也不知道該說金二是未雨綢繆還是賊心不死，居然硬是利用自己的身分留下了蛛絲馬跡來提醒自己去找李師師。至於他是怎麼做到的，那很簡單，只要趁金一不在的時候潛入辦公室，甚至給秘書打個電話就ＯＫ了。

金少炎說：「剛才我又把這部戲的劇本和專家意見看了一下，這是一部肯定要賠錢的戲，毫無賣點，簡直像是早期的黑白片。」

李師師忍不住問：「那你為什麼改變主意了？」

金少炎意味深長地看了我一眼，說：「因為我的祖母剛才突然給我打電話，說想看一部叫《李師師傳奇》的電影，真是奇怪，她以前不光不看電影，甚至連電話都不用的。」

金少炎突然面向我說：「蕭先生，不管我們以前有什麼恩怨，那是你和我之間的事情，我不希望你再去騷擾她老人家。」

看著他灼灼的目光，我只有苦笑，畢竟這小子在不明白事實的情況下還是孝心難得，我只好點點頭。

「至於這個……」金少炎把那張支票推回到我們面前，說：「合約我們可以另簽，這筆錢就當我替我祖母對二位表示感謝之意。」

他這個舉動徹底激怒了我，他的意思很明顯，是把我們當成了投機取巧的小混混，現在他見我傍上了金老太后，分明是想拿錢買消停，有打發要飯的意思。

我在嘴上叼了根菸，默不作聲地拿起那張支票，然後在金少炎勝利的微笑中，用著了火的支票把菸點著……

金少炎愕然變色，猛地站起身，最後冷冷一笑，對李師師說了聲「我會再聯繫你的」，就頭也不回地走了出去。

李師師呆呆地看著他的背影，良久才回過頭，詫異地問：「表哥你哭什麼？」

我擦著眼淚說：「拿支票點菸太熏眼睛了！」

李師師瞪了我一眼，有點茫然若失地說：「他真的和以前不一樣了。」

我說：「是呀，他以前喜歡酸溜溜地盯著你的眼睛，現在卻只知道色瞇瞇地看你的胸部，雖然還是很想和你上床，但意思完全不一樣了。」

李師師早已對我的話免疫了，鬱悶地說：「你什麼時候才能像個君子呢？」

我翹起蘭花指捏著杯子，拿腔拿調地說：「那孫子把茶錢結了嗎？」

我不再開玩笑，說：「你還打算去拍那部戲嗎？」

李師師：「……」

李師師想都沒想地說：「為什麼不去？」

我嘆氣道：「現在的金少炎完全成了一個生意人，而且對我們有著很深的誤會，這種情形下，真不知道他會不會故意整你。」

李師師自然地說：「我只要做好自己的本分就是了。」

我皺著眉，沉默不語。

李師師小心地問我：「表哥，你在想什麼？」

我把那張燒得只剩半張的支票攤開，凝神道：「你說我們拿這個去銀行換七萬五，他們會不會給我們？」

李師師：「……」

第二天，金少炎果然說到做到，有人主動聯繫李師師，《李師師傳奇》很快開機了。

但是從李師師緊蹙的眉頭和她經常回家來看，劇組肯定是個草台班子，本來就很有限的投資現在又被縮減了一半，閣樓和內景都是木板搭起來的，外景多取自本地公園，經常在鏡頭裡突兀地出現一個侍從，那是為了擋住身後的垃圾筒或者是草坪上的噴水管，金少炎根本就是在存心噁心人。

要依著我的想法，早跟他翻臉了，可惜李師師不是我，拍的片子也不是《小強傳奇》，李師師仍然像君子那樣竭力做好自己的本分，哪怕是坐在髒兮兮的石墩上回首嫣然，都力求完美。

這天，我接到學校的電話，是好漢們打來的，說是八大天王那邊又下戰書了，我趕到學校，好漢們已經集合完畢。

戰書是透過新裝的傳真機發過來的，內容很簡單，上面只有「王寅」的名字和一個地址，時間是兩天以後，後面的附言寫著：

「小強與各位梁山好漢敬啟，目前這個階段的比試主要是處理你們和八大天王之間的恩怨，西楚霸王縱猛，和方臘沒有任何瓜葛，『關公戰秦瓊』的事以後最好不要出現，否則你們梁山即便有小李廣小溫侯，我也不難找到飛將軍和呂布，那就亂之極矣，望慎之。」

就是這個附言徹底激怒了好漢們，他們認為這是對方在嘲笑他們梁山無人，只能仰項羽鼻息，所以這次他們絕對不允許任何外人插手，而且請戰特別踴躍。

一向脾氣甚好的李雲臉紅脖子粗地趴在盧俊義和吳用的桌子前，要求一定由他出戰，這倒是可以理解，當年李雲就是慘死在王寅槍下的。但是李雲功夫雖然不弱，要和王寅交手卻只能是白白送死，所以好漢們也不附和他，只有幾個人苦勸。

我把林沖拉在一邊問：「這個王寅功夫真的很厲害嗎？」

林沖凝重道：「此人胯下『轉山飛』，掌中點鋼槍，是方臘手下獨一無二的猛將，尤勝當年的史文恭，而且受過高人的指點，步下的拳腳也不輸給任何人。」

林沖環視了一周，道：「還是我去對付他吧，我同他步下比槍，總不能叫他得了好處去。」

這次來的人裡，他功夫是首屈一指的，但大家都心知肚明，那僅僅是馬上的功夫，讓一個馬上的大將和人在地上比拳腳，完全不是那麼一回事，但是，目前這個情形又沒有別的更好的法子。

就在一干人愁雲慘霧的時候，坐在窗口的張清忽道：「嘿，外邊有人打架。」

土匪們都是愛看熱鬧的人，一聽，呼啦一下都圍在窗邊，只見遠處的工地上，兩幫工人為了搶活幹打了起來。育才現在每天送到的原料有幾百噸，吸引著幾乎全市扛活的都往這跑，人多貨少，當然不夠分的，這兩夥人就是因為這個打起來的。

可是這兩幫人，其中的一夥非常奇怪，對方集體撲了上來，他們反而一起向後退開，讓出當中一條精猛的漢子，這人濃眉大眼，胳膊上筋肉虯結，穿著的工人褲高高挽起，露出小腿上濃密的腿毛。

這漢子笑模笑樣地看著對方十幾個人衝過來，等到了近前，他一伏身，使一個掃堂腿，對方劈里啪啦便倒下幾個，只見他再一長身，隨手提住兩個人的領子往後一推，這倆人一路踉蹌跌了過去。

這漢子拳腳起落處，對方準有一兩人跌倒或摔跟頭，根本沒有一合之將，他身後的工友們都笑瞇瞇地抱著肩膀看著，好像早知道他身手了得，所以沒人上前幫忙。

這漢子出手也很有分寸，都是把人推開或絆倒就算，對方十幾個人全摔得灰頭土臉，卻也沒人受傷。

這漢子見沒人上來挑戰了，笑呵呵地說：「哥們對不住啦，大家都是受苦人不容易，不過我們大老遠來了，你們就當讓給兄弟一回，下次再碰上我們也發揚風格。」

他這揚臉一說話，五官清晰地露了出來。張清開始還瞇著眼欣賞他的身手，這時忽然驚叫一聲：「武松兄弟！」說完也不管別人，抹頭便往外邊跑。

其他人經他這麼一喊，都使勁貼在玻璃上看著，紛紛嚷道：「就是他！」說罷，走門的走門，跳窗的跳窗，一窩蜂似的衝了過去。

我只覺身邊颼颼生風，一眨眼就空無一人，連吳用都從窗戶跳出去了。

「武松」剛把那撥人打跑，忽見從四面八方又殺出四五十號人，苦著臉道：「媽的，今天搶活的人這麼多？」

最先搶到他身邊的當然是戴宗，戴宗本來是想跟「武松」親熱一下，卻見他大巴掌毫不客氣照胸脯推過來，他哧溜一擰身，間不容髮地繞到「武松」背後去了。

第二個到的是比別人先跑一步的張清。他一把抓住「武松」的那隻手就往懷裡帶，「武松」忙騰出另一隻手照著張清臉上拍去，誰知道這手還沒抬起來，已經被熱情洋溢的董平拿住，剛想抬腳踢人，腰間又被李逵死死箍住，後上來的好漢們紛紛把「武松」圍在當中，摟的摟抱的抱，都親熱地叫喊著，「武松」全身上下除了嘴，基本哪也動不了了。

他哭喪著臉朝身後的工友喊：「靠，這回跟咱們搶活的，都是武術協會下崗的。」

好漢們跟「武松」親熱完，張清問：「武松兄弟，你怎麼在這兒呀？」

「武松」這才看出這幫人不是跟他為難的，他揉著被張清和董平捏紫的手腕，茫然道：「什麼武松？」

扈三娘笑道：「武松兄弟，別鬧了，我們大夥都想你了。」

「武松」回頭問他的那幫工友：「這名字怎麼聽著那麼耳熟呢？」

他工友裡一個小個兒道：「是《水滸傳》裡那個吧？」

他們這麼一鬧，又圍上來幾個人，包括段天狼和寶金。我使個眼神問詢段天狼，他死死地盯著「武松」看了一會，篤定地朝我點點頭，看來不管這人是不是武松，確然是那天打傷他的那個。

「武松」的工友裡，一個四十歲上下的工人見引發了這麼大的動靜，笑道：「他要是武松，我就是方臘！」

「放你媽的屁！」寶金忽然衝到這人面前，一巴掌把他扇了個趔趄。

我早從寶金的言語中感覺到，他雖然豁達，但對方臘敬若天人，絕不允許有人褻瀆。見自己人受辱，「武松」勃然大怒，他一把勾住寶金的領子，大巴掌照他面門抽了過去，寶金用拳頭一架，兩人力量相當，「砰」的一聲各自彈開幾步。

寶金在後退的同時，大腳丫子飛旋起來踹了過去，「武松」一貓腰，任他的腿擱在自己肩頭，然後猛地一撩身形，寶金被頂得飛出老高，最後踉蹌站穩，沉聲道：「果然是你！」

「武松」也是勉強才站住腳跟，他打量著四周這許多的強人，大聲道：「你們到底是什麼人，想幹什麼？」

好漢們面面相覷，盧俊義越眾而出，和顏道：「這位兄弟，你既然說你不是武松，那你姓什麼叫什麼？」

「武松」道：「我叫方鎮江！」

我把吳用拉在一邊，悄悄問：「你覺得這人是武松嗎？」

吳用示意我順著他的目光看，只見方鎮江左胳膊上有一片明顯的黑斑，這是武松當年特有的。

如果說兩個人長得相似，功夫也練得差不多，但絕不可能連胎記也一模一樣。再說，在現代怎麼可能有人能和武松練成一樣的功夫？

本來是兄弟相認，現在竟弄得劍拔弩張，被寶金揍了一巴掌的「方臘」捂著臉，小聲跟方鎮江說：「鎮江，這活咱們不幹了吧？」

吳用忙跟我說：「不能放他走，先穩住他們再說。」

機巧的宋清快步走上前說：「剛才是跟大家開個玩笑，這裡的活還得麻煩各位，咱們的工錢可比一般工地都高。」

方鎮江和工友們聚在一起商量了一下，這才疑懼地看了我們一眼，勉強留下來。

在吳用的勸說下，好漢們一步三回頭，依依不捨地離開方鎮江，他們遠遠的坐成一圈看他和工友們幹活，卻是一籌莫展。

吳用琢磨了片刻，忽然把杜興叫在一邊耳語了幾句，杜興眼睛一亮，飛奔而去，不一會，他抱了兩罈酒來，走到方鎮江他們中間，說道：「剛才的事情真是不好意思，我請大家喝酒賠罪。」

那是整整兩罈冰鎮過的「五星杜松」酒——也就是當年的「三碗不過崗」，杜興率先把一個杯遞給方鎮江，為他滿滿倒了一杯，酒香遠遠的飄了過來。

看得出方鎮江是個貪酒的人，他隨意地招呼了幾聲同伴，就迫不及待地一飲而盡，末了嘆息著抹了抹嘴，忽然表情一滯，猛地低頭看著酒道：「這酒，這酒……」

杜興緊張地湊上前問道：「這酒怎麼了，是不是以前喝過的？」

「再給我來一杯！」

杜興趕緊給倒上，方鎮江又一口喝乾，這一次表情裡多了幾分確定，不等他說話，杜興又給他滿上一杯，就這樣十幾杯頃刻下肚。

方鎮江一屁股坐在地上，指著酒罈子道：「這酒……」

杜興緊張無比地說：「這酒怎麼了，你想起來沒？」

方鎮江醉醺醺地說：「這酒……比逆時光酒吧裡賣的好多了——」

杜興哭喪著臉走過來，頹然坐下道：「武松哥哥什麼也不記得了。」

我站起來問他們：「你們確定那就是武松？」

好漢們一起看看躺在太陽地下呼呼大睡的方鎮江，都點頭。

盧俊義淡淡笑道：「連那德懶樣子都和以前一模一樣。」

張清沉思道：「總得想個法子讓他記起自己是誰。」

杜興道：「要不找隻老虎給他打？」

張清搖頭道：「不行，動物園的老虎沒野性，你打牠就跟拿硫酸潑熊是一個性質，我看還是找到武大郎跟他說。」

董平道：「還是找到潘金蓮和西門慶比較容易激起他的回憶。」

扈三娘跺著腳叫道：「你們說點有用的行不行，有工夫找那些亂七八糟的人，早就想到辦法了。」

段景住指著遠處一個揀破爛的嘻嘻笑道：「三姐，我看那人倒有幾分像王矮虎，你去跟他說你是誰，他八成就想起你們上輩子是夫妻了。」好漢們哈哈大笑。

吳用站起正色道：「大家不要鬧了，現在當務之急是讓武松兄弟恢復記憶，我看跟王寅這一場拼鬥，還要著落在他身上。」

經他一說，好漢們想起強敵在前，都不禁為之一頓。

吳用轉過身對寶金拱拱手：「鄧國師……」

寶金道：「叫我寶金吧。」

「……好，這位寶金兄弟，我想知道你當初是怎麼回憶起以前的事情的，當然，我們雙方既然為敵，你不說也在情理之中。」

寶金大方地道：「沒什麼不能說的，我那天喝多了，睡到半夜發現床頭有杯水，我也沒多想，喝完就什麼都想起來了，古怪大概就出在那水裡了。」說到這，寶金嘆了口氣，「其實我寧願什麼也想不起來，還開開心心當我的工人。」

吳用凝神道：「也就是說那水裡下了一種特殊的藥。」他扭頭問安道全：「安神醫，你可能配出這種藥方？」

安道全搓手道：「聽都沒聽說過，我倒是能配那種人喝完就什麼都想不起來的藥。」

眾人一起向他投來鄙夷的目光。

吳用想了想，道：「看來這藥只有我們對頭手上有，想他也決計不會給我們。」

這時，方鎮江忽然一骨碌爬起來繼續幹活去了，他的腳步雖然還有些打晃，但是步步沉底，一百斤重的水泥，別的壯漢背兩袋就壓得氣喘吁吁，方鎮江每個胳肢窩夾兩包行走如飛。

張清納罕道：「可是他的功夫怎麼還在？」

吳用道：「最好能從他身邊的人那裡先瞭解些情況再說。」他指了指那個被寶金打了一巴掌的中年工人說：「那人好像跟他很熟。」

李逵叫道：「我去擒他過來！」

我一眼把他瞪回去，捏了包菸走到這人跟前，先給他遞了一根，道聲辛苦，這中年壯工忙討好地跟我笑了笑。

他臉膛曬成黑紅色，因為常年幹苦活，顯得比同齡人要老，看得出因為奔波的關係，他很善於和人閒聊。

我們走到一邊點上菸，我看著在工地上來來往往的方鎮江，他順著我目光看了一眼，笑道：「鎮江好後生，我兄弟。」

我打量了一下他的個頭，問：「不是親的吧？」

「呵呵，不是，我們受苦人在外邊混都這麼叫，彼此也跟親兄弟差不多。」

我說：「老哥貴姓？」

「我啊？姓王，仗著早出來幾年，他們都管我叫老王。」

我說：「王哥，鎮江是咱們本地人嗎？」

老王道：「是啊，我們一起幹了兩年了。你們怎麼對他那麼感興趣？」

老王往好漢那邊看了看，正掃見對他怒目橫眉的寶金，急忙下意識地往邊上站了站。

我隨口說：「就是看他功夫不錯，想跟他交個朋友。」

老王嗤笑一聲道：「他有什麼功夫呀，就是膀子有力氣。」

「他一直這麼能打嗎？」

老王撓了撓頭說：「你這麼一問，我也才發現這個問題，以前他雖然也打架，但是像這樣一個能擋一片，也是從前段時間才開始。」

我忙問：「從什麼時候？」

「那想不起來了，我們這樣的人，每天就操心掙個飯錢，誰有工夫管別人的事情？」

我問了半天一無所獲，結論就是方鎮江是又一個寶金，只不過他身上只覺醒功夫那一部分。

我把情況跟好漢們一說，林沖嘆道：「既然如此，後天的事還是我去吧，我們總不能讓一個不知道自己是誰的人代表梁山出戰。」

寶金看著方鎮江忙碌的身影，感慨道：「我倒是挺羨慕他，至少他知道自己只是方鎮江，是個苦力，所以他很快樂。」

扈三娘本來一直是不搭理寶金的，這時忍不住白了他一眼說：「你一個和尚怎麼那麼多愁善感呀？」

寶金苦惱地搖著頭說：「我也不想啊，可問題是兩輩子的記憶實在太煩人了，上輩子當和尚，每天不誦經睡不著；這輩子當工人，每天不聽崔健睡不著，現在倒好：每天晚上看著《金剛經》聽搖滾樂——我已經失眠一個禮拜了。」

不少人聽了都忍不住笑了起來。

最後好漢們就這樣離開了方鎮江，雖然他們有百分之九十九的把握那就是他們的武松兄弟。

晚上，有一個彆扭的席等著我去赴：金少炎請我和李師師吃飯。

上次談崩以後，我就沒再指望見到他，至於他為什麼忽然請我們吃飯，我是一頭霧水，只能猜測是金老太后做了工作，李師師的戲還在慘澹地拍著，並沒見金少炎有悔改的意思。

當我和李師師步入餐廳的時候，金少炎果然很不尋常地起立迎接，雖然只是象徵性地往前邁了一小步，但這已經說明他的誠意。

金少炎滿臉帶笑地給我們讓了座，開門見山地說：「今天請兩位來是喜事。」

我和李師師誰也不搭他的腔。金少炎只能乾笑著說：「我們決定對《李師師傳奇》追加五千萬的資金。」

李師師眼睛一亮，五千萬在國內來說不算小投資了，她忙問：「是真的嗎？」

金少炎微笑著說：「這還得歸功於王小姐精湛的演技，劇組拍出來的片子我和幾個影評人看過了，發現王小姐真是一個實力派演員，而不是……」

我插口道：「而不是那種一心想出名才纏著你的花瓶。」

李師師在桌子底下踢了我一腳，對金少炎嫣然道：「謝謝誇獎。」

金少炎說：「只不過劇情要稍微改動一下。」

李師師很認真地說：「哦，哪裡不合適了？」

金少炎道：「也不是不合適，故事情節其實沒有多大的改動，只是要加一些激情戲。」

李師師臉一紅，問：「那要加多少呢？」

金少炎道：「大概三十分鐘左右。」

我問李師師：「你們這部電影拍出來一共多長時間？」

李師師低著頭說：「不到八十分鐘。」

我豎起八根手指，往下彎了三根，問金少炎：「打算拍三級片？」

不等金少炎說話，我把那五根手指也彎下去，說：「乾脆這五十分鐘拍無碼，那三十分鐘送給你當前戲得了！」

金少炎知道我在諷刺他，看著李師師說：「王小姐的意思呢？」

李師師不看他的眼睛，紅著臉把玩著茶杯說：「我覺得以前那個劇本就很好。」

「以前那個劇本根本沒有賣點，我們決定追加投資就是借鑑了一些經典情色片的經驗，像《色戒》……」

我說：「人家李安拍A片也能叫藝術片，你找個二流導演拍，那只能叫色情片！再說，國內的電影審查制度你應該比我清楚，那三十分鐘的戲一刪就剩一集電視劇了，你看啊？」

金少炎道：「國內票房我們已經打算放棄了，我們可以期待國外的大獎嘛，金棕櫚、坎城，甚至是奧斯卡。」金少炎索性無視我，只問李師師：「王小姐？」

李師師依舊低著頭說：「可是我想拍的李師師，是想更多表現她愁苦顛簸的一生，至於別的……」

金少炎笑笑說：「我大概能理解王小姐的顧慮，很多女演員第一次拍戲，可能還有些保守的想法，這樣吧，部分鏡頭我們可以用替身，這下你該滿意了吧？」

「王小姐，我們已經做出了很大的讓步，我相信這部片子只要按照我們的設想完成的話，會對王小姐以後的演藝之路帶來很大的好處。」金少炎繼續遊說李師師說。

李師師淡淡地說：「我沒想過以後，我只想安心拍好這一部戲。」

金少炎逼問道：「那你的意思是同意了？」

李師師緩緩搖頭：「我只能答應忠實於這個人物，你說的那些我不會同意，你們可以不追加投資，讓我安靜地繼續把它拍完，可以嗎？」

金少炎莫名其妙地說：「你這是什麼意思，你別告訴我你是為了藝術才來拍戲的？」說著他先嗤的一聲笑了出來，表示這種事情即使是說出來都是很荒唐的。

李師師堅定地說：「我是為了我自己，為了李師師。」

金少炎攤手道：「對啊，你也知道我們不是在拍聖女貞德，李師師本來就是妓女嘛，你把她演得那麼偉大有什麼意義呢？你不能指望忙了一天的人們再用藝術的眼光去看電影，去欣賞你內心的哀淒，去分析這一個鏡頭轉換的深意，他們就是去看漂亮女人脫衣服的！」

他這番話連我都不禁偷偷點了點頭，看來金少炎深諳怎麼樣才能拍出一部賣座的電影！

李師師有些失控地用手拍著桌子說：「我不同意，不同意！」

我還是第一次見她這樣，可能是金少炎的話刺激到她了，尤其是前半句關於李師師身分的話。

金少炎靠在椅子裡，冷冷地說：「王小姐，公司可都是為了你的前程著想，事實上，我們一致覺得你有大紅的潛力，所以才決定花重金培養你……」

李師師打斷他道：「我不需要！」

金少炎一下把兩隻胳膊放在桌子上，湊近李師師，陰險地說：「按照合約，我方有權利對劇情進行適當修改。」

我在他湊上來的臉上噴了口煙，金少炎被嗆得連連揮手，咳嗽著坐了回去。我悠然道：「那也沒讓你把歷史片改成A片。」

金少炎終於忍不住捶著桌子說：「王小姐你何必呢，你現在拍的那個東西根本就是一堆垃圾，你以為拍出來會有人看嗎？我不知道你為什麼對李師師情有獨鍾，可是大家都知道她是個什麼樣的女人，你就算把文成公主和南丁格爾的事蹟安在她身上，李師師還是李師師——一個妓女。」

李師師霍然站起，把一杯茶水潑在金少炎臉上。做完這一切，她好像有點發呆，然後很快就冷靜了下來，黯然道：「好吧，我放棄，我宣布，從這一刻開始我退出拍攝。」

金少炎叫道：「不是你說不拍就不拍的，你付得起違約金嗎？這回可是五十萬——」

李師師扭頭看我，我朝她揮揮手：「表妹你先走，剩下的事我來處理。」從金少炎提出要拍激情戲的那一刻，我就料到了這種結果。

李師師走後，就剩我和金少炎大眼瞪小眼，我嘿嘿冷笑著，他則有點氣餒地垂下頭整理著衣服上的茶水。

我抽著菸說：「剛才那番話你應該早點說的。」

金少炎不禁道：「為什麼，早說她就不會潑我了？」

我說：「會，但是剛才的茶水還是燙的。」

金少炎嘆了口氣，繼續擦著身上的水，我忽然覺得他那種無可奈何的樣子很像金二，他的這個小動作讓我倍感親切。

金少炎抬起頭，恢復冷淡的樣子說：「蕭先生，你真的打算付那筆違約金嗎？」

我把菸按在菸灰缸裡掐滅：「明天，還是這個時候這個地方，我帶錢，你帶合約，有問題嗎？」

金少炎大概不習慣我用這種居高臨下的口氣跟他說話，愣了一下說：「沒問題……」

出了餐廳，我發現李師師在車旁等我，她抱著香肩，在原地慢慢徜徉，看樣子倒沒有傷心欲絕的樣子。

她看見我走來，衝我一笑：「你把我贖出來了？」

我知道她心裡還在難受，就打岔說：「你說我明天是給他現金還是支票？」

李師師微微笑道：「你總不會背著五十萬現金來吧？」

我忙說：「誒，你猜他會不會學我也拿支票點菸？」

李師師瞟我一眼道：「你以為誰都跟你一樣無聊呀？」

我點頭：「也是，人家君子才不會這麼幹。」

第二天，從早晨開始天就陰沉沉的，到了下午又刮大風，很有山雨欲來風滿樓的意思，我看時間差不多了，就披了件外衣去酒吧，我已經跟孫思欣打好招呼，讓他給我準備五十萬。

到了酒吧，孫思欣跟我打了聲招呼，說：「錢已經準備好了，咱們前半個月的流水正好五十萬，不過都是零的，強哥，你是要過戶還是要換成整的，我這就給你辦去。」

我說：「換……換什麼呀？你拿來我看。」

我忽然想到一個歹招，金少炎是缺那五十萬嗎？他分明就是想害我，他肯定知道五十萬對我來說不是一個小數目，他害我，我就噁心他！

孫思欣面有難色說：「……強哥，不好拿呀。」

我說：「別廢話，快點。」

孫思欣只好從保險櫃裡拿出一摞一摞皺巴巴的零錢，雖然都歸了類，但看上去七歪八翹的，面額從一百到五塊的都有，這些錢捆體積薄厚都各不相同，散發著那種舊書刊上才有的嗆鼻味道。

我看著也不禁失笑道：「五十萬這麼多？」

孫思欣捏著鼻子問：「強哥，要換嗎？」

我篤定地說：「換！一定要換！」我隨手把幾捆一百的票子扔給他，「都換成一塊的。」

孫思欣苦著臉整理那些錢，指著一個背對著我們喝酒的顧客跟我說：「哦對了，那位朋友知道你會來，一直在等你。」

我點點頭說：「你去吧。」我走到那人面前，他感覺有人來了，一抬頭我吃了一驚，來人竟然是厲天閏！

他見是我，二話沒說把一顆藍色，橄欖狀的小藥丸扔在桌子上，那顆藥彈了兩下才靜止住，在酒吧昏暗的環境裡散發著幽秘的光澤，我頓時感到一陣興奮和激動，抱著心口問：

「這難道……就是傳說中的偉哥？」

「這藥見水即溶，喝下去立馬見效，乾吃的話會慢一點。」厲天閏直截了當地說。

「能持續多長時間？」

「一輩子！」

我叫起來：「我靠，不會吧，那後半輩子難道一直挺著？」

厲天閏滿頭黑線：「蕭主任，別開玩笑了，你也應該知道這是什麼東西——這是能讓人恢復前世記憶的藥，武松的事，我們頭兒已經知道了，他願意給你們提供一顆這樣的藥好讓武松和王尚書做個了斷，他知道梁山在人手選派上出了問題，所以並不想占你們的便宜。」

我這才反應過來，小心翼翼地拿起那顆藥，湊到鼻子上聞了聞，有一股很特別的清香，讓人光是一聞之下就垂涎三尺。

我問道：「如果我吃了會怎麼樣？」

「會想起所有上輩子的事情，那就要看你上輩子是誰了。」

我嚴重懷疑我上輩子可能也是個混混，糟糕一點的，甚至是個奴才的角色，要是太監就完了，所以我還真沒有勇氣把它吃下去——再說這藥也不是給我的。

可這還是制止不了我有想把它吞下去的衝動，它實在太香了，我把它湊在鼻子上使勁聞著，厲天閏哼了聲說：「當初我剛見到它的時候跟你一樣，我們頭兒說，這藥裡加了一種很特殊的材料叫『誘惑草』，這個世界上只有他能培育，你現在聞到這種香味就是它散發出來的。」

「誘惑草？」

「是的，我們頭兒說一份記憶也代表著一份誘惑，故此命名。」

我又聞了一會兒，怕忍不住把它吃了，所以小心地揣進外衣的內側口袋裡。

我說：「跟梁山的恩怨你到底怎麼打算的，非得再把他們殺乾淨不行？」

厲天閏揉著額角說：「我自己也不知道，剛『醒』過來的時候就是覺得恨，結果碰上張順以後我才發現，三十多年沒殺人，已經有點下不去手了。你知道他並不是我的對手，可當時我滿腦子想的都是我女兒，你說我要殺了人她怎麼辦。」

我問：「那你後悔變回去了嗎？」

厲天閏又是那句話：「哎，這就是命。」然後他就抬起頭直勾勾地看著我，多次欲言又止。

我不知道他有什麼為難事要對我說，看樣子是很難啟齒，我只好掏出手機對他按了一排數字，結果在手機螢幕上看見一個碩大的電瓶……

我對他說：「你下次去育才我把電瓶還給你。」

厲天閏這才站起身來長長地舒了一口氣。

厲天閏一走，我馬上給好漢們打電話，告訴他們我已經有了讓武松恢復記憶的辦法，我現在就過去。

好漢們得到這個消息以後歡欣鼓舞，只不過方鎮江他們今天已經散工了，張清董平他們信誓旦旦地保證明天一定想辦法把方鎮江留住。

這時孫思欣提著沉沉的一袋子零錢回來了，我一看，換來的錢都是又破又爛，簡直讓人一看就要落下淚來。孫思欣真是個非常貼心的夥計，他大概猜出來我是要拿著這錢噁心人去的。

我看看時間差不多了，把錢扛著就出了門。

孫思欣跟在我後頭說：「強哥，要不要找倆人陪著你？」

「陪著我幹嘛？」我掂了掂肩膀上的麻袋說：「誰敢搶我，一麻袋掄過去不死也得重傷，這比板磚還好用呢。」

車開到半道上，天空一個響雷之後，豆大的雨點開始砸下來，等我到了餐廳門口，那雨水幾乎已經連成了線，我有心等會再進去，那雨卻絲毫沒有要停的意思，我只好把外衣套在頭上，扛著麻袋向餐廳大門衝過去。

結果我半隻腳剛邁進去，裡面的門童一隻手向我胸口推來，呵斥道：「收破爛到別處去！」

我把麻袋往他懷裡一摔，厲聲道：「老子拿錢砸死你！」

那門童被砸了一個趔趄，嚇得目瞪口呆，這時領班過來了，他昨天就見過我，陪著小心說：「蕭先生，金少已經在等你了。」說著瞪了那門童一眼，然後討好地要幫我拿麻袋，結果他搬著那麻袋走兩步就得歇一歇，像個臨盆的孕婦，這小白臉確實不中用。

我笑瞇瞇地說：「還是我來吧，給你錢你都拿不動。」

我扛起麻袋，遠遠的就看見了金少炎，我走過去把麻袋往旁邊的椅子上一放，發出通的一聲悶響，引得周圍的食客紛紛側目。

領班垂著手說：「蕭先生，我幫您把衣服拿到後面烘乾吧？」

我把外衣扔給他，大剌剌坐在金少炎對面，衝他嘿嘿一笑。

金少炎從老遠看見我這架勢就知道今天又栽了，他綠著臉，很快掏出那份證明解除合約的文書擺在我鼻子前說：「你要的東西我帶來了，你把錢給我，咱們兩清，各走各路吧。」

想跑？沒門！我把那份合約又推回去，拍著身邊的麻袋說：「先把錢點點吧！」

金少炎用兩隻手恭敬把合約放在我這邊：「不用點了，我信得過你！」

我揮揮手說：「我都信不過我自己，還是點點吧，省得以後你說我少給了。」

這時吃飯的人已經多了起來，而且因為外面下雨，很多原本要回家的人也改變了主意，臨時在這裡用餐，平時這裡的環境非常幽雅，但今天人頭攢動，簡直像個街邊大排檔，店家總不能往外趕人，忙得焦頭爛額。

金少炎又鄭重地把那份合約推過來，幾乎是帶著哭音說：「我真的相信你，絕不找後帳，我可以現在就給你簽一份保證書……」

「那成什麼話？還是當面兩清的好——五十萬是吧？」我從麻袋裡掏出一捆票子，大聲數，「一五一十十五二十……」

金少炎終於無助地癱在椅子裡，一副快要崩潰的樣子。

剛開始，我們的舉動並沒有引起多少人注意，當我把第十捆鈔票擺在桌上的時候，終於有人發現了，開始向這邊看著，大夥兒一起聽著我報數，整個大廳裡頓時安靜下來，只有我抑揚頓挫的點鈔聲：「七十五，八十，八十五，九十……」

點到一百的時候，我把那遝錢放拍在桌子上：「這是一千塊錢——」靠，我的右手大拇指數到快抽筋了。應該少換點零錢來著，這就叫自作孽不可活呀！

第二章

藍色小藥丸

那顆藍色的藥丸在桌子上滴溜溜地轉著，散發出神秘的光澤。
吳用擦了擦眼鏡，當他看清那顆藥時，激動地叫了起來，
「這是那種可以恢復記憶的藥！」
好漢們先是愣了一下，當他們明白這句話的含義時，
猛地爆出一陣歡呼。

經過一個多小時的清點，終於數到了五十萬！整個大廳響起了熱烈的掌聲。太神奇了，居然一毛錢都沒少。我把錢又都收進麻袋，這才把金少炎面前的兩份合約都揣起來，金少炎已經萎靡得不成樣子了。

我知道經歷過這件事情以後，我們絕不可能再打交道了，我把麻袋堆在他眼皮子底下，對他說：「我們以後不會再見面了。」

他抬頭看了我一眼，那委屈又無可奈何的眼神再次使我想起了金二，用小到只有自己才能聽見的聲音補充了一句，「兄弟——」

我離身而走，志得意滿，甚至有心待在車裡看金少炎是怎麼往外扛那袋子錢的。

回到家我又樂了一會，包子白了我一眼：「一個人傻笑什麼呢？」

我湊到她跟前神秘地說：「給你看個好東西！」

「什麼呀？」

「藥！」

包子臉微微一紅，往周圍看了看，小聲問：「男的吃的，還是女的吃的？」

我知道她誤會了我的意思，說：「不是春藥！」

「那是什麼？」

「誰吃誰知道——」說著我往胸口一摸，卻只摸到貼身穿的T恤，我頓時出了一身冷汗，那顆藥本來是放在外衣口袋裡的，而那件外衣，我忘在了餐廳裡！

丸了？」

我像隻被火燙了的猴子一樣跳起來，瘋了似的衝下樓去，包子在後面喊：「你嗑搖頭

我把車開得像隻發情的公牛，半個車頭幾乎開進了餐廳，正要開罵的門童一見是我，急忙緘口，我一把拉住他問：「你們領班呢？」

不等他回答，我已經看見了那個幫我烘衣服的領班，金少炎早已經走了，餐廳裡恢復了高雅的氣氛，我衝到領班跟前大聲問：「我的衣服呢？」

領班見是我，禮貌性地笑了笑說：「您的衣服已經烘乾了，剛才因為您走得很突然，所以沒來得及還給您。」

我長舒了一口氣：「把它給我吧。」

他很快就把那件外衣提了出來，我搶在手裡往內側口袋裡一摸——沒了，那顆藥徹底不見了蹤影。我又把別的口袋捏了一遍，只有一小遝還微微有些發潮的鈔票。

我急吼吼地說：「你們動過我的衣服嗎？」

領班不高興了，臉上雖然帶著笑，卻用很不友好的口氣說：「您說呢？我們這可是五星級服務標準，如果您不相信的話，還可以去看監控錄影。」

我知道他說的是實情，這種高級地方的領班就算知道客人衣服裡藏著核子武器按鈕也不會去動的，從兜裡的那卷錢看，可以排除這衣服被閒雜人碰過的情況。

領班忍不住問道：「您丟了什麼東西嗎？」

「哦，沒什麼，隨便問問，別多心。」我把那卷錢遞在他手裡，領班愕然道：「我們不收小費。」

「不是小費，剛才我進門的時候，把你們門口那個大花瓶給碰碎了。」

我失魂落魄地回到家，一直在想這個事情：那顆藥到底哪去了呢？

最合理的解釋就是它在我往餐廳裡跑的時候掉了，那藥並不比一顆膠囊大多少，而且外表光滑，很容易溜出去。

然而厲天閏的話讓我覺得還有第二種可能，他說這藥見水就溶，我記得當時我從停車的地方往餐廳裡跑的那段路，外衣就已經濕透了……

我手裡提著那件衣服呆呆坐著，連包子什麼時候把衣服接過去的都不知道，等我反應過來，她已經把它連同一大堆髒衣服都扔進了洗衣機，洗衣機剛轉了兩圈，就泛上大堆的黑沫子。

我突然一個激靈，把包子往臥室推：「剩下的活我幹吧，你看電視去……」

包子把後背貼在我手掌上，一邊回頭問：「你又做什麼對不起我的事了？」

洗衣機放在廚房裡，我朝外看了半天，見五人組各忙各的，這才踅回來，把裡面的髒衣服都扔在盆裡，然後望著一漾一漾的髒水發呆。

厲天閏還告訴過我，這藥一旦溶進水裡，人喝下去藥性特別快，幾乎是立竿見影，那麼如果那顆藥化在了那件衣服裡，其實並不算丟，只是狀態改變了而已。

本來如果包子沒有把它扔進洗衣機的話，我可以把那件衣服泡在臉盆裡，再把揉出來的水灌在啤酒瓶裡分幾次喝，但是現在不行了，你總不能把方鎮江叫到這來，指著一洗衣機的髒水說：你把這都喝了就想起你是武松了吧？

現在唯一的辦法就是由我先來試試這水的藥性如何，按厲天閏說的，藥效又強又快，那少喝一點是不是也能頂點用？哪怕想起三歲以前的事情也好啊，只要證明這東西還管用，我就要不惜一切代價讓方鎮江喝下去。

我舀了一碗黑水，還沒等喝就乾嘔起來，實在太噁心了，不光顏色像從臭水溝裡淘出來的，而且還散發著一股汗臭味，洗衣粉袋子上雖然寫著不傷手，可沒說不傷胃……

我剛捏著鼻子要喝——

「你幹什麼呢？」一個聲音近在咫尺地問。

我嚇了一跳，只見荊軻貼在牆上，用他那殺手特有的不知道是空洞還是堅定的目光看著我，另一個眼珠子在掃視著客廳。

我討好地衝他舉了舉碗，說：「軻子，來一碗不？好喝著呢。」我心說先讓二傻來幾碗，這樣雖然有點不厚道，但也是為他好，說不定他上輩子是管仲之類的明白人呢。

荊軻定定地看著我，忽然說：「我小時候認識一個傻子就是喝髒水喝死的。」說完他鄙夷地看了我一眼，揚長而去。

「……」

最後，我只好一狠心抱著碗就喝，剛喝兩口就全吐了！最後我只得放棄了這個打算。

當天晚上我迷迷糊糊地做了好多夢，只是在夢裡我無一例外地在找廁所——我喝壞肚子了。

第二天天氣非常不錯，可是我一點也開心不起來，昨天一晚上我跑了八回廁所，最重要的是我不知道該怎麼跟好漢們交代。

我到了學校，方鎮江已經被好漢們強拉到一間教室裡。

方鎮江見我進來了，笑著說：「這幫哥們把事都跟我說了，就等著你把我變成武松呢。」一看表情就知道他完全把這當成了一個笑話。

可好漢們不一樣，他們見到我，一起站起來，興奮得七嘴八舌嚷道：「小強，藥呢？」

我苦著臉攤攤手：「丟了。」

我把事情的經過講了一遍，說完，方鎮江愕然變色，騰地站起來：「兄弟們，你們不覺得這麼拿人逗悶子有點過了嗎？」說完便向門口走去。

好漢們誰也沒攔他，現在事情已經說不清了，再糾纏下去，方鎮江肯定得和我們翻臉。

段景住嘆道：「這一仗我們能不打嗎？直接給他一百萬好了。」

林沖修養雖好，還是氣得一拍桌子，但是想到段景住也是為他的安危著想，只得又坐了回去。

我苦笑道：「對方並不是為錢。」

已經走到門口的方鎮江忽然站住，問：「你們說什麼，還有錢拿？」

我說：「一局一百萬。」

方鎮江扭回身，皺著眉頭思索了一下道：「如果我能幫你們打贏這一架，能給我一半嗎？」

好漢們面面相覷，一個個臉色都不好看，不管方鎮江認不認他們，他們一直是把方鎮江當兄弟的，他們不願意看到昔日鐵一樣的漢子現在居然為了錢出賣自己。

方鎮江笑道：「看得出你們是一幫有錢的閒人，我猜你們在玩一個什麼遊戲，現在我想加入了。」

張清揮揮手說：「沒你的事了，你走吧。」

林沖終究是舊情難捨，他溫和地說：「這位方兄弟，我們說的話你雖然不信，但那都是真的，如果你是我們的武松兄弟，這一仗你可以打，但如果你是方鎮江，對不起，我們不能讓你參加。」

方鎮江道：「只要給我五十萬，別說武松，你們就算說我是隻蟈蟈也行。」

張清終於憤怒了，他使勁捶著桌子道：「你走吧，我們沒你這個兄弟了。」

方鎮江嘆了口氣，往門外走去。

吳用叫道：「且慢。」他用眼神掃了掃眾人，低聲說：「先讓他贏了這一場架再說，畢竟他是咱們梁山的人。」

張清董平他們本來想說什麼，但看看即將出戰的林沖，都嘆一聲又坐回去了。

吳用對方鎮江微微笑道：「那你現在就是我們的武松兄弟了。」

方鎮江道：「對，我就是武松了。」

扈三娘冷丁問道：「兄弟哪人啊？」

方鎮江一抱拳：「我乃陽穀縣人氏，姓武名松，綽號行者。」說罷有些得意道：「不用考了，咱哥們也看過水滸，從小就佩服武二郎。」

好漢們又互相看看，都不冷不熱地從方鎮江身邊走過，各幹各的去了。

吳用跟方鎮江說：「方兄弟，晚上的這場拼鬥你要全力而為，對方是不會手下留情的，一不小心很可能就會……」

方鎮江接過話頭道：「我明白，不就是打黑市拳嗎？把命搭上的都有，我有心理準備。」

吳用拍了拍他的肩膀說：「好，你去休息休息，咱們一會兒出發。」

方鎮江嘿嘿一笑道：「休息什麼，有這工夫，我還是多搬幾袋水泥來得實惠。」

吳用看著方鎮江的背影搖頭道：「他怎麼會變成這樣？」

我說：「畢竟是兩世為人……」

張順厲聲道：「狼永遠是狼，不會變成狗。」

對方把時間定在傍晚，地方是一處廢棄的工地，我們來之前只讓時遷進行了簡單的偵察，大家現在也都感覺出來了，對方好像並不屑於陰謀詭計，本來他在暗處，想玩陰的很方便，但他居然敢把那種恢復記憶的藥送給武松，肯定是有恃無恐。

我們這一行人裡，除了方鎮江和好漢們，寶金也跟來了，一路上，好漢們和寶金都有說有笑的，卻沒怎麼搭理方鎮江，我就不明白，喜歡錢就有那麼大罪過嗎？

不一會兒對方也來了，王寅是一個滿臉剽悍的漢子，他穿著一件吊式背心，把菸盒勒在背心帶子裡，如果不是那雙眼睛精光四射，跟普通粗豪的卡車司機沒什麼兩樣，厲天閏陪在他身邊，那個神秘的夜行人並沒有露面，隨行的還有一個扛著數位攝影機的斯文男人。

我朝厲天閏喊：「你們頭兒呢？」

厲天閏道：「沒來——」說著他指指那台攝影機，「他可以通過這個看見你們。」

我愣了一會才反應過來：「哇！還搞直播啊？」

王寅一直冷眼看著我們，他的目光裡閃爍著仇恨，他不怎麼搭理身邊的厲天閏，至於我們這邊的寶金——鄧元覺，更是瞧都沒瞧一眼。

這時他往外站了一大步，高聲喝問：「武松呢？」

方鎮江也邁出一步，大聲道：「喊屁啊你。」他雖然沒有覺醒成武松，但也不是好脾氣，而且當自己是來打黑市拳的，所以在氣勢上不願意輸給對方。

王寅上下打量著方鎮江，眸子裡爍爍放光，問道：「武松，聽說你以單臂擒我主方臘，我不相信，你說說當時的情景！」

方鎮江道：「哈哈，厲害吧，老子比楊過還猛。」說著，他回頭看了我們一眼，有點莫名其妙，他可能沒想到來打黑市拳還得背臺詞。

說完這句話，王寅、厲天閏，包括寶金，看方鎮江的眼神都有恨恨之意。我覺察出來，這些人雖然相互不和，但對方臘都是死心塌地的，只有那個斯文男人不動聲色地舉著攝影機拍著，我猜不出他是誰，但能來這裡做事的，肯定也不是一般人。

王寅冷哼一聲道：「武松，你當年為了保命，打死隻病貓，後來又為了貪圖享樂，不惜做了施恩的走狗，鴛鴦樓又濫殺無辜，你在我眼裡不過是跳梁小丑而已。」

好漢當中不少人頓時忍不住破口大罵起來。

方鎮江撓著癢癢道：「你說是什麼就什麼吧。」

王寅又道：「當年……」

方鎮江跺著腳道：「大哥，我們是來打拳的不是來討論劇情的，你廢話說完沒？」

王寅仰天打個哈哈：「好，想當年……」

方鎮江衝上來，一拳勾向王寅的下巴：「怎麼比個女人還囉嗦！」看得出那些不知所云的話讓這個建築工人頗為困擾和煩躁。

王寅想不到堂堂的武松竟會偷襲自己，往旁邊一閃，愕然道：「你……」

方鎮江乾脆不給他開口的機會，左一拳右一腳不停招呼，王寅閃過幾個照面，方鎮江又一拳打向他的胸脯，王寅再不躲閃，一條胳膊「呼」的探出去，直捏方鎮江的咽喉。

這一下要是對實了，王寅雖然難免受傷，但方鎮江肯定會命喪當場，好漢們不禁同時倒吸了一口冷氣。

方鎮江急忙抽身回走，王寅得理不讓人，雙拳抱團，奮力向方鎮江的後腦勺砸來，好漢們畢竟是同氣連枝，此刻都高聲提醒：武松兄弟，小心後面。

好在方鎮江不但繼承了武松的功夫，而且還有著豐富的打架經驗，他毫不猶豫地又衝前幾步，一個迴旋腳蹬了回來，王寅大喊一聲，腦袋照著方鎮江的胯下猛頂過來。這招看似像無賴招數，實則又陰又狠，方鎮江措手不及之下，只好雙手按住他的頭頂，兩腿高抬，像跳鞍馬那樣蹦到了他的身後，順勢在他頭上狠抓了一把。

這倆人，一個是大車司機，一個是工地上扛活的，雖然都有一身好武藝，但打起架來還是改不了野路子的習性。

好漢們看了一會，盧俊義、林沖之流都是連連搖頭，李逵、張清他們他們則是興高采烈大呼過癮。

這兩個人都是拳大腳長，在空地上打得砰砰作響，但是很快眾人就看出來，方鎮江出手雖猛，只求把人打趴下，王寅則是招招都往致命地方招呼，恨不得一下把對方挫骨揚灰。這也難怪，方鎮江只想要錢，王寅卻帶著一腔仇恨呢。

方鎮江當然也看出來了，一錯身的工夫，他往地上吐口口水，罵道：「靠，你他媽玩真的！」說著話，一把將背心從頭上拉下來，隨手挽了幾下，當成一把兵器一樣抽了過來。

那背心已經浸滿了他的汗水，加上他這一掄，居然在空中「嗚嗚」作響，王寅急忙退後。

林沖驚道：「束濕成棍！」果然，方鎮江捏著這件背心做成的武器逼得王寅連連躲避，我心想：這還是夏天穿的少，這要是寒冬臘月穿著軍大衣來，那方鎮江此刻手裡拿的豈不是頂一把青龍偃月刀？

方鎮江有了這條「背心棍」以後，就開始興高采烈地猛抽王寅，老王架了幾下，手都腫了。終於他咆哮一聲，不管不顧地撲了上來，方鎮江貓腰用臂彎在他腿上一摟，王寅飛腳蹬中他的肩頭，又借力向後飛去，方鎮江的肩膀上立刻鐵青一片，看樣子是受了不輕的傷，他脫手將背心往王寅臉上打去，王寅清喝一聲，手呈蛇嘴狀往這暗器上鑽了過來。

他這一下，估計就算是塊鐵板也得鑽穿了，區區衣服當然不在話下。但是他算錯一件事，正因為這暗器是一件衣服，所以它是會散開的，它從王寅鋼鐵一般的手臂上輕巧地滑過，蒙住了他的眼睛，方鎮江當然不會錯過這個機會，他躥上去，兩拳一腳結結實實打在王寅胸脯上，隨即接住正在下落的背心，抹著汗道：「見笑了，老哥。」

王寅向後跌出一溜跟頭，最後坐倒在地，他很快站起來，把嘴裡血沫子吐盡，還要繼續拼命。

「住手！」厲天閏拉住王寅，他手裡拿著電話貼在耳朵上，邊聽邊對王寅說：「頭兒說不要再打了，這一局我們認輸。」

王寅甩開厲天閏，邊咳嗽邊繼續向方鎮江走去：「他不是我的頭兒！」

厲天閏皺著眉頭聽電話裡說了什麼，他忽然再次把王寅拉住：「跟你打的那個人根本不是武松！」

「什麼？」王寅呆在當地，猶疑地盯著方鎮江，問道：「你究竟是誰？」

厲天閏把他拉在一邊，走上前跟我說：「我們頭兒看出來了，這位替你們出頭的兄弟就算是武松，肯定也沒吃那顆藥，現在……」

他從兜裡又掏出一顆跟昨天那種一模一樣的藥丸遞在我手裡，「再給你們一次機會，讓他真正變回去吧。」

我瞄了一眼那台攝影機的鏡頭，暗嘆這人眼光毒辣，他很可能從方鎮江的言談和動作上看出這還是一個在懵懂中的現代人，如果是真的武松，出手根本不會有顧慮。

這時方鎮江也正好找上我，一伸手：「這就算贏了吧，我的錢呢？」

厲天潤適時地把一張卡放在我手裡：「這是一百萬，密碼六個零。」

我說：「你那場還沒給呢！」

厲天閏非常尷尬，他聽了一會兒電話說：「下次給你。」

我把卡放在方鎮江手裡：「你都聽見了吧？」

方鎮江衝我舉了舉那卡：「那五十萬我會給你留下的。」

我把那顆藥托在手心裡問：「這藥你吃不吃？只要你吃了，就知道我們騙沒騙你了。」

方鎮江這時也忍不住仔細打量起那藥來，道：「說實話，在這之前我是一點也不信的，但是現在有些難說，最近奇怪的事太多了。」

好漢一起圍上來，紛紛叫嚷：「武松兄弟，別猶豫了，吃吧。」

方鎮江再次盯著那藥，眼裡閃過一絲光亮。

吳用排開眾人，上前說道：「武松兄弟，不要再顧慮了，我們這些人如果想害你，根本用不著給你吃毒藥。」

方鎮江終於伸手去拿那顆神秘的藥丸，我看到他的手有些發抖。

忽然，一隻強有力的大手抓住方鎮江的腕子，是寶金。

寶金直視著方鎮江的眼睛，一字一句說：「兄弟，你想好了，一旦吃下去，你就是兩個人了，你要面對的是兩世的回憶，你可能會迷失自己，就像我一樣！」

厲天閏聽他說完這句話，也露出了複雜的神情。好漢們這時也不再催促，靜等著武松做出抉擇。

方鎮江環視眾人一眼，終於放下了手，笑笑說：「這樣吧，我先相信你們說的話，從現在起，我就是你們的武松兄弟，但是這顆藥我先不吃，你們容我想想。」

王寅厲聲道：「武松，你要吃了這顆藥，你就是另外一個人了，我們還得來一場不死不休的決鬥，但在你沒吃它之前，我不會再為難你了。」

方鎮江掃了他一眼笑道：「老兄，我不是怕你，我還有一些事情需要處理。」說完，他衝好漢們一抱拳，「我知道你們瞧不起我，但既然大家已經是兄弟了，我就不妨直說，我老娘有眼病需要做手術，我妹妹要上大學，我現在需要錢！」

好漢們相互看看，均感後悔。

盧俊義越眾而出，對方鎮江道：「你先去幹自己的事，我和兄弟們都等著你。」

方鎮江呵呵一笑，就近抱了抱張清和林沖，然後把背心往肩上一搭，遠遠地去了。

武松走後，我神不知鬼不覺地把那顆藥攥在手裡，丟進褲兜，然後故意在那台攝影機前揮了揮雙手，說：「就這樣，散了吧。」

厲天閏邊聽電話裡的指示邊說：「各位留步，我們頭兒還有話說。」

好漢們回頭張望，厲天閏道：「我們頭兒的意思，咱們順便把下一場的人選定一下吧，我們這邊出龐萬春。」

寶金一聽，立刻問道：「老龐？在哪兒？」

這時，那個一直舉著攝影機的斯文男人忽然放下攝影機，朝寶金微微一笑。

寶金遲疑地盯著他看了半晌，忽然跑過去，一把抱住那個男人，叫道：「老龐，真的是你，你不認識我了？」

龐萬春輕聲笑道：「是你不認識我了。」

寶金拉著他的手說：「你完全變了樣了。」

好漢們這時也都辨出了此人，紛紛道：「果然是龐萬春！」

林沖在我耳邊道：「此人是方臘帳下的箭神，綽號小養由基，折了我們不少兄弟。」我沒想到大名鼎鼎的箭神居然看起來像個某服裝廠的小老闆，更難得的是他戾氣盡掩，難怪連一向跟他私交甚好的寶金也沒認出他來。

龐萬春向我們拱拱手：「五日之後我會帶著我的弓再來，各位選什麼武器請自便。」

張清叫道：「姓龐的不要囂張，你以為只有你會射箭？」

龐萬春幾乎是有點害羞地連連擺手：「沒那意思，不是只有我會射箭，是我只會射箭而已。」

張清道：「好，那我們就跟你比射箭，非讓你輸得心服口服不可！」

龐萬春笑道：「不必不必，大家各有所長，何必非要賭氣呢？」

這龐萬春雖然笑模笑樣的，說的每一句卻偏都那麼氣人，好漢中許多人受激不過，紛紛嚷起來：「我們就跟你比箭！」

龐萬春再不搭理眾好漢，拉著寶金的手道：「鄧大哥，多年不見，英姿依舊啊。」

寶金看看人進中年的龐萬春，嘿嘿笑道：「現在你比我大，走，我請你喝酒去。」

龐萬春詫異道：「你還喝酒？」

寶金一笑：「上輩子喝不成，這輩子可是好酒量。」

龐萬春尷尬道：「我上輩子一頓不喝也不成，這輩子沾酒就吐，我還是請你喝茶吧。」

寶金哼哼了一聲：「茶有什麼喝頭？」

兩個人又聊了一會，全無默契，最後寶金還是跟著我們回學校了。

走在半道上，段景住不禁問：「咱們真的要和龐萬春比射箭？」

張清乜斜著他道：「怎麼了？」

寶金插嘴道：「我說句話你們別不愛聽，單論射箭，你們沒一個是他對手，老龐百步之外能把蜻蜓嘴裡叼著的小蟲子射下來。」

好漢們你看看我，我看看你，都不說話了。

吳用問我：「小強，咱們這裡哪有能射箭的地方？」

我想了想說：「還沒聽說哪有射箭俱樂部——公園裡的行嗎？」

董平道：「只要有弓有箭就行，我還就不信了，咱也從小練過。」

我說：「那也得等明天，公園現在肯定是關門了。」

在回去的路上，我不停用手捏一下褲兜，那顆藥安安穩穩地待在裡面。

在龐萬春問題上，好漢們又犯了腦熱的毛病，我明白他們的意思，他們從對方的強項下手，是想徹底打滅對方的囂張氣焰，要是讓龐萬春跟時遷比輕功，或者跟蕭讓比書法，那贏了也不露臉。可是他們就不掂對掂對自己的斤兩！

現在一切都晚了，還是明天看情況再說吧。

晚上包子不知道看了一則什麼新聞，跟李師師倆人來那嗟嘆了半天，一問才知道，原來本市一家醫院裡，病床上躺著一個植物人，因為家境貧困無力供養，現在跟院方在協商掐氧氣管呢，現在這個事情鬧出了不小的動靜，甚至還引發了一場道德倫理什麼的討論。

我嗤之以鼻，我自己的事還愁不過來呢，就再沒注意。

今天又是一個好天氣，特別適合領著孩子去公園玩，再買點麵包香腸什麼的在草地上一吃，多幸福呀！要沒好漢們這些破事，我還真打算帶上包子和曹沖這麼幹來著，但是現在，公園是來了，只不過是五十多口，還都老大不小的，搞得路人紛紛側目：這是哪個鄉鎮企業的員工出遊呀？

我低著頭藏在好漢們中間，生怕被人認出來，好不容易把他們帶到射箭場。

說是射箭場，其實就是公園一個角落裡擺地攤的小買賣，十步開外的地方有六個靶子，涼棚的桿子上掛著幾把弓，以前來經常路過，好像從沒見有人玩。

我找了半天連個人也沒有，就喊了一嗓子，一個懶漢這才從旁邊賣冷飲的樹蔭下慢慢站起，懶洋洋問：「玩啊你們？」

我把五百塊錢扔在破桌子上，說：「我們包場。」

誰想這懶漢看了一眼那錢，慢悠悠地說：「你們這麼多人，這哪夠啊？」

「那你要多少？」

「我們這是按組算的，一組一百，三十箭。」

我不禁叫起來：「我靠，你這是訛人啊！」

漢子也不多說，斜眼看著我：「射不射啊？」他好像看出我們今天是非射這箭不可，所以獅子大開口。

我罵道：「射，射你一臉！」

懶漢見我口氣鬆動，笑道：「喲，那可不行，我是做正當生意的。」

我把那錢推給他：「先就這麼多錢，到數了再說。」

懶漢把錢收進口袋，馬上殷勤起來，他把一大把弓遞到我懷裡，一邊說：「其實這就算給你們優惠了，平時租弓也是另外收費的。」

董平迫不及待地接過一把弓，抱了一大捆箭，插在一號靶線前面的箭筒裡，他撥拉著掛箭的鐵鉤說：「你這是弓嗎，什麼玩意啊？」

懶漢笑道：「瞧這位大哥說的，現在不都是這種複合材料做的弓嗎，那你想要什麼樣的，竹子做的？」

董平擺擺手，忽然見牆上寫著：「射中十環獎勵五十塊。」

董平問：「射中真的給嗎？」

懶漢臉上浮現出一絲狡黠的笑，道：「沒問題，肯定兌現！」

董平拈起一根箭，搭個滿弦，騰地一聲，那箭深入標靶，箭尾突突直顫，只不過射中的地方卻是個八環。

懶漢驚道：「喲，這大哥練過吧？平常人弓都拉不滿。」

董平懊惱地直搖頭，道：「這弓不好使。」他又拿起一根箭射出去，這次差得更遠了，只中了個六環。

林沖和阮家兄弟等人紛紛拿過弓來，分站幾個靶子外，一陣猛射後，卻是誰也沒射正紅心。

要說這些將領都是弓馬嫻熟，要是讓他們拿用順手的弓射，十多步距離中個滿環也並不難，但是這遊樂場裡的弓做得太不考究，根本就是給人瞎起鬨用的，要那麼準很難。幾輪下來，別說紅心，連個九環都沒有，到最後索性就當成遊戲玩，連蕭讓金大堅他們都上去射了兩下。

董平把弓遞到我手裡說：「小強，你也玩吧。」

我左手捏弓，把右胳膊掄了掄，攥了根箭搭在弦上一拉，才感覺到這弓根本不穩，好像自己要往前跑似的，與此同時，拿箭的右手一滑，那箭就自己飛出去了，我這才知道別說拉個滿弓，就連把箭拿穩都很難。

那根箭歪歪斜斜飄飄搖搖地趴在了靶子上，居然正中紅心！

好漢們並不知道是誰射的，只是見終於有人中了頭彩，頓時歡聲雷動，我更是興奮地拉住懶漢的肩膀大喊：「給錢，給錢！」

懶漢剛把頭回過來，一陣微風拂動，那根箭……它居然被吹掉了。

懶漢看看空空如也的靶子，扒拉開我的手：「給什麼錢？」

張清惱羞成怒，抓起根箭往對面一丟，正中靶心，道：「快給錢。」

懶漢悠然道：「用手扔的不算。」

「憑什麼不算？」

懶漢嘿嘿笑道：「幹啥有幹啥的規矩，騎上摩托跑馬拉松，開著飛機跟人比跳高，那不是作弊嗎？」

雖然他這也屬於歪理，但我們還真不好辯駁，最後只能是一個個垂頭喪氣地離開了那裡。

懶漢在我們背後戀戀不捨地喊：「哥們們常來呀，射中十環給五十塊錢，永遠兌現……」

那天射箭花了兩千多塊，臨走時，我看了一眼我們留下的靶子，真可以用慘不忍睹來形容，除了董平林沖幾個人靶上有箭，其他人的靶子顯得格外乾淨，箭全射在草牆上了，就好像有人站在靶子前擋過似的。

我們回到學校，佟媛不滿地拉著扈三娘說：「你們每天幹什麼呢？不好好教課淨瘋跑，當初說的是要我過來幫你忙，現在你連人影也不見了。」可是抱怨歸抱怨，一幫小女孩被佟媛教得有模有樣的。

好漢們經常見不到人這個問題，好在我有先見之明，把程豐收段天狼他們都留下了，要不然非放了羊不可。

還有，我發現我們一直被對方牽著鼻子走，八大天王除了寶金還有五個呢，過幾天就來這麼一場，什麼時候是個頭啊？另外，就算把八大天王全打完又能怎麼樣？他只要手裡有藥，今天變個李元霸，明天弄來個秦叔寶，這麼一直打下去，用不了三兩年，哪裡要拍古裝戲，臨時演員就不用愁沒人了……

我和好漢們都苦著臉走進階梯教室。

今天是給老校區裝電視的日子，我們進來的時候工人剛幹完活，他們把遙控器遞給最後進門的段景住，說讓他試試就走了。段景住就坐在最後的桌子上，把電視都調成靜音狀態，一個台一個台換著看。

盧俊義最先發言了，他凝重地說：「我看和龐萬春比箭的話，我們的勝算並不大。」大家心裡都明白，這個「並不大」其實還是含蓄的說法了。

吳用見眾人臉上下不來，扶扶眼鏡說：「其實我們未必非得和他鬥箭，他自己不是都說了嗎？」

董平用手點著桌子道：「他這話是欺我梁山無人吶！」

我心說：照這麼看，你們梁山確實有點無人，第一場是項羽打的，第二場狗屎運，碰上半覺醒的武松了，這第三場怎麼辦?!

李逵叫道：「乾脆讓俺鐵牛衝去剁了他。」

吳用搖頭道：「你近不了他的身，再說，就算你得逞了也不光彩。」

這時張清和歐鵬一起搶身道：「我去！」張清「沒羽箭」那是大名鼎鼎，歐鵬也善打暗器，眾人見這二人報名，都是眼前一亮。

林沖輕輕拍了一下桌子：「兩位兄弟坐下，徒手畢竟不能和弓箭相比，龐萬春一旦和你們拉開距離，那你們就連一點機會也沒了。」

大夥想到這一步，又是一片黯淡。

就在這時，只聽後面的段景住死命拍著大腿叫道：「花榮，花榮兄弟！」

好漢們臉色頓時變得格外難看，幾個人呵斥道：「閉嘴！」

其實龐萬春一出場，花榮這個名字早就被好漢們默默念叨了無數遍了，只是小李廣並不在此，徒說無益，反添傷感，所以眾人竟然很默契地誰也沒有提起，這時段景住一喊，好漢們都不禁勃然。

誰料段景住不但不住口，反倒指著電視更亢奮地喊了起來：

「花榮……花榮哥哥上電視了！」

段景住這麼一喊，大家紛紛把目光投向電視，靜音狀態下的畫面裡，一個俊朗得讓所有男人都嫉妒的年輕人躺在病床上，一動不動。段景住說的大概就是這人，他總不會指的是旁邊那個哭得很傷心的清秀女孩吧？

我掃了一眼電視，再看好漢們，發現他們不知什麼時候已經集體石化了，我明白了，就算電視上那小夥兒不是花榮，至少跟花榮長得一模一樣。我這時才反應過來，衝段景住大喝一聲：「開聲音！」

真是當局者迷，我這一喊，眾人才跟著叫起來：「對對對，快開聲音。」

段景住把聲音開到最大，只聽到最後一句：「……的家屬已於今日和院方簽定了免責協議，醫院將於廿四小時後中斷一切給養……我市鋼鐵廠業績又創新高……」原來是重播昨天的新聞。

好漢們見花榮一閃而過都面面相覷，同時問：「怎麼回事？」

開始我也在雲霧裡，突然想起包子昨天晚上跟我說的那則新聞，我猛地一拍桌子：「我明白了，花榮就是那個植物人啊！」

好漢們齊聲問：「什麼意思？」

我跳在凳子上說：「安神醫，你還記不記得你說過有一種藥，人吃了以後除了會喘氣，什麼都不知道了，花榮兄弟現在就是這樣。」

安道全說：「那時候的人就跟死人一樣啊。」

我說：「對。」

好漢們又一起問：「那怎麼辦？」

我胸有成竹地說：「你們先別急，剛才新聞裡顯示的是中心醫院吧？我先問問那裡住院的老張是什麼情況。」

我把電話撥過去先問了老張好，然後問他們醫院的植物人，老張告訴我，這事在醫院早就人盡皆知了。原來那小夥子叫冉冬夜，是郵局送信的，平時喜歡養鴿子，他的傷就是去看建在二樓的鴿棚時摔下來造成的。

老張說，他從醫生那打聽到冉冬夜的腦傷跟平時我們所說的植物人還不一樣，他介乎植物人和腦死之間，就是說一個人已經不會自己呼吸，千年老參湯也餵不下去了。所以冉冬夜要想維持生命，要耗費比一般植物人更為繁複的儀器幫助和錢。

他們家就他一個孩子，家境還算可以，但是僅僅半年時間他就把家中所有積蓄都耗光了，現在只能放棄。

老張感慨良深地說：「可惜了這小子的女朋友，多好一個姑娘啊，原本連這小子的家人都早想放棄了，是這姑娘尋死尋活攔了下來，傾家蕩產往這個窟窿裡填，結果還是落了這麼個結局。」

老張傷感了一會，忽然問：「你打聽這個幹什麼？」

我說：「先不說了，你好好養病吧。」

我掛了電話，往高站了一步大聲說：「現在，花榮兄就等著咱們去救他了。」

張順白了我一眼：「怎麼花榮變成植物人你好像很高興似的？」

我從口袋裡掏出一個小東西高高一拋，然後把它接住，當我放開手時，那顆藍色的藥丸在桌子上滴溜溜地轉著，散發出神秘的光澤。

吳用擦了擦眼鏡，盯著它看了半天，遲疑道：「這是……」當他看清那顆藥時，終於也有點激動地叫了起來，「這是那種可以恢復記憶的藥！」

好漢們先是愣了一下，當他們明白了這句話的含義時，猛地爆出一陣歡呼。

林沖笑道：「既然花榮這輩子的事都忘了，倒省了我們很多麻煩，咱們這就去叫他回來吧！」

我微微一笑：「不急，新聞不是說了嗎，我們還有廿四小時的時間……」說完這句話我隱隱地感覺到哪裡不對勁，當我想明白的那一剎那，臉色頓時變了，暴叫道：「快走！」就狂奔向門外。

那是因為我醒悟到：這是昨天的新聞，廿四小時只怕已經過了！

我邊往車上跑，邊三言兩語把情況說了，好漢們驚得寒毛豎起，戴宗飛快地在腿上打上甲馬，道：「我先去看看。」

盧俊義道：「只要他們還沒動手，你一定要控制住局面。」

吳用道：「出了這種轟動一時的事情，現在醫院裡肯定有不少閒人，我們怎麼接近花榮？看來還得從長計議。」

我邊上車邊叫：「實在不行就搶人吧，只要不出人命，你們看著辦。」

我帶著盧俊義和梁山幾個武力最強的將領一路殺向醫院，還沒到大門口，就見前面圍著一大幫人，大概就是因為這件事來看熱鬧的，我怕引人注意，把車停在馬路對面，和張清他們裝做來探望病人的家屬往裡面走。

路過人群的時候，我隱約看見最裡面是一個清秀的女孩子，已經哭得像個縮水娃娃一樣了，半癱在她父親的懷裡，她父親不斷拍著她的背輕聲安慰。

這時戴宗從人群裡閃出來，我們問：「你怎麼在這，花榮呢？」

戴宗擦著眼睛說：「花榮在五樓觀察室，太感人了……嗚……」

我們都是一頭霧水，只聽戴宗繼續說：「那個姑娘是花榮的女朋友，知道今天拔管子，半夜就守在花榮病房門口，說誰要進去就踩著她的屍體，本來是上午八點拔管子的，一直鬧到現在，剛休克了。」

我們先顧不上管這些，問：「花榮現在怎麼樣？」

戴宗調整了一下情緒說：「他還好，現在身邊沒人，你們快去吧。」

我們衝上五樓，這層樓裡沒有病房，顯得很清靜，我很快找到觀察室，推門一看，見花榮躺在床上，戴著呼吸器，我從兜裡掏出那顆藥，可是有點無從下手，我不知道把他的氧氣罩摘了他會不會出危險，更不知道他現在這個樣子能不能順利把藥吞下去。

我想起厲天閏跟我說的話，一指張清道：「你去弄杯水來。」

張清抄起個杯子出去，不一會接回來一杯涼水，我把藥往水裡一扔，杯裡一下騰起一股絢麗的藍霧，旋即恢復了常態。

我端著杯鄭重地問盧俊義他們：「你們看好了，這是不是花榮兄弟，這杯水一送下去，再有什麼情況就晚了！」

董平道：「花榮兄弟以前常說，箭在弦上，不得不發……」

李逵道：「快點吧，屎到屁門上了還說什麼！」

林沖道：「小強，幹吧，就算他誰也不是，至少我們還救他一條命不是？」

我把花榮腦袋上戴的亂七八糟的東西拿開，準備端起杯往他嘴裡倒去。這時戴宗推門進來說：「好了沒？下面一大幫記者大夫正往上走呢。」

我捏開花榮的嘴，把杯子斜在他嘴邊，水慢慢地不見了，看來他還能做起碼的吞咽，但是照這個速度，最少要十多分的時間才能吞完。

這時已經聽到樓下亂哄哄的聲音響起來，我喊道：「出去幾個人截住他們，不要讓任何人靠近。」

張清和董平二話不說就往外衝，我拉住李逵囑咐了句：「別傷人命。」

「俺理會得。」李逵索性把屋裡另一張鐵架床扛在肩上，像個扛著巨大武器的未來戰士。

戴宗道：「讓他們看見怕什麼，我們又不是要害花榮兄弟。」

我說：「我們要害他，只要讓那些人上來就行了，正因為我們要救他才不能讓人看見。」

我可不想眾目睽睽之下復活一個連光合作用都不會的植物人，我補充道：「對了，別讓他們明白我們為什麼截他們的路，你們只要製造混亂就行了，對——就說醫院把病人膝蓋接反了，你們是患者家屬。」

戴宗喃喃道：「膝蓋接反……那不成了狗了嗎？」

我說李逵：「把床放下，不能讓他們知道我們來過這裡。」

李逵把床放在原來的位置，跑到走廊裡，順手把女廁所的門掰了下來，遺憾的是裡面沒人……

這時人群已經擁到了四樓的走道裡，李逵把門板橫在身前，像鎮暴警察一樣慢慢推前，嘴裡哇啦哇啦罵著，說是自家表弟膝蓋讓這裡的大夫接反了，他這麼一擋，誰也上不來，記者們紛紛拿出照相機拍照。

張清從垃圾筒裡抓出一堆裝了消炎藥的那種小瓶，向著人群一撒一把，專打記者手裡的照相機，在董平和楊志的幫助下，李逵順利地用門板把人群擠到了四樓的走廊上，在這裡開闢了第二戰場。

張清站在四樓和五樓的走道裡提供火力掩護，有溜過第一道防線想趁機上樓的人，都被他用那種很結實的小瓶打得鼻青臉腫。

外面的紛亂我全然不顧，只是小心地把水一點一點餵進花榮嘴裡，不讓一滴流失，他這輩子的記憶已經沒有了，要是再漏點，我生怕他醒來以後變成趙白臉那樣的傻子。

時遷從窗戶鑽了進來，道：「哥哥們陸續都來了，外面是怎麼回事？」

吳用簡單跟時遷說了情況，隨即吩咐道：「你去讓咱們的兄弟分成三組，第一組，讓蕭讓金大堅打起橫幅抗議，目的是要製造轟動，讓院方沒有精力再來管我們；第二組，讓阮家兄弟假裝成憤怒的記者和張清他們開打，目的是要把四樓打出一片隔離帶來，不准任何人靠近；第三組讓李雲安道全帶隊，暫時潛伏等我軍令，事情一完，他們的任務就是假作患者另一撥家屬，出面息事寧人。」

時遷在窗臺上一抱拳：「得令！」說罷一個倒栽蔥不見了。

沒過幾分鐘，只聽下面又吵嚷起來，蕭讓也不知道從哪找的毛筆，在一塊三米見方的白布上寫了一個大大的觸目驚心的「冤」字，讓兩個人舉著在醫院門口示威呢。

看熱鬧的人圍上來問怎麼回事，蕭讓一手執筆一手捋髯，慢條斯理地說：「莫急莫急，且看我寫與爾等知道。」說罷，在另一塊白布上刷刷點點寫著，一會仿個《蘭亭序》，一會甩幾下顏楷體，時而飄逸時而端莊，短短十幾個字，字體倒是換了五六種。

再說阮家兄弟及湯隆一夥人，聲稱自己是記者，一定要張清賠照相機，與董平等人動起手來，直打得天昏地暗，外人別說想穿過他們上樓，連靠近一點的都被碰得頭破血流的，人們紛紛議論：這是《壹週刊》的記者吧，身手太好了！

那些沒有任務的好漢們都趁亂上了樓，進了我們的房間，盧俊義朝他們做一個噤聲的手勢，大家誰也不敢有大動作，生怕驚擾了我給花榮餵藥。

那杯藥水此時已經見了底，但花榮毫無反應，我忐忑地把最後一滴水滴進他嘴裡以後，花榮忽然睜開了眼，把我嚇了一大跳，手一軟，杯子也打碎了。

這一聲響徹底驚醒了花榮，他忽地一下坐起來，可能感覺不太舒服，隨手把身上打點滴的管子拔掉，一抬頭看見滿屋的人，揉了揉眼睛，笑道：「哥哥們都在啊，我這是怎麼了，昨天喝多了？」說罷，腿一彈，跳在地上。

可是因為半年不運動，花榮一個趔趄，他自嘲地搖搖頭道：「果然是喝多了，現在腳還軟呢。誒，哥哥們，你們幹嘛這麼看著我？」

扈三娘一把拉住花榮的胳膊叫道：「兄弟，你可想死我們了！」

花榮笑道：「你們這是唱的哪一齣啊，咦，三姐？你不是……朱貴哥哥？杜興哥哥？你們不是也都陣亡了嗎？我……我這是在哪啊？」

我們救的人，果然是花榮！

好漢們發聲喊，頓時把花榮抱在當中，有的笑有的哭，有的頓足捶胸，吳用上前攔住大家道：「現在還不是敘舊的時候，我們得先離開這裡。」

花榮這時已經能站穩了，他豎起耳朵一聽外面亂哄哄的聲音，立刻說：「有人在打仗！我們被圍了嗎？來人，拿我槍弓來！」

我把手放在他肩膀上說：「現在你不能在眾人面前露面，我想辦法讓你走。」

花榮打開我的手，皺眉道：「你是何人？」

盧俊義道：「這是小強，也是咱們的兄弟，現在你全聽他的。」

花榮馬上對我展顏一笑：「小強兄，不知者不怪，得罪了。」

我感覺花榮這小夥子豁達、幹練，雖然有點城府卻不令人討厭，這大概和他先在朝廷裡做軍官，後來又當土匪有關係。但是我還是生他氣了，我把扈三娘頭上的假髮揭下來扣在他腦袋上，說：「今天就先委屈一下花賢弟扮個女人吧。」

花榮下意識地想拿掉，可一見眾人面色凝重，知道事態緊急只好就範。

你還別說，這頂長髮配上花榮精緻的五官，猛一瞧真像個大美女，可是我怎麼看怎麼彆扭，問身邊的人，都說不出個所以然來。我把花榮擺在扈三娘身邊再一看，明白了——花美人既不前凸也不後翹，平板身子頂著女人頭髮，能不難看嗎？

我三兩下把一個枕頭撕成兩半塞進花榮的衣服裡，這兩個大包一鼓起來，再看就神似多了，花榮尷尬地扶了扶胸前道：「這……這也太大了吧？」

花榮想往外拿，我拉住他的手喝道：「別動，這個樣子至少在外人眼裡你還是個女人，你要掏出去，那就只能當人妖了。」

花榮問道：「什麼是人妖？」

「……就是太監假裝成女人，騙男人上床！」朱貴畢竟在酒吧那種地方待過，總結得很到位。

花榮面色慘變，只得把手放下：「那我還是當女人吧。」

我把他推在人堆裡，囑咐：「不要說話，只管跟著我們走。」

第三章

問世間情為何物

我口氣不善地說：「你到底想幹什麼？」

金少炎苦笑道：

「我知道你一直不同意我和師師在一起，可是我是真的愛她啊。」

我嘆道：「問世間情為何物，直教人生不如死啊。」

金少炎小心地說：「……最後那句是生死相許。」

現在整個醫院都處在一片大亂中，院長和醫生護士都在焦頭爛額地處理突發事件，記者們捕捉到了比謀害植物人更有價值的新聞線索，也都上躥下跳地忙著偷拍，我們很順利地來到醫院外面，把花榮塞進車裡以後，吳用給第三組的李雲他們發了暗號。

只見李雲扶著安道全跌跌撞撞地衝到醫院院子裡，安道全扯著破鑼嗓子喊：「老三老四，老七老九……誤會啦，不是這家醫院！」

張清董平他們胡亂應著，爬窗跳樓一古腦全跑了，蕭讓的控訴書才寫到一半，聽到安道全喊，把手裡的白布一揚，撒腿就跑，邊跑邊喊：「哎呀，原來不是這家醫院呀——可惜，這是我最滿意的一幅字。」

阮小二他們攆著張清追了出去，大喊：「賠我們相機——」

一眨眼的工夫，好漢們就作鳥獸散，連半個人影也沒了，只剩下一座千瘡百孔的醫院和一堆還在發蒙的人們……

我迅速發動車，照著高速公路一路奔下去，花榮坐在後座上，一個勁發傻道：「這……這……」

吳用道：「花榮兄弟，你剛回來先歇息歇息，一會兒再跟你詳細解釋。」

花榮沉吟不語，半晌才說：「軍師，你就告訴我，我現在是人是鬼？」

我邊開車邊從照後鏡裡看他，調侃說：「自己是人是鬼不知道？你咬吳軍師兩口看他疼不疼，你不就明白了？」

吳用怕他真咬，忙拍拍他肩膀寬慰：「是人，是人……」

我把花榮他們放在教室門口，跟好漢們說：「你們教育他吧，我四處轉轉。」

我點了根菸，背著手先去看了看小六他們，這幫混子自從來了育才，每天要做幾百個人的飯，忙得連牌也顧不上打了。

見我進來，小六招呼道：「強哥，吃碗餛飩吧，我們把那鍋百年老湯也端到咱學校了。」我連連擺手──那裡面煮過人吶！

然後我又去看看孩子們，政府抽調了一批精英老師，顏景生再也不用一會兒帶一年級，一會兒帶三年級了，孩子們每天上完早操上文化課，下午是體能訓練和課外活動，根據自己的興趣愛好參加課外學習小組，程豐收、段天狼和佟媛他們都有自己固定的小組員。

我看著一派欣欣向榮的景象，心裡盤算找個時間把老張接過來讓他看看。剛才醫院大亂，老張就知道是我搞的鬼，打電話問我幹什麼，我支吾過去了，就聽見李白在電話旁邊喊：「你告訴他，我還幫他在垃圾堆上點了一把火呢！」

我看看時間差不多了，就回到教室，好漢們對花榮的啟蒙教育看來已經完成，花帥哥坐在那裡感慨良深，見我進來，他拉著我的手說：「小強，你救了我一命啊，剛才多有得罪，兄弟給你賠禮了。」

我臉一紅說：「別這麼說，剛才我也做得不對，本來我原計劃是把你打扮成大夫混出去的，後來那是存心報復你……」

花榮一怔，氣得在我胸前捶了一拳，好漢們哈哈大笑，都道：「小強可萬萬得罪不得。」

笑罷，吳用問：「花榮兄弟，龐萬春的事我們也同你講了……」

花榮一擺手，理所當然道：「這人自有我去對付他。」

董平道：「你躺了這麼久，本事沒丟吧？」

花榮擰胳膊抬腿：「沒有大礙，就是還有點軟，誰能給我找把弓來？」

……

公園裡，懶漢守著他那個千年也沒幾個人光顧的射箭場正在打盹，結果一見我們就樂了，不等我說，「噌」一下躥過來，把一大堆弓搬到我們面前，問：「這次還來兩千塊錢的？」

我把一百塊錢按在桌子上說：「這次就射一百塊錢的，射中十環獎五十還有效嗎？」

懶漢洋洋自得地說：「有效，永遠有效！」

花榮隨便拿過一張弓，開始皺了皺眉，但很快就專心致志地研究起來，半分鐘後，他拈起一根箭搭在弦上，崩的一響，那箭射在四環上，我的心一涼：這還不如董平呢！

只有懶漢在一邊鼓動道：「哥們加油啊，射中有獎勵，下一箭肯定是十環。」

花榮向他微微一笑：「謝你吉言。」話音未落，第二箭箭去如蝗，正中靶心！我見懶漢使勁抽了自己一個嘴巴子。

花榮道：「這弓誤差不小，得臨時調整，不過將就能用。」說著，他提起箭筒背對靶子邁步走開。

懶漢問我：「你們這哥們什麼毛病，他還射不射了？」說著把五十塊錢遞給我，我笑笑說：「一會兒一起算吧。」

花榮又走出十來步遠的距離這才停下，扭回身，搭弓，放箭，「啪」的一聲，電影裡經常出現的橋段經典再現：花榮的第二箭把頭箭由尾至頭射散了，先前那支箭像花朵一樣綻放得無比美麗。

我急忙拉住懶漢問：「哎，這算不算又中五十？」

懶漢苦著臉說：「算不算先不說，我這箭也好幾十元一根呢。」

花榮第二箭得手，又提起箭筒向遠處走去，然後回身，放箭，「嘶啦」一聲，第三箭把前兩根箭也射劈了。花榮毫不猶豫地再次轉身……

花榮左一箭右一箭，箭箭不離靶心，後箭必破前箭，十環那兒已經被殘箭堆得像個小噴泉似的。那懶漢看呆了，這時忽然反應過來，拉著我的手帶著哭音說：「大哥，我錯了，你讓那位大俠停手吧。」

我說：「現在喊，他也聽不見啊。」

懶漢拼命揮舞著雙手，忽然跳到靶前，叫道：「不要再射了！」

好漢們大驚，吼道：「閃開！」但為時已晚，花榮一箭已經射了出來，懶漢的咽喉正擋在靶心前面，眾人明白，以花榮的箭法，這一下必定是血濺當場。

花榮站在遠處，雖然聽不見我們說話，但是目光如炬，眼見懶漢就要撲在那飛出去的箭上，卻仍是不慌不忙，又拿起一根箭，這回拉個滿弓，一放手，這後一支箭竟然像龜兔賽跑裡的兔子一樣飛快地攆上前一支，箭頭在第一支箭偏後的地方頂了一下，兩支箭就在懶漢鼻子尖前人立起一個弧度，然後一起落在地上。

懶漢的眼睛瞪得牛蛋大，半晌之後「哇」一聲哭了……

花榮射完最後一箭，把弓掛起來，說：「這弓準度不行，力道不行，最重要的是不能發連珠箭，湯大哥，我以前用的弓你見過吧，能不能照樣做一張？」

「啊？牛角弓？」湯隆想了想，苦著臉說：「做是能做，可是起碼得等幾個月。」

我問：「材料不好找嗎？」

湯隆道：「就算能找來也得等，這跟釀酒是一個道理，不是木頭上綁根線就能當弓的。」

我指了指射箭場裡的弓箭：「那這麼說，這兒的東西都用不上？」

花榮點頭：「箭都不合用，射起來發飄。」

這時那個懶漢攤主回過神來，哭說：「那你還射那麼準？」

我在他背上推了一把：「去，數數該給我們多少錢。」

董平道：「不用數，三十支箭，除了第一支和救他那兩支都中了。」

張清道：「不對，救他的應該是一支。」

我跟懶漢說：「這樣吧，給你打個折，你給一千塊錢就算了。」

懶漢如逢大赦：「真的？」

「嗯，我們再買一千塊錢的箭射，三百乘以五十是一萬五，我們以後就指著你月薪上萬了。」

懶漢抹著眼淚說：「我這攤不要了，你們放過我行嗎？」

好漢們都笑了出來，我說：「跟你開個玩笑，以後我們再來，優惠點就行了。」

懶漢破涕為笑：「以後哥兒幾個只要來玩，一律免費。」

我們往回走的時候，湯隆只要見了帶弧度的東西就過去掂量掂量，看看能不能做成弓，雖然花榮隨便拿張弓就能百步穿楊，但真要對上龐萬春那種級別的對手，就不能不仔細了，三百走的時候倒是留下幾張，可那是普通步兵用的弓，顯然也不適合花榮。

我們剛回學校，就見戴宗滿頭大汗地跑回來，吳用問道：「醫院那邊怎麼樣了？」原來戴宗是他留在那裡的觀察哨。

戴宗道：「已經發現花榮兄弟的事了，警察也去了。最嚴重的不是這個，是花榮的女朋友——」

花榮道：「什麼意思？」

我說：「就是你以後的老婆。」

花榮道：「啊，我夫人也來了？」

我說：「不是你那個老婆，是……」說著說著我也亂了，乾脆告訴他，「你除了是花榮，還叫冉冬夜，那女孩是冉冬夜的老婆。」

花榮一抖手：「那跟我沒關係呀，我根本不記得誰是冉冬夜。」

戴宗漲紅了臉：「呸！怎麼跟你沒關係，人家女孩為了你傾家蕩產，要沒有她，上午就給你把管子拔了，你能活到現在？」

自從好漢們來了以後，我還真沒見過戴宗跟誰紅臉，看來戴院長正義感很強，而且那個女孩子為了救花榮，真情流露，讓人感動。

吳用道：「你繼續說，那女孩怎麼了？」

戴宗道：「她叫秀秀，秀秀一聽說花榮丟了，撲通就給院長跪下，說管子拔了就拔了，人得交給她，她只想見他最後一面，院長怎麼解釋也沒用，秀秀就認定醫院在騙她，最後還是她爹和警察出面給她做了保證，這才勉強把她勸回去了。」

戴宗捅捅花榮，「現在人就在你們家呢，說是只要一天不見著你就水米不進，直到餓死拉倒。」

花榮囁嚅道：「你看我幹什麼，我連我們家在哪兒都不知道。」

戴宗把一張紙條塞進花榮手裡：「這是你現在的名字、職業、住址，我費了老半天勁才打聽到的。」

花榮下意識地後退了一步，見好漢們都目光灼灼地瞪著他看，不禁道：「哥哥們，你們不是想讓我回那個家假裝冉冬夜去吧？」

好漢們齊道：「去吧！」

盧俊義把手按在他肩膀上，溫言道：「賢弟，如果沒有秀秀，你當然可以不回去，咱們兄弟逍遙快活，管他那個叫冉冬夜的小子是死是活，可現在救人要緊吶。」

安道全賊兮兮地說：「我看了，那姑娘長得不錯哦。」

花榮連連後退道：「可是……我……」

李逵暴叫道：「姓花的，人家姑娘為了你，可是把命都豁出去了，你要敢幹傷心爛肺的事，別說兄弟沒得做，俺現在就讓你嘗嘗你黑爺爺的斧頭！」說著，隨手抄起兩把凳子來。

花榮不住拱手道：「哥哥們，就算讓我回去，你們總得容我幾天吧——」說著他往四下看看，一指黑板上寫的數學公式道：「現在我什麼也不認識，出去兩眼一摸黑，不是等著露餡嗎？」

我慢悠悠地說：「別說你，那個我也不認識，幾天時間是不長，可你老婆又不是住在樹洞裡的狗熊，一個人三天不喝水就死翹翹了，你想等幾天？」

吳用也道：「不用擔心露餡的事，現在你只要回去，誰還顧得上問這問那，你再一說你剛醒過來，腦子有點不清楚不就行了？」

花榮睜大眼睛呆了半天，最後頹喪地垂著頭不說話了。

最後決定由我送「冉冬夜」回家，花榮走的一步三回頭，像要赴刑場一樣，好漢們則是笑臉相送。

湯隆喊道：「兄弟你去吧，三天之內，哥哥肯定給你做一把順手的傢伙。」

我拉了一把花榮讓他快點走，一邊數落他：「怕什麼怕，讓你泡妞去，又不是讓你回去再當植物人。」

花榮愁眉苦臉地上車，說：「我還不如回去當植物人呢。」

我詫異道：「你這叫什麼話，一覺睡起來，身邊有兄弟，家裡老婆等著你，還想怎麼樣？」

花榮一邊好奇地打量著車裡車外，一邊還是有點忐忑地說：「可是我根本不認識人家姑娘，我就這麼回去陪著她算怎麼回事，說好聽點叫再續前緣，說難聽點我這是……這是什麼？」

我總結道：「吃現成的！」

等花榮徹底弄明白我話的意思後，抱頭嘆息道：「我這才是上了賊船了。」

路過一家花店的時候，我問：「要不要給弟妹買幾束花當見面禮？」

花榮很冷靜地分析：「問題的關鍵是如果是冉冬夜回家，他會買什麼？」

他一句話提醒了我，我忽然意識到一個很嚴重的問題，那就是這個冉冬夜我們誰也沒接觸過，不知道他的性格是什麼樣，我想了想說：「這小子以前是個送信的，應該不會太愛整那些虛頭巴腦的。」

我一指花店旁邊的糕餅店說，「你還是去買個蛋糕吧。」

我把錢給花榮讓他去買，這是有意在訓煉他的生存能力，不會賺錢不要緊，要是連花錢也不會，那就連二傻也不如了。

路上我們又串了串口供，我讓花榮就說自己是忽然醒過來的，然後見身邊沒人，就溜達出了醫院，半路上想起往事；而我是他很久以前一個朋友，正好遇上，這才送他回家。

我提醒花榮，一旦遇上什麼難事可以光明正大地裝傻，一個靠管子活了半年的植物人，應該是不會有人追究他的。

我按著紙上的地址找到地方，這是這個城市僅有的一處老街區，居民都還住著四合院，花榮他們家是獨門獨戶。

我把車停在胡同口帶著花榮往裡走的時候，一群坐在一起納涼的老人們都驚訝地望著花榮說不出話來，花榮更不知道該說什麼，只顧低著頭跟我走。

終於有一個乾巴老頭用長輩那種驕傲和慵懶的語調說：「小冉回來啦——」

花榮急忙抱拳，想想不對，又改成作揖，小心地說：「是，晚輩回來了。」

旁邊幾個老頭用扇子遮住嘴，紛紛小聲說：「變傻了。」

乾巴老頭說：「小冉啊，你回來你爸媽知道嗎？聽說你今天拔管，這是好了？可憐你爸媽怕難受，躲到外地你姑家裡去了。」

花榮急忙躬身道：「是嗎，我這就托人給二老捎個信，明天一早就動身去接他們回來。」

乾巴老頭打量著花榮說：「接什麼接，打個電話就行啦，小冉啊，你是不是不認識你二大爺了？」

我忙拉著花榮往裡走，進了花榮家的院子，院子很不小，不過空落落的，西側種著幾棵垂柳，一個姑娘正在堂屋的臺階上掃地，滿臉悲戚，腳步也有些踉蹌，但是一直不肯停下來。

我們進來她全沒發現，背對著我們一下一下掃著，從二樓上的木棚子裡飛出好幾隻雪白的鴿子，好像認識主人一樣，撲啦啦歡快地停在花榮的肩頭。

鴿子一動，姑娘緊張地看了一眼，然後就看見了花榮……兩個人誰也沒動，都是盯著對方的眼睛。

最先想有所表示的是花榮，他一開始大概是想抱拳，然後又想作揖，當他覺察到這兩樣都很不著調以後，做了一個非常出人意料的事情：他把蛋糕揚了揚說：「吃不？」末了又補充了一句，「奶油的。」

秀秀愣怔著盯著花榮看，臉上表情也不知道是想笑還是想哭，又好像有點自嘲的意思。然後我看見她使勁在自己大腿根上擰了一把，眼淚就流下來了。原來她這是懷疑自己在夢裡呢。

秀秀這次毫不客氣地撲進了花榮的懷抱，把腦袋擱在花榮的肩膀上，兩條胳膊糾纏著從後面摟住他的腰，閉上眼睛，長長的睫毛一動也不動，好像是下半輩子就打算這麼過了。

花榮尷尬地就那麼站著，我在旁邊等了一會兒，見秀秀絲毫沒有放開的意思，只好走過去把花榮的兩隻手拿起來放在她背後，然後拎著蛋糕進屋了。

我把各屋都轉了轉，屋子不小，收拾得都很乾淨——除了沒有塵土以外，連一件家用電器也沒有，看來花榮他們家人為了救他，真是到了山窮水盡的地步。

我百無聊賴地坐了一會，給自己倒了杯水喝，一看院裡倆人還抱著呢，我站在臺階上咳嗽了一聲：「咱要不先吃飯？」

秀秀這時才發現還有我這麼個外人，悚然一驚，離開花榮的懷抱回頭看我，花榮的臉已經紅得跟猴屁股似的。

秀秀抹著眼睛說：「這是你朋友啊？」

花榮呆呆地說：「是啊，他送我回來的。」

秀秀愛憐地摸著花榮的臉柔聲說：「真的是你嗎？」

我打著哈哈說：「不是他還能是誰？他的事我剛聽說了，這在臨床上叫什麼來著——」我哪知道叫什麼啊，於是揭過這一篇，「反正是醒了。」

秀秀粲然一笑，拉著花榮的手說：「走，回家。」

看得出，這姑娘不光是今天沒吃沒喝了，走路直打晃，要不是強大的意志力撐著，估計早就昏倒了。

我說：「弟妹呀，咱先吃飯吧。」

秀秀不好意思地說：「家裡除了鍋碗瓢盆，什麼也沒有，你們等著，我這就去買菜。」

我急忙擺手：「你別動，我去！」

我出去轉了一圈也沒找到菜市場，後來一想，家裡連油鹽都沒有，還買個啥菜啊，索性扛了一箱泡麵回來，秀秀好像又哭過，拉著花榮的手不放，在訴說著什麼，花帥哥呆頭鵝一樣紅著臉坐在她對面。

秀秀見我進來，也跟著忙活起來。我們三個人就著蛋糕吃了十二袋泡麵，最後都腆著肚子癱在椅子裡，臉上帶著滿足的微笑，你看看我我看看你，說不出話來。

我見兩人都不說話，就向秀秀使了個眼色，讓她跟我到外邊，我自我介紹說：「我叫小強，是花……小冉的朋友。」

秀秀跟我握了握手，很真誠地說：「謝謝你，小強哥。」

我向著花榮的方向努努嘴，小聲說：「你家那口子醒是醒過來了，腦袋還有點迷糊，他現在除了你，以前的事和人都不大記得了。」

秀秀低著頭扯著衣角說：「我看出來了……」

「他這個樣子，你不會嫌棄他吧？」

「怎麼會呢？」秀秀有點激動地說：「他躺在床上半年多，我都從沒嫌棄過他。」

「呵呵，那就好，還有就是，他現在跟個小孩子差不多，很多生存技能你得一樣一樣再教給他，不過我保證他肯定一學就會，你別不耐煩。」

秀秀使勁點頭。

我說：「那就沒什麼事了，你們待著吧，培養培養感情。」

秀秀本來還想留我，但看了看家徒四壁的屋子，小聲說：「那我送送你。」

我說：「不用，讓小冉送就行。」說著我衝花榮招招手，他急忙跑出來。

我上了車以後，他跟著坐在副駕駛座上，我扭頭看著他，他也看著我，我忍不住問他：「你還跟著我幹什麼？」

花榮說：「回去啊。」

我指著站在門口使勁張望我們的秀秀說：「那才是你的家。」

花榮變色道：「不是吧，你讓我跟她一起住？這孤男寡女的……」

我罵道：「那可是你老婆。」

花榮一臉可憐相，抓著扶手就是不下車。

我嘆了口氣，看來時代的隔閡無法一時消除，我把他的腦袋扳向秀秀：「你好好看看她，一個為了你險些喪命的女孩，她還等著你回去，你忍心就這麼走嗎？」

秀秀倚著門框，半個身子傾前，眼睛眨也不眨地盯著花榮，生怕他又就此消失。花榮看著她，終於輕輕嘆息了一聲，拉開車門說：「好，我回去。」

我把兩千塊錢塞到他手裡，說：「一會兒先去買床，是買一張雙人的，還是買兩張單人的，就看你小子本事了。」

花榮理所當然地說：「你放心，肯定買兩張單人的，我不是你想的那樣的人！」把我氣得使勁捶了他一拳。

我看著花榮走回秀秀身邊，也算了了一樁心願。

我回到當鋪的時候，迎面碰上一個西服革履的人從裡面出來，苦著個臉，好像是事情沒辦成。

進門一看，李師師正坐在那生氣呢，我立刻把板磚包繞在手裡，站在門口道：「表妹，那男的調戲你了？我這就拍他個滿臉花！」

李師師托著腮說：「是金少炎的人。」

「他又想幹什麼，錢也給他了，解約合同我還收著呢。」

李師師道：「他想讓我復出，繼續拍攝那部戲。」

我跳腳道：「他究竟想怎樣，都說不拍色情片了！」

李師師有點納悶地說：「這回不是色情片，還是老本子，除了追加十倍的投資以外，跟第一份合約一模一樣。」

我狐疑地說：「這個王八蛋這回想變著花樣陰咱們？」

李師師道：「合約我仔細看過，沒問題，但我還是沒敢簽，我知道表哥你也不富裕，呵呵。」還真別說，最近我又貼了不少錢，酒吧這個月算是白幹了。我說：「上次我已經把他得罪死了，對這人咱們千萬得防著！」

李師師裝做無所謂的樣子說：「我已經徹底不再想那部戲了，前段時間做模特兒攢了點錢，我想去到處走走。」

這時我電話響，接起來一聽，一個很熟悉的聲音裝腔作勢地說：「蕭先生嗎，今晚九點，花苒小築茶樓，能談談嗎？」

「你誰呀，談什麼？」

對方冷笑一聲：「這麼快就把我忘了？我金少炎！」

「咦，咱倆能談什麼？」我故意強調說：「上回給你的錢沒短少吧？」

李師師聽我這麼一說臉色變了變，她知道是誰了。

金少炎沉默了一會才說：「我們再談談合作的事吧。」

「找我當裸替啊？」

「……不管你來不來，我等你到九點半。」金少炎忽然冷森森地說：「你要是不來，我以後還會找你的！」然後不等我回話就把電話掛了。

我暴跳如雷：「靠，敢威脅老子！」

李師師關切地問：「他怎麼說？」

我一揮手：「你別管了，我是那種怕威脅的人嗎？我還真就——得去會會他！」

李師師掩嘴笑道：「表哥你不是不怕威脅嗎？」

我說：「這是兩碼事，我倒要去聽聽他放什麼屁。」

我心裡明白她所謂的「放棄」只是一種托詞和無奈，只要有一線希望她就會全心投入，現在，金少炎又把這線希望拋到了我們腳下，只不過肯定也有他的附加條件，這時候當然最好由我出面去探探他的底。

我如約來到他說的那個地方，在侍從的帶領下找到雅座裡的金少炎。

我坐下來後，金少炎用他一貫玩味的眼神看著我，向我伸手道：「蕭先生，又見面了。」

我在他手上拍了一把算是握過了，開門見山地說：「找我來什麼事？」

金少炎指了指桌上的一本價目表說：「不急，先叫東西喝。」

我翻了幾頁，上面全是價格不菲的名茶，我不耐煩地合上本子跟侍應說：「隨便吧。」

金少炎試探性地問我：「要不喝點酒？」

我依舊說：「隨便。」

侍應彎腰問金少炎：「先生，那瓶酒可以上了嗎？」

看來這小子是早就叫好了，還裝模作樣地讓我點！不過這小子今天有點怪，首先，他這樣的人不應該在茶樓叫酒，其次，我們的關係好像也不適合喝酒。

我加著小心，跟他說了幾句不疼不癢的話，酒很快就上來了，是一瓶全是外文的紅酒，已經冰鎮過，瓶身上絲絲發寒。戴著白手套的侍應用起子把木塞轉開，倒在高腳杯裡，暗紅色的液體質感非常強，在杯裡像塊柔韌的果凍輾轉。

金少炎傾斜杯體，陶醉地嗅著，說：「嘗嘗吧，是我親自從勃根地帶回來的，為了它，我在機場費了不少周折。」說著慢條斯理地小口啜飲著。

我暗罵了一聲「看你裝吧」，不管三七二十一咕嚕喝了一大口，咽下去時，嗓子眼略微感到有些辛辣，接著就是嘴裡一陣難受，澀得好像嚼了滿嘴的葡萄梗，可是隨之而來的是打心底直到鼻孔的清香和口舌間的甜膩，讓人覺得自己和自然那麼靠近。

我又一口把杯裡的酒喝光，金少炎微笑著給我倒上：「看來蕭先生還是懂得品酒的。」

我很煩他這個做派，說：「有什麼事說吧。」

「哦，是這樣的，」金少炎換了個姿勢說：「經過我們公司研究覺得，《李師師傳奇》這部電影拍下去還是很有前景的。所以想請王小姐再次參加拍攝。」

我笑道：「你們公司的人沒什麼事幹啊，每天淨研究這部戲了？」

金少炎有點尷尬地說：「主要是最近流行復古風，使我們做了這個決定……」他掏出一份合約遞到我面前說：「你可以看看，有什麼不滿意的我們再商量。」

我拿起來粗略地看了一下，上面的條件很優越，對我們也很有利，可這些都是其次的，我還不知道他到底想幹什麼，我把合約扔在桌上，說：「事實上，王小姐已經對你們公司徹底失望，決定永不復出了。」

金少炎無措地又倒上一杯酒，悶著頭說：「你能不能勸勸她？」

我失笑道：「我是得勸勸她，勸她離你遠遠的，我們這種小人物，跟你鬥不起那個心眼。」我掏出手機，不想再跟他兜圈子了，我要用最快捷的方法知道他在琢磨什麼。

金少炎突然跳起來指著我鼻子罵道：「小強你這個王八蛋，你說過以後來找老子的，結果你不但不管我，還處處拆我臺。」

我想不到他這種人也有抓狂的時候，不禁抓著板磚警惕地看著他，金少炎把腦袋伸過來大聲說：「拍啊！一磚五百萬……」

我愣了，一磚五百萬，這是什麼意思？

金少炎見我還沒反應過來，哭喪著臉叫道：「強哥，是我呀！」

這聲強哥……我茫然地站起來：「是……你？」

金二張開膀子撲向我：「強哥，我回來了！」

我笑眯眯地衝他招招手，然後同樣張開了自己的懷抱。

下一刻，金少炎就被我猝不及防的攥住了脖子，我惡狠狠地說：「把老子的錢還給老子！」

金少炎翻著白眼，一個勁的說：「呃兒……呃兒！」

……

我們「親熱」完以後，我笑嘻嘻地問金少炎：「你是怎麼『回』來的？」

金少炎揉著脖子抱怨地看著我，一邊說：「還記得上次在中餐廳你還我錢的事嗎？」

我一捶桌子：「什麼叫還你錢，那是你訛老子的！」

金少炎急忙往後一縮：「是是是，那天真是個噩夢啊，我寧願你給我的是五十萬假鈔。」

我說：「我是守法公民——快點說正事！」

金少炎道：「那天下雨，你進去以後把外衣交給領班，讓他幫你烘乾……」

我立刻明白了：「那顆藥被你吃了？」

金少炎點頭。

「怎麼會到你手裡的？」

「你走了以後，領班發現你落下了衣服，他見我們一起，自然就把你的衣服交給我保管，那藥就掉到我腿上了。」金少炎臉紅著說：「……我本來是想還回去的，可是你也知道那東西看上去很好吃……」

「所以你就給當威而剛吃了？」

金少炎緊張地跟什麼似的直搖手：「不是的不是的，我只以為那是新出來的口香糖，我怎麼會吃威而剛呢。」

我笑著問他：「然後你就想起了師師？」

金少炎道：「說實在的，我先想起了強哥你，想起了你為我做的點點滴滴……」

我問他：「你是什麼時候明白過來的？」

金少炎道：「吃了你那藥又睡了一覺就都想起來了。對了強哥，你那是什麼東西啊？」

這時我也糊塗了，那藥按說吃完後該想起自己上輩子的事才對啊，我說：「你還想起什麼了，你上輩子是誰？」

金少炎一攤手：「什麼上輩子？」

我有點明白了，這藥的效力大概是以一次生死為限，金少炎是死過一次的人，所以那顆藥使他想起了自己作為金二的種種經歷。

我粗略地跟他解釋了幾句，金少炎笑道：「看來我走了以後，誤了不少好戲呀。」

我把一個開心果丟在他腦袋上：「你個小子早就想起來了，為什麼現在才來找我？」

金少炎彆扭地說：「我不知道該怎麼面對你們，最近又沒幹什麼好事，我想先扭轉一下形象，好讓你們對我有了好感以後，再酌情告訴你們。」

我拈著酒杯說：「你再裝呀，還蕭先生，還復古風，你怎麼不裝了？」

金少炎又喝乾一杯酒，臉紅紅地問：「師師真的生我的氣了？」

我輕嘆道：「有些話是不能說的，當著和尚罵賊禿是很傷人的。」

金少炎面色慘變：「你的藥讓人想起一些事情的同時，為什麼不能讓人忘掉另外一些呢？」說著，他又去拿酒瓶子，我一把搶過來。

金少炎淡淡笑道：「我沒事。」

「知道你沒事，給我留點！」

我現在才明白了他的險惡用心，問他：「這酒你是特意給我準備的吧，想把我灌醉了套我的話？」

金少炎聲音發啞：「強哥，我現在該怎麼辦？」

我口氣不善地說：「現在的重點不是你該怎麼辦，而是你到底想幹什麼？」

金少炎苦笑道：「我知道你一直不同意我和師師在一起，我也知道她時間不多，可是我是真的愛她啊。」

我嘆道：「問世間情為何物，直教人生不如死啊。」

金少炎小心地說：「……最後那句是生死相許。」

我瞪他一眼道：「許個鬼啊，到時候她走了你怎麼辦，抹脖子？師師現在一心惦念的都是那部她的自傳，你要真為她好，就幫她了了這個心願吧。」

「我也想啊，可是現在這不是……」

「你活該，這都是你作的孽！別以為你變回金二就算完了，你這跟寶金厲天閏他們不一樣，老子現在想起你幹的那些事還直想抽你！」

誰知金少炎很光棍地一聳肩：「誰讓你不管我的？我以前什麼德行你又不是沒見過！」

我：「……」

現在我有點懷念金二了，至少金二就不會這麼說話。

金少炎把玩著杯子說：「強哥，快想辦法吧，先讓師師進劇組，她可以暫時不愛我，可我至少不想她恨我。」

我無奈地說：「我叫她來，咱們先把合約簽了，一耽誤兩耽誤，她真的沒多少時間了。」

「到時候怎麼說？」

「還能怎麼說，實話實說！」

金少炎把頭搖得撥浪鼓一樣：「千萬別，我不想讓她認為我是靠一顆藥才改變的。」

我正色道：「如果你不想讓她察覺出來，一會她來了，你就不能太低聲下氣，把你的欠揍勁再拿出來。」

「我明白。」說著，金少炎正了正身子，又裝出一副高高在上的樣子。

我叫過服務生把酒杯都拿走，把半瓶紅酒也藏起來，金少炎不明白，我說：「咱倆的關係，你會請我喝酒嗎？」

「還是你想得周到！」金少炎叫了兩杯茶，倒掉半杯，表示我們喝這個。

準備妥當，我跟他說：「那我打電話了啊。放鬆！一會注意你的眼神——不許老盯著人家胸部看。」

我給李師師打電話讓她過來，沒過多久，李師師就邁著輕快的步子走了過來。

她穿了一件淡紫色的斜肩式連衣裙，戴了一副普通的珍珠耳環，但就是那麼明媚動人，她一路飄過來，男人們的目光就偷偷地一路跟過來，金少炎看傻了，我使勁咳嗽一聲，他才忙不迭地整理好神態。

李師師一進來就皺眉道：「你們喝酒了？」

我和金少炎異口同聲道：「切，怎麼可能？」

李師師納悶地坐下，金少炎終於恢復了常態，又像大尾巴狼似的文質彬彬地伸出手來：「王小姐，幸會幸會。」

李師師勉強用手搭了搭，微微點了下頭，繼而問我：「表哥，找我來什麼事？」

金少炎見李師師冷淡的樣子，立刻耷拉下了腦袋，但他很快振作起來，把那份合約擺在李師師面前，李師師看了看，偷眼瞧我，我給她一個放心的眼色。

李師師轉向金少炎，很直接地說：「金先生，事在人為，切身的經歷告訴我，合約這種東西並不是很靠得住，現在你只需要告訴我一點來打消我的顧慮：為什麼又開機？」

金少炎呆呆地想了一會，最後還是只抓住最開始的那根救命稻草：「因為……復古風又流行了。」

李師師用纖指把一縷頭髮捋在耳後，用探詢的眼神向我尋求幫助。

我說：「這個復古風……」

我見金少炎一個勁衝我擠眉弄眼。我只得嚴肅地咳嗽了一聲，像個老學究一樣篤定地說：「嗯，是流行了！」

李師師在得到我的安全暗示後，這才又拿起合約一字一句地看起來，金少炎趁機眼睛一眨不眨地盯著她看，我則溜到桌子底下使勁踹了他兩腳。

李師師忽然抬頭問金少炎：「至少投資五千萬？你們打算怎麼拍？」

金少炎道：「對，那個是保守估計，後面可能還要追加一部分，既然是拍文藝大片，咱們就要從服裝道具上面做足工夫，我們準備請國際著名的葉大師來為你設計服裝。」

李師師斷然道：「不需要，服裝我可以自己設計。」

金少炎拍著頭說：「對了，我忘了你是……」

李師師愕然地望向他，金少炎馬上意識到自己失言了，連忙說：「你是……學藝術出身的嘛，我還為你請了國內知名導演和一流的製作班底。」

李師師聽了說：「我看原來那個導演就很好。」

金少炎擺手說：「不好意思王小姐，實話跟你說了吧，之前那個導演是拍記錄片的，他參加過最大規模的投資也就幾百萬，他剛拍完一部叫《秦朝的遊騎兵》的片子……」

我不禁道：「原來是他！」

金少炎繼續說：「除了導演之外，王小姐還有什麼要求嗎？」

李師師執拗地說：「沒有，我只要原來的導演，如果能把原班人馬全給我就更好了。」

金少炎認為這是李師師在賭氣，求助地看著我。

我小心地說：「表妹，就算你和以前的人合作很愉快，可你想過以後的票房和影響沒有，你總不希望辛辛苦苦拍出來的電影沒人看吧？」

李師師道：「那些我都沒想過，我只想先把戲拍好。」

我翻著白眼說：「瞧你這話說的，好像大導演就會把你這戲禍害了似的。」

金少炎道：「那好吧，王小姐方便的話，明天就回劇組報到，咱們把本地的幾場拍完就去外地取景。」

我納悶道：「你們？」

金少炎理所當然地說：「是啊，這是我們公司這半年的重點項目，由我親自跟拍。」

我知道這小子是在找藉口給自己製造有利條件，到了外地，人地生疏長夜漫漫的，很容易搞在一起。

金少炎見我眼睛骨碌骨碌轉，知道自己的詭計已被識破，紅著臉說：「那這協議……」

李師師拿起來又看了一遍，終究還是不放心，金少炎只好說：「或者你可以暫時不簽，先進了劇組再說。」

李師師考慮再三，終於在那張紙的右下角寫上了自己的名字：王遠楠。

金少炎諂媚地說：「我今天才發現王小姐有一個這麼好聽的名字，我以後能叫你小楠嗎？」

李師師站起身，禮貌地笑了笑說：「可以，金先生。」

李師師在門口等我，金少炎垂頭喪氣地說：「她還是不肯原諒我。」

我也跟著走到門口說：「沒時間聊了，以後再聯繫，別急，一步一步來。」

金少炎把那半瓶紅酒塞給我，低聲說：「給嬴哥他們帶著，有時間陪我回去看奶奶，她還不知道我現在的事，經常在我面前念叨你的好呢。」

我背著手和李師師到樓下，在車上，李師師說：「你感覺到沒，他好像又不一樣了？」

我故意大咧咧地說：「有什麼不一樣的，商人就是這樣，看到有利可圖，就朝你露出偽善的笑。」

李師師淡然一笑：「真的有利可圖嗎？投資五千萬拍這種片子，如果不出現奇蹟的話，能收回三成本錢就算不錯了。」

我看了看她，尷尬地笑了一下，所以說女人太聰明了不是件好事。

「……表哥，你是不是有事瞞著我？」

「沒有，真的沒有，你剛來那會，我是想偷看你洗澡來著，可是自從你表嫂把廁所的窟窿從裡面釘上以後，我就死了這份心了！」

李師師：「……」

第四章

英雄難過美人關

佟媛和方鎮江都臊了個大紅臉，還是好心的宋清給二人換上酒碗，

兩個人碰了一下，邊喝邊緩緩地注視著對方。

方鎮江囁嚅道：「我……」

英雄難過美人關，

方鎮江的決心已經動搖得像八十歲老太太嘴裡的牙齒了。

第二天，我起個大早去花榮那兒，湯隆的弓已經做出來了，得讓他去看看，這箭非同一般，兩個箭神，當然不會像平常人那樣站在多遠以外射靶子，我感覺這將是一場最為凶險的比試，這武器當然不能馬虎。

我把車停在胡同口，又犯了猶疑，這麼早來打擾人家，好像有點不道德啊。

我站在院門口豎起耳朵往裡聽著，驀然就聽裡面有男人呼喝的聲音，我心一提，難道有家暴事件？我急忙敲門，只聽花榮朗聲道：「請進！」

我推開門一看，只見花榮正在當院練拳，白生生的拳頭舞得一片虛影兒，身形俐落之至，一邊，秀秀正笑盈盈地看著。

花榮見是我，停下拳腳用手巾擦著汗道：「小強早啊。」

我笑嘻嘻地說：「你們這麼早就起床了？」

秀秀臉一紅道：「他比我早。」

我賊眉鼠眼地往屋裡一看，見靠牆擺著一張嶄新的雙人床，我立刻開始鄙視花榮這小子嘴上一套做的一套，我使勁捅了他一下，賊兮兮地說：「你小子行啊！」

花榮順著我的眼神一看，紅著臉道：「那個是……」

我擺手：「不用解釋，可以理解。」我小聲跟他說了幾句話，花榮眼睛一亮道：「已經做好了？走，看看去！」說著邁步就往門口去。

秀秀在後面緊張地喊：「你去哪啊？」

花榮頭也不回道：「去看幾個朋友。」

花榮跳上車，秀秀亦步亦趨地跟在他後面，一個勁說：「你早點回來！」「你剛好不要喝酒呀！」……

我覺得很不好意思，好像我成了陳世美的幫凶似的，我跟秀秀說：「要不……一起走？」

「好啊好啊。」秀秀二話不說就上了車。

一路上，我和花榮多少有點彆扭，有很多事情不能說，就只能陪秀秀說些「冉冬夜」以前的事情。聽秀秀話裡的意思，姓冉的這小子性格很孤僻，除了喜歡養鴿子，哪怕跟自己的父母也沒多餘的話。

我試探她說：「既然我們小冉這麼悶，你為什麼還喜歡他呀？」

秀秀撲閃著眼睛看著花榮，說：「那是因為你們都不瞭解他，他其實是一個很好學的人，他會背許多詩，還彈得一手好吉他。」

我用小的只能有花榮能聽到的聲音幸災樂禍地說：「兄弟，你以後有得忙了。」

秀秀把手放在花榮肩膀上，溫柔地說：「他醒來以後，我發現他倒是開朗了很多。」

我說：「那你是喜歡以前的他，還是現在的他？」

秀秀毫不猶豫地說：「不管他變成什麼樣我都喜歡。」

我和花榮同時起了一身雞皮疙瘩。

我看著照後鏡說：「秀秀，你是幹什麼工作的？」

「我在教英文，現在已經不幹了。」

我知道她八成因為花榮的事被單位開除了。

談到工作，秀秀忽然想到什麼，對花榮說：「對了，你們單位的領導說既然你好了，隨時歡迎你回去工作。」

花榮小聲問我：「我是幹什麼的？」

「送信的——就是你們那會兒驛站的驛吏。」

花榮道：「這活我能幹，你給我買匹馬就行。」

我陰著臉說：「你知道現在一匹馬多少錢嗎？騎著馬送信，你還不如開著賓士收破爛呢。」

秀秀問花榮：「你的意思呢，還回去嗎？」

我搶先說：「還回去幹什麼？去我們學校吧；還有你，我正準備開門英語課呢。」

秀秀道：「我教英語，那冬夜幹什麼？」

我說：「他教江湖黑話。」

秀秀居然認真道：「啊，江湖黑話？」

我點頭：「嗯，我們那是一所文武學校。」

我們到了以後，花榮利用秀秀先下車的空檔拉著我說：「我不想傷害秀秀，可是我不能再和她在一起了，我和那個冉冬夜差距太大了，還有，我老想拿吉他弦做把弓往下射。」

我剛想說什麼，好漢們已經簇擁上來，紛紛招呼道：「花榮兄弟回來了。」

這時秀秀從車後轉了過來，迷惑地說：「花榮？」

我急忙說：「這是我們在俱樂部的外號，平時大家都按外號稱呼。」

我衝好漢們攤攤手，表示甩不掉這個小尾巴。

秀秀笑道：「我怎麼不知道冬夜還參加過這麼一個俱樂部，我也參加行嗎？我就叫美人扈三娘。」

扈三娘用手劃拉著光頭站出來：「誰叫我？」

當好漢們得知眼前的女孩子是秀秀時，都發自內心地對她透著一股喜愛和敬佩之情。

秀秀四下看了看，嘆道：「這學校真的是不小啊。」

吳用衝扈三娘使個眼色，扈三娘摟著秀秀的肩說：「妹妹，我帶你去別處走走。」

她們倆走了以後，花榮立刻朝湯隆一伸手：「弓呢？」

「你急什麼呀？」湯隆說著，把一個拄在手裡的彎管子遞給花榮，這玩意兒被他一直拿著，一點也不引人注目，更不像是一張弓，除此之外看著倒有幾分眼熟。

花榮卻一點也沒嫌棄，他在見到它的第一時間就眼前一亮，仔細地用手指摩挲著它，像是在和它交流感情。

從外表看，這玩意兒就是一根澄明刷亮的鋼管，雖然有個小小的弧度，但又不像弓那樣，它歪得很猥瑣，身上還有兩個疙瘩，兩頭繫著一根弦，這弦也是很不著調，又粗又黃，像是泥地裡撈出的一條泥鰍。

湯隆臉上帶著神秘的笑，問我：「是不是覺得有點眼熟？」

我使勁點頭。

湯隆指著弓身上的兩個疙瘩提示：「好好想想這是什麼上的？」

我見他的眼光有意無意地掃著，順勢一看，馬上明白了：自行車。這把弓居然是他用自行車的車把做成的，難怪看著那麼熟悉。

湯隆笑道：「猜到了吧，這是我用兩副自行車把焊成的。」

我雖然不懂，但也知道弓是有要求的，問他：「那能有彈性嗎？」

湯隆接過這副自行車把跟花榮說：「弓身我已經做了處理，裡面也有填加，你只要用力拉，它就會彎回來，力道是普通弓的五倍，弓弦是牛筋裡又絞了幾股弦子，整張弓就是一個字：硬！沒有八百斤的力氣它就是一根彎管子。」

花榮把這副車把拿過來，凝神一拉，它立刻發出很悅耳的呼吸聲，張開了一個迷人的弧度。一放手，它又成了那根醜陋的歪管子，花榮滿足地點著頭，然後一伸手：「箭！」

湯隆把一書包裝著長羽的箭堆在花榮腳下，我看著亦很眼熟——後來湯隆告訴我，那是炸油條的火筷子做的。

湯隆拿出一顆大蘋果頂在頭上，站得遠遠的說：「射我頭上的蘋果吧，我對花賢弟的技術有信心，對我自己做的弓更有信心！」

花榮叫過李逵，在他耳邊說了幾句話，李逵聽完，飛跑到湯隆跟前，拿下那顆蘋果三兩口啃成一個細溜溜的蘋果核，然後再把它放在湯隆頭上，邊往回跑邊說：「行了，射吧。」

湯隆腿一軟，把手擋在前面大叫：「慢著，我想起來了，今天我還有三個俯地挺身沒做，時遷兄弟，你比較機靈，你來頂吧。」

花榮根本不管他說什麼，只聽弓弦輕微一響，一道暗線在眾人眼前劃過，「啪」地一聲，那個蘋果核被激成一團水霧，簡直就像被子彈擊中的一樣。那箭去勢不止，炸進一棵樹裡，直濺得木屑紛飛。

湯隆一邊抹著臉上的糖漿一邊罵道：「可惡的小白臉，老子好心給你做弓，你倒嚇唬起老子來了。」

眾好漢都笑，各自撿幾塊石頭叫道：「花榮兄弟看仔細了！」說著一起把石頭向天上扔去，頓時滿天大小不一的石塊，天女散花一般鋪在人頭頂上。

花榮不緊不慢地把一書包箭背在背後，手快得無與倫比，「嚓嚓嚓」連環箭射去，每一箭必定射掉一塊石頭，射到最快處，那箭幾乎連成箭線，哧哧作響，簡直就是一挺連發的機關槍在掃射，滿天的石頭變成沙粉，落得人一頭一臉。

到後來，花榮可能覺得連珠箭也不過癮，手掌展開，一抓就是四五根箭一齊射去，奇的是，這四五箭也居然箭箭不落空，當花榮最後一箭射出，最後一塊石頭也戛然成粉，好漢們轟然叫好。

不知是誰驚叫一聲：「還有一塊！」

只見一塊山楂大小的石頭忽然從極高的地方落下，這個大概是張清丟出去的，所以力量強勁，直到此時才落下來，花榮一摸身後，箭囊已空，忽然急中生智在胸前扯了一把，搭弓再射，那石頭驀然碎裂，花榮所用的，竟然是區區一枚鈕扣。

花榮此時意猶未盡，從地上撿起一根箭來搭著弓抬頭看天，遙遙一指道：「看見那隻白鳥了嗎，我必射其左眼。」說著拉弓就要放箭。

我拼命抱住他喊：「別射！那是飛機——」

這時扈三娘和秀秀回來了，秀秀見滿地狼籍，不禁問道：「你們幹什麼呢？」

花榮並沒有看到她，他把弓背在背上，和好漢們勾肩搭背談笑風生，不經意間透出一股英姿勃發的氣派。秀秀呆呆地看著他，道：「我從來沒見過他這個樣子。」

扈三娘扳著她肩膀說：「妹子，看見沒，這才是男人呢，會背詩會彈琴有個屁用啊。」

秀秀癡癡地望著花榮，喃喃道：「可是……他變得真多，我以前都不知道他有這麼多朋友。」現在，她面臨著一個殘酷的選擇，是選以前那個文藝青年，還是選一個土匪男人。

為了正式慶祝花榮回歸，我們決定中午大排延宴，所有育才員工均列席，孩子們下午放假半天。

到了食堂，我眼前一暈，只見滿堂濟濟，好漢們呼朋喚友，段天狼、程豐收、佟媛、寶金也都相談甚歡，連顏景生都帶了一摞孩子們的作業來了，趁還沒上菜正抓緊時間批改呢。

徐得龍拒絕了段天豹叫他過去一起坐的好意，自覺地跟好漢們坐在一桌上，他老成持重，大概是怕酒後失言，讓人看出破綻來。

宋清又操練起了老本行，指揮著人把一罈罈的五星杜松酒搬在牆角，小六叼著菸，揮著鏟子甩開膀子正在張羅飯菜，我指著他喊：「菸灰掉鍋裡啦！」

小六冷俊一笑，稍稍一偏頭，立刻有一個打下手的小徒弟幫他把菸拿開，磕乾淨菸灰，又給他放進嘴裡。

小六很狂地說：「其實我是個一級廚師！」

旁邊那個小徒弟也毫不含糊地跟我說：「我以前學護理的！」

說實話，今天的局面讓我有點頭疼，這都快成今古奇談了，萬一一會兒喝多了，我的客戶們口沒遮攔讓他們看出蛛絲馬跡，真不知道他們會怎麼想。

這時已經開始上菜，盧俊義他們幾個頭領坐了一桌，現在紛紛叫我過去坐。

我過去一看，除了吳用林沖他們，花榮和秀秀也在，徐得龍因為算梁山的朋友，也被拉了過來，這一桌人，人家花榮按座次也有資格坐，秀秀是他的恩人，也就是梁山的恩人，也沒得說。可是要排下來，我是第一百零九，我指了指段景住他們那桌，笑嘻嘻地說：「我還是坐那兒吧。」

盧俊義往下按了按手道：「從梁山說，你是我們的兄弟；從大面說，你是這的主人，就別客氣了，再說兄弟們都是一家人，哪有那麼多講究？」

秀秀低聲跟花榮說：「你們玩得挺正規呀。」

盧俊義提高聲音道：「下面，歡迎小強給我們講話。」

他率先一鼓掌，梁山的人都跟著鼓掌，別的桌也停下手裡的事一起起鬨。

我清了清嗓子站起來，用飽含感情的聲調說：「今天，我們相聚在育才這片土地……」

董平小聲說：「少搞些沒用的，說正經的吧。」

我愣然了一會，大聲說：「……以後每個月十五號發工資！」

餐廳裡頓時響起了經久不息的掌聲。

扈三娘在她那個桌不知道說了什麼，一桌人哄堂大笑，都笑眯眯地向花榮看過來，我知道她肯定又在宣揚花榮的糗事了。

話說昨天他和秀秀拿著我給的錢去傢俱市場買床，花榮要買兩張單人的，秀秀卻執意買雙人的，花榮拗不過她只好同意，結果一回家，花榮就拿了把鋸子要把新床鋸成兩半，秀秀當時就傻了，問他為什麼，花榮自信滿滿地說：我明白你的意思了，買一張雙人床比買兩張單人床便宜，鋸開一樣睡！

這事是秀秀跟扈三娘聊天時說的，她對「冉冬夜」醒來以後的智商表示了憂慮。

我拉了拉身邊的花榮，在他耳邊笑道：「人家姑娘那是跟你表決心呢，不是為了省錢。」

花榮苦著臉說：「睡到後半夜我也反應過來了，主要是我們那年頭的姑娘都不會用這麼直接的方式。」

「那後來怎麼睡的？」我想起了那張完好的雙人床，看來花二傻的計畫沒有成功。

「我睡報紙上了，今天早上起來，背上印著尋人啟事，大腿上是阿富汗危機，我剛才才發現，阮家兄弟還說，以前沒發現你有紋身吶。」

我「噗」的一聲差點笑岔氣，問他：「你以後打算怎麼對人家？」

花榮搖頭道：「我也不知道，你沒聽秀秀說麼，那個冉什麼夜，又會舞文弄墨，又會彈吉他，我雖然沒事也好附庸風雅，但跟人家比不了。」

花榮是梁山將領裡少有的文武全才，我說：「別這樣想啊，你和他本來是一個人，再說弓和吉他不都有弦嗎，一樣的。」

張清在對面嚷起來：「你們兩個嘀咕什麼呢？」說著端起酒碗道：「花賢弟，這碗酒祝賀你安全歸來。」

花榮呵呵笑道：「謝謝哥哥。」說著一口喝乾。秀秀急道：「你病剛好慢點喝！」

董平哈哈笑道：「那可不行，他敬你的酒是酒，我敬你的也不是白水。」說完搶先一口喝下，看著花榮，花榮同樣是一句「謝謝哥哥」，又乾一碗。

他們倆這麼一來，同桌的人都紛紛向花榮敬酒。旁邊桌的程豐收他們不知道詳情，只知是一位朋友康復出院，也都端著酒往前湊，秀秀急得都快哭了，道：「你們不會是想每人敬他一碗吧？」

扈三娘端著碗排在朱貴後面，笑道：「當然不是，一碗放不倒他，自然還有第二輪。」

秀秀揮舞著胳膊擋在花榮身前，連聲道：「我替他喝，我替他喝。」

盧俊義忽然站起，嚴肅地說：「你不能替他喝！」

秀秀道：「為什麼呀？」

盧俊義把酒碗往秀秀面前一舉，正色道：「你是我們梁山的恩人，怎麼能說是替呢，這是我代表梁山一百零……九位好漢敬你的！」

眾人聞聽都是一凜，都道：「正是如此。」說著，一起把碗舉向秀秀，剎那間形成了一片碗海，上等的五星杜松酒清澈見底，波光粼粼，看得秀秀幾欲昏倒，她喝了兩碗，臉現緋紅，拍著胸口道：「實在喝不下了，我給大家唱首歌，你們饒了我吧。」

好漢們依舊端著酒碗，道：「唱完再說。」

秀秀輕聲唱道：「once when I was very young……」原來是一首英文歌。她聲音輕柔，語調溫膩，聽得好漢們均搖頭晃腦。吳用嘆道：「唱得多好啊，就是一句聽不懂。」

一曲唱完，好漢們耍賴道：「喝碗酒潤潤嗓子吧」「酒碗端起來就不能放下，這是規矩」……我見秀秀十分為難，大聲說：「哥哥們，這樣吧，你們誰能說出她剛才歌裡唱的什麼意思，她就喝一碗。」

好漢們面面相覷，一起指我：「那你告訴我們！」

我仰天大笑：「我也不知道！」

為了懲罰我拆他們的台，這群傢伙把我灌了一通才走。

這時我見整個餐廳裡已經喝成一片了，寶金和安道全摟在一起，程豐收正被段景住他們那桌人拉住勸酒，段天豹和時遷坐在吊燈上一起討論著什麼——

扈三娘和佟媛正在說話，段天狼忽然端著一碗酒走過去，對佟媛說：「佟領隊，那天在臺上你堪堪拿住了我的路子，我如果不重手傷你必定會輸，請你原諒。」

他這番話不倫不類，像道歉又像是狡辯，扈三娘已經瞪起了眼睛。

佟媛卻是心細的女孩子，這些天通過觀察，看出段天狼不善跟人交際，知道他那麼做全是出於想振興武術的想法，也因為心裡後悔，希望別人理解他的苦衷，於是衝段天狼嫣然一笑，跟他碰了碰杯說：

「以前的事不用再提了，也怪我那天抱定了投機取巧的心思，論功夫，你可以做我的師父了。」

段天狼感激地朝佟媛點點頭，居然連酒也忘了喝，就那麼走了回去。這人也當真有趣得可以，惹得佟媛和扈三娘在他身後咯咯直笑。

看著這麼多武林豪傑和社會精英被我收羅在一起，我滿心欣慰，不由自主地眼睛竟濕潤了，我以前好像不是這麼多愁善感的人吶。

正吃喝間，一條漢子從外面向這邊走來，有人眼尖，喊道：「是武松哥哥。」

方鎮江一挑簾子進來，好漢們轟然站起，二話不說先是一陣狂灌，方鎮江滿面帶笑來者不拒，喝了有十來斤酒這才告一段落。他來到我跟前，把一張卡丟進我懷裡道：「說好了的，給你剩的五十萬。」

我見他抱著安全帽，問：「你又回工地了？」

方鎮江點頭：「工作不能丟，我還得給我娘養老呢。」

我把卡遞給他說：「那這錢你拿去吧。」

方鎮江不接，掃我一眼道：「你當我什麼人？」

這時花榮站起身，迷惑道：「武松哥哥，你這是從哪來？」

有人在耳邊低聲說：「武松哥哥還沒恢復記憶，你吃的那顆藥其實是他的。」

也有人告訴方鎮江，面前這人是花榮，方鎮江拿過一隻碗同花榮乾了一杯，道：「好兄弟，你的事我聽說了，活著就好，其他的都是扯淡。」

花榮為難地說：「哥哥，我一定想辦法讓你恢復身分。」

方鎮江一擺手：「恢不恢復的有什麼關係？我現在過得很好，沒有外債，家有老娘，兄弟滿天下。」他往嘴裡塞了兩個饅頭，吃了幾口菜，站起身道：「你們喝著，我回工地了——把剩下的菜打包我帶走吧，那邊那幫兄弟還餓著呢。」

好漢們聽他這麼說，心裡都不好受，一來為方鎮江現在生活窘迫擔憂，二來聽他口氣，終究是跟那幫工友們比以前的兄弟親。但這正是武松的英雄本色，他要一味貪圖安逸，也就不是那個頂天立地的漢子了。

盧俊義拉著他的手道：「別走，把那些兄弟也叫來一起喝酒就是了。」

方鎮江笑道：「不用了，都是些粗人，上不慣席面的。」

李逵聞聽，把桌子上的盤碗拍得直跳舞，怒喝道：「你這是什麼話？明明就是不拿我們當兄弟了。」

方鎮江笑了笑，也不以為意，自己動手把桌上的菜歸攏在一起，裝了幾個飯盒就要走。那邊，段天狼的弟子們已經知道這就是那個傷了自己師父的人，交頭接耳了一番後好像要蠢蠢欲動，方鎮江看在眼裡毫不理會，段天狼見自己再不出面，事態就要向著不可控制的方向發展，只好端著一碗酒走過來。

方鎮江見了，把手裡的東西放下，也倒上一碗酒，對段天狼道：「這位大哥，那天是我鹵莽了，多多見諒。」說著在段天狼碗上碰了一下，一口喝盡，扭頭跟我說：「小強，那天擂臺上那個大個子是誰？有時間介紹我們認識，我要和他喝酒。」

由此可見方鎮江終究是江湖禮數不忘，江湖人講究殺人不過頭點地，他和段天狼交手，是他把對方打了，這時候說幾句場面話給別人一個臺階下，但是絕口不提誰對誰錯，那就表示：跟你喝這碗酒是因為大家都是江湖同道，但我並不理虧。他當面問我項羽，更是表明了在這件事情上的立場。

段天狼雖然一身好功夫，但他並不是真正的江湖人，一時間哪能反應這麼多，見人家酒也跟他喝了，便又走回座位，他那些徒弟們也只得都坐下了。

方鎮江的豪邁過人頓時吸引了很多人的注意，其中有一個人的眼睛眨也不眨地盯在他身上，片刻不捨離開，扈三娘用手在這人眼前亂晃，笑道：「妹子，看傻了？」

佟媛這才意識到失態，低著頭紅著臉挪筷子玩，嘴裡敷衍道：「我……喝多了。」

扈三娘哈哈一笑道：「有什麼不好意思的？我們這個兄弟為了你，不是也跟姓段的掐了一架嗎？」

佟媛驚訝地「啊」了一聲，聽扈三娘一說，才知道方鎮江和段天狼在小酒館裡的事，臉上越發的紅了。

佟媛眼見方鎮江要走到門口了，鼓足勇氣站起來擋在他面前，盯著自己腳尖道：「你……把這個喝了再走。」擂臺上劈五塊磚眼睛都不眨的女魔頭，此時竟大有扭捏之態。

方鎮江走著走著忽然被攔住去路，打眼一看，只見一個頭髮烏黑滑順得可以去拍廣告的高挑女孩站在自己面前，長長的睫毛指著地，竟是嬌美不可方物，不禁也傻了，可是看了看她手裡端的東西，喃喃道：「這個……我實在喝不進去。」

佟媛一聽有點不高興了，顧不得再裝淑女，雙眉一擰道：「別人的酒你十碗八碗都喝了，我的一碗你都……」說到這忽然「哎呀」驚叫了一聲，用手捂著嘴，臉蛋紅透了半邊天，原來她發現自己手上端的其實是碟醋……

扈三娘哈哈笑道：「武松兄弟你就喝了吧，我這妹子為你好，特意給你解酒的。」

段景住促狹地喊：「今晚吃醋，誰家借點螃蟹——」

佟媛和方鎮江都臊了個大紅臉，還是好心的宋清給二人換上酒碗，兩個人碰了一下，邊喝邊緩緩地注視著對方。

大廳裡所有人都微笑地看著他們兩個，我卻噁心了一下，英雄美女——太狗血了！

等兩人喝完了酒，扈三娘問方鎮江：「兄弟，不走了吧？」

方鎮江囁嚅道：「我……我還有……」英雄難過美人關，方鎮江的決心已經動搖得像八十歲老太太嘴裡的牙齒了。

這時戴宗推開窗戶喊：「王五花，王五花——」

正從外面路過的戴宗的徒弟王五花道：「啥事啊師父？」

「去，把那邊工地上的叔叔們喊過來一起喝酒。」

王五花把一隻手放在身前當馬頭，另一隻手在屁股上邊拍邊喊：「駕，駕！」一溜煙跑了。

扈三娘把方鎮江按在自己椅子上道：「你們聊，要是嫌這吵就回宿舍聊……」也閃人了。

我趁機坐過去跟方鎮江說：「鎮江，以後也別打工了，來學校帶孩子們練功夫吧。」

沒想到方鎮江毫不猶豫地道：「不行，我得跟著那幫兄弟，我們是一起出來的，現在我半路走了，讓他們繼續受苦算怎麼回事?!」

我不禁讚了一聲：這才叫好漢！他應該很明白苦力和老師之間有多大差距，尤其是有了心愛的女人以後還能做出這樣的抉擇，簡直可愛得有點迂腐，或者說迂腐得有點可愛了。

偶像做的事情我們都很佩服，但就是做不到——武松就是我偶像。就連別人也都紛紛挑起大拇指稱讚這份義氣。

我見方鎮江心意堅決，慢條斯理地跟他說：「我這個學校以後用人的地方很多，水電工、燒鍋爐的，不知道你那些工友們有沒有興趣？」

方鎮江使勁一拍我肩膀：「我替他們謝謝你！」

我揉著肩膀站起來訕訕地說：「那不打擾了，你們聊吧。」這小子一巴掌差點把我拍成楊過。

這些事情定下來以後，我留下他們繼續喝，一個人背著手在校園裡四處轉悠。

喝了點酒以後，我腦子更亂了，看著工地上千軍萬馬在忙碌著，我甚至發了會兒愣，我們學校除了我，無一不是頂尖精英，可是這些精英都是些什麼人吶：古代的，現代的，半古半今的，植物人幻化來的，我真不知道該讓他們如何相處。

我忽然靈機一動：為什麼不把他們徹底分開呢？現在好漢們和程豐收段天狼他們在一幢樓裡住，新校區建好以後完全可以讓後者搬過去嘛，再以後就照此例，凡是新的客戶一律住進老校區，而學生們和國家調集來的教員一律進新校區，到時候隨便編造個理由，嚴禁一切學生進入舊校區，這樣就減少了很大的接觸面，而那些教員和我的客戶們之間的交流應該不會太多。

可是也有一些小問題，那就是比如寶金這樣的人到底應該住在哪邊？當然，我更偏向於讓他住在好漢們這邊，可事實上，棘手的並不是他或者說他這一類人的問題，最難辦的是：花榮和秀秀怎麼辦？花榮鐵定是要跟好漢們一起，難道讓他和秀秀近在咫尺卻兩地分居？

還有我兒子曹沖怎麼辦？我們吃飯的時候，小傢伙露了一次臉，後來又跑出去和同學們玩去了，他的人緣很好，他還有很長的路要走，我倒是希望他能忘掉現在的身分，一心一意做我兒子。還有，方鎮江這種心知肚明卻又沒恢復記憶的人該怎麼處理？萬一住在新區又說漏嘴怎麼辦？住舊區的話，他和佟媛結婚了怎麼辦？

我有一個好習慣，就是想不通的事情就不去想了，這時就見育才的總工程師崔工腆著肚子出現在我眼前。我們今天會餐特意給他送去了酒菜，崔工看來沒少喝我們的五星杜松，紅頭漲臉地叉著腰在那指揮幾個副手呢。

我跑過去說：「崔工，商量下，給我們學校加個玩意。」

崔工打著酒嗝兒看了我一眼：「你要什麼玩意？」

我大大的揮手：「從這到那，我要一面大大的牆。」

崔工還沒明白：「你說屏風？」

我從他胳肢窩裡抽出藍圖，展開來說：「給我筆。」

我在藍圖上找到現在的老校區，然後用紅鉛筆切著老校區粗暴地畫了兩道，「看明白沒？新校區和老校區之間我要這麼一堵牆！」

崔工把圖紙捲起來坐在屁股底下，掏出一根菸叼在嘴上，不說話，光看我。

我說：「捲起來幹什麼，看明白沒？」

崔工靜靜道：「不用看也明白了。」然後用飽含感情的語調跟我說：「兄弟呀，我不知道你要幹什麼，但是育才也是我的心血呀，你就別禍害它了。」

我堅決地說：「我不管，這回你一定得聽我的，我這堵牆是為了擋人的，要高，兩米五，它要整個把學校切成兩半，就中間給我留個小門走人。」

崔工疑惑道：「你這是要建……柏林圍牆？」

「不管什麼牆，我要的是實際的效果，能把人隔開。」

崔工甩著手道：「你這是圖什麼呢？你要是嫌舊樓寒磣，我不是早讓你推倒了嗎，我給你起新的。」

我說：「我不是也早告訴你了嗎，這舊樓就跟我老婆一樣，我要用牆把它圍起來，我這就是——」我一拍大腿，「對，我這就是金屋藏嬌。」

離開育才我本來想回去睡一會的，卻接到孫思欣一個電話，說酒吧有兩撥共計三個人找我，其中包括我「二大爺」。

「我二大爺？」我馬上醒悟了：劉老六！我一邊喊著讓孫思欣無論如何看住他，一邊加大油門往酒吧趕。

我一進門赫然看見劉老六正坐在那裡，這才放下心來，孫思欣一指旁邊桌上的那個棗核腦袋的老頭說：「那個也是找你的，看樣子和你二大爺他們不認識。」

我：「……那是我三孫子！」

劉老六悠悠地道：「小強，背後說人壞話可不好。」他的身邊還坐著一個人，不過這人看來是喝多了，伏在桌子上不動。

我跳到兩張桌子前，指著劉老六想罵，可當著外人的面又罵不出口，只得微笑著先問另一個老頭：「您有事麼？」

這個老頭穿著一身中規中矩的灰白夾克，戴著一塊老上海表，像是某個工廠的廠長似的。

他先禮貌地朝所有人笑笑，然後跟劉老六謙讓道：「您要趕時間就您先說。」

劉老六回笑：「我不忙。」

然後倆老頭就開始客氣：「你先。」「你先。」……

我在一邊直鬱悶，看這樣，倆老頭是把我當坐檯小姐了，倆人在商量誰先上呢！

最後棗核老頭拗不過劉老六，先跟我握了一下手，然後從黑書包裡掏出一遝文件，用不容置疑的口氣說：「蕭主任是吧？你把這個簽了吧。」

我心一提，聽他口氣怎麼那麼像法院送傳票的呢？拿起文件一看，是一份協議，甲方是我的名字，乙方是我們本地最大的國有酒廠，我疑惑地看了一眼棗核老頭，棗核老頭「哦」了一聲：「還沒介紹，鄙姓倪——倪築陵。」

說著遞給我一張片子，最上面先是兩行大字：香飄天下名揚海內，然後是名字，頭銜是：佳釀酒廠廠長兼工會主席。

佳釀酒廠在我們本地非常有名，只生產高度白酒，從高低檔都有，幾乎壟斷著本地白酒市場，在省外也有傾銷管道。這棗核老頭還真是個廠長。

我急忙重新跟倪廠長握手：「失敬失敬，我從小喝您廠裡的酒長大的——可是您找我什麼事啊？」

倪廠長示意我看協議書。這回我仔細地把協議看了一遍，這是一份非常莫名其妙的協議書，上面規定：只要雙方簽字後那天起，乙方，也就是酒廠方負責全力幫助甲方把「五星杜松」酒送上生產線，製作成瓶裝酒在全國範圍內推銷，在這個過程中，甲方只負責提供成品液體酒，秘方自行保留。

這根本就是一份不平等協議嘛，只不過我是那個最終得利者，佳釀酒廠在這紙協議裡沒有任何好處，為別人徒做嫁衣裳不說，還得經受我們的五星杜松跟它搶奪市場。

我終於忍不住問：「您的酒廠和我合作能得到什麼利益呢？」

我信手翻著條文，這才發現另一個重大問題：這上面絲毫沒提作為酒廠方的條件。

倪廠長頓了頓說：「哦，咱們兩家只要按照這個合同來就行，好處另有人給——事實上是有人花錢請我們做這一切的，我們酒廠這次充當一回包裝商和廣告商，每賣出一瓶酒，我們會從他那裡拿到回扣。」

我不禁「啊」了一聲。

倪廠長笑道：「你這位朋友說了，他欠你錢，還說只要跟你一提你就明白了。」

我頓時恍然：是金少炎這小子！

想明白這一點，我什麼心病也沒有了，通體舒泰，拿起筆忙不迭地簽上了自己的名字，難怪倪廠長一開始讓我簽字的時候口氣那麼衝，因為他知道這是一份讓人無法拒絕的協議。

我笑著問：「那您不怕我們的酒跟你們的產品搶奪市場？」

倪廠長笑道：「不怕，我們廠只出高度白酒，在低度這一塊沒有自己的扛鼎之作一直是我們的遺憾，這是兩個相對固定的市場，影響不大；再說蕭主任的五星杜松有口皆碑，我們不做，遲早會有人做的。」

我發現倪廠長桌上只有一杯飲料，馬上責怪地衝孫思欣喊：「怎麼不給倪廠長來一碗咱們的酒呢？」

倪廠長急忙擺手：「是我不要的——我滴酒不沾。」

我愕然笑道：「難怪您當酒廠廠長呢！」

倪廠長站起身道：「那蕭主任你忙，我明天就派車來跟你提酒，以後銷路好的話，我們可以分出一條流水線出來直產直銷，當然，秘方還是由你保管。」

等倪廠長走了以後，我拿著那份合同傻樂：「嘿嘿，這下可發了。」因為我知道我們的酒銷量絕不會差，在本市它已經有了扎實的人氣基礎，每天慕名前來品嘗的人絡繹不絕，到了外地應該也不會差到哪兒去，我以前怎麼沒想到這個來錢的法子呢？

劉老六忽然嘿嘿道：「他終於出手了。」

我這才想起劉老六，惡狠狠說：「對了，你又有什麼事？你說誰終於出手了？」

劉老六衝我手裡的合同努努嘴：「『他』唄，還能有誰？」

我摟緊發財合同，警惕地問：「你什麼意思？」

劉老六慢條斯理道：「你沒跟『他』打過交道不瞭解他，每次他把一個人當作正式對手之前，總會想各種辦法讓對手變得更強，這樣玩起來才有意思，他絕不會跟一個臭棋簍子下棋。」

「……誰是臭棋簍子？把話說明白點！」

劉老六笑呵呵地說：「在下界，金錢永遠是最大的力量，可能他看你太窮了，所以接濟你，這樣你才好跟他繼續鬥。」

我詫異道：「你是說酒廠的事是他在背後鼓搗的？」

劉老六點頭：「八成是。」

這時我也想到，酒廠這件事情好像不是金少炎的風格，他那種花花大少，你沒錢跟他說一聲，幾百萬甩過來是常事，可幫你從根本上振興家業卻不大可能，他沒那個思路也沒那個工夫……我立刻給金少炎打了一個電話，對此事他完全茫然。

一絲涼意從我後背上緩緩升起，顯而易見，我的對手是把我當成了一頭鬥牛，只有把牛養得精壯無比他才玩得開心，這種變態的做法昭示著他有變態的實力，我遲早是要被那把劍插進心臟……

我把那紙合同捲成一卷在桌子上狠命摔著，一邊大叫：「老子不玩了，老子不玩了！」

劉老六看了一會我的表演，笑模笑樣地說：「你倒是別光摔啊——撕了它！」

當老子傻啊？現在是有錢也得鬥，沒錢也得鬥，撕了它，我以後拿什麼玩？

我把合同仔細地揣好，悻悻地坐下說：「這又不是他白給老子的，厲天閏那一場他還欠著我錢呢。」我一指桌上趴著那人，「這又是誰？」

劉老六道：「先說我們的事。」

我馬上朝他伸手：「我的眼鏡呢？」

「……什麼眼鏡？」

「別裝了！能看出前世今生的眼鏡，沒有它，我怎麼阻止那個變態繼續往外變人？」

劉老六凝重地說：「關於這種技能的申請被上面很嚴厲地駁回了，這種嚴重影響三界平衡的東西，是天庭的大忌，以後想都別想。」

我叫道：「靠！那個王八蛋怎麼用都行，老子用就犯了大忌？」

劉老六一攤手：「警察和劫匪打仗，吃虧的永遠是警察，因為我們有顧忌。」

我也學著他的樣一攤手：「那我們當劫匪怎麼樣？」

劉老六神秘地說：「但是，我給你準備的新禮物你肯定喜歡。」說著，這個老騙子在我面前排出一排餅乾……

拿餅乾就想打發老子？我隨手拿起一片，笑道：「還是夾心的。」說著就往嘴裡塞。

劉老六一把拉住我的手腕：「你找死啊？」

我莫名其妙道：「不是給我的嗎？」

「是給你的。」

「那不就結了？」我又往嘴裡塞。

劉老六放開手說：「你就不想想我會給你普通餅乾嗎？」

我一下愣住了，是啊，這老騙子怎麼說也是神仙，雖然人比較猥瑣一點，但是身上是真有好東西的，讀心術就很好用。

我小心翼翼地放下餅乾，問：「這跟普通餅乾有什麼不一樣？」

劉老六拈起一塊來，像看什麼寶貝似的，最後才說：「它跟普通餅乾不一樣的地方就是——它是夾心餅乾！」

第五章

蘇武來牧羊

這人滿臉大鬍子，臉上同樣嵌滿油泥，
但是一雙眼睛充滿警惕之色，一閃一閃的四下打量，
彷彿常年處在危機之中，但是目光堅定充盈，讓人不敢逼視。
我急忙站起身，肅然起敬道：「這就是那位大漢使節蘇武？」

我二話沒說，抄起桌上的菸灰缸就要砸他，幸好劉老六很及時地說出了後面的話：「你想擁有誰的能力？」

我的菸灰缸停在他腦袋上：「什麼意思？」

劉老六慢慢地把一塊餅乾分成兩片，說：「比如說你很羨慕項羽的神力，或者花榮的箭法。」

「那又怎麼樣？」我的心動了。

劉老六把分成兩半的餅乾對著我，說：「它的名字叫子母餅乾，每一塊都是由兩片組成的，所以看起來就像夾心餅乾，一片你自己吃，另一片給別人吃，十分鐘之內，你會擁有對方身上最獨特的力量——記住，必須得對方先吃，否則毫無用處。」

我心花怒放，鄭重地從劉老六手裡接過那兩片餅乾，問：「對了，項羽和花榮都好說，本事很明顯，那如果我把這東西給一個很稀鬆平常的人吃了怎麼辦？」

劉老六道：「你要不怕浪費，可以找一個這樣的人試試嘛。」

我把其中的一片遞給他：「那你吃！」……

劉老六又說：「我們一般把有字的那一面叫子面，顧名思義，它可以接收來自母面那一面的感應，簡單說，就是你把對方的身體複製在你身上，所以你要在一個稀鬆平常的人身上用了，也就變得稀鬆平常了。」

我又問：「這個對人沒害處吧，比如我和項羽一起吃完，他不會就此癱瘓掉吧？」

劉老六說：「副作用是多少有一點的，被你『吃』掉的那個人，在那十分鐘之內，他的力量會比平時弱一點，但幾乎沒差別，他自己也不會覺察到的。」

我數了數，一共是十塊餅乾，我心想：這東西既然無害，那我索性一古腦都和項羽「分享」算了，看以後誰敢惹我！

劉老六好像知道我在想什麼，說：「這餅乾在一個月內，在一個人身上只能用一次，你別打歪主意，我勸你可以先挑有能耐的人給他們先吃一半，另一半你留在手裡，保命的時候自然用得著；還有最最重要的一點，我再提醒你一遍！」

劉老六拿起一塊餅乾指給我說：「有字的是子面，沒字的是母面，」說著，他把餅乾翻轉過來，「千萬記住，有字的這一面自己吃，沒字的那一面是給對方吃的；如果給反了，你不但得不到他的力量，還會被他把你給複製了——當然，他把你複製了遠比你把他複製了還倒楣。」

我顧不上他寒磣我，仔細地看了一下，確實一面是有字的，只不過那字更像是一個花紋而已，應該是天庭特有的符號。

我貪婪地把十塊餅乾都攬在身前，說：「限制這麼多，能不能多給幾塊？」

「……這是你這個月的工資，你見過有嫌工資少就跟單位打商量的嗎？」

「怎麼沒見過？去市政府抗議的都有。」

「那你到市政府靜坐去吧！」

我找了個小盒，把餅乾仔細收好，這才指著那個一直趴在桌子上的人問劉老六：「這是誰呀？」

劉老六拍拍這人的肩膀，跟我說：「這位從三十歲以後就沒怎麼吃過糧食，胃裡存不住東西，喝了一碗酒就醉成這樣了。」

這人醉得快，醒得也快，劉老六這麼一拍他，他立刻從桌子上撐起來。

這人一起來不要緊，著實把我嚇了一跳，我這才看清他大熱天裡居然穿了一件黑糊糊的大皮襖，一股酸臭氣襲人，更恐怖的是，這人滿臉大鬍子，臉上同樣嵌滿油泥，但是一雙眼睛充滿警惕之色，一閃一閃的四下打量，彷彿常年處在危機之中，但是目光堅定充盈，讓人不敢逼視。

在他懷裡，緊緊摟著一根棍子，大概這棍子上以前還有小旗一類的東西，但是現在光禿禿的，什麼也沒有了。

我不禁往後挪了挪，驚詫道：「你是歐陽峰？」

大熱天穿皮襖，可見此人內力精湛，而他懷裡那根棍子，八成就是他常常用的蛇杖了。

劉老六道：「什麼歐陽峰，這是位侯爺——蘇侯爺！」

「……孫侯爺？悟空？」

劉老六滿頭黑線：「蘇武！蘇侯爺！」

我覺得這名字滿熟，傻問道：「蘇武是誰？」

劉老六嘆了口氣道：「你們上小學的時候歌裡沒唱嗎——蘇武，留胡節不辱，雪地又冰天，苦忍十九年……」

我急忙站起身，肅然起敬道：「這就是那位大漢使節蘇武？」

劉老六道：「就是他了，蘇老爺子在匈奴地留了十九年，歷經三代漢王，最後賜爵關內侯。」

我啞然道：「當了侯爺怎麼還是這德……呃模樣？」

劉老六感慨道：「蘇老爺子回到漢朝以後，不敢絲毫忘記自己受過的屈辱，放著豪宅美食不去享受，依然是從前的裝扮，一來是鞭策自己，二來也是警示後人，他一直想再以大漢使節的身分出使匈奴，不過沒有實現，他手裡拿的就是當年那根旌節。」

我不由得即感又佩，伸手在蘇武拿著的那根棍子上摸了兩下，蘇武往後一撤身，沉聲道：「你幹什麼？」

我委屈地說：「看看也不行？」

蘇武厲聲道：「除非我死！」

劉老六道：「那是蘇侯爺的命根子，除了漢朝皇帝，別人碰也別想碰一下。」

我把劉老六拉在一邊悄聲說：「怎麼沒來由地把蘇侯爺請來了？我這些客戶的先後次序是怎麼排的？」

劉老六道：「本來秦檜之後是幾個武將來著，但是你這出了事以後，我們再往下排人就有了顧慮，那些武將仇人多，恐怕讓你的對頭有機可趁，所以我們現在安排人都是以文人和不關緊要的人為主，蘇侯爺應該沒什麼問題，我就不信你的對頭能再變出一個匈奴國來。」

我看了看蘇武跟劉老六說：「我能領他先洗個澡嗎？蘇侯爺太有味道了！」

「那隨你的便吧，記住順著他的意就行了，蘇侯爺受了這麼多年的罪，什麼都看開了，現在他就是放不下那份執念，總還想著報效國家呢。」

我說：「行了，那你走吧。」剩下的事我就輕車熟路了。

劉老六臨走的時候，摟著我的肩膀很動情地說：「小強啊，我對你夠意思吧？」

我把他推在一臂之外：「有事直說！」

「……你看，你跟酒廠把那合同簽了以後，每個月少說又有幾百萬的收成了吧？」

我把包拎在手裡：「你要多少？」

劉老六好像已經算到了我的底限，小心翼翼地朝我張了五根手指，我捏出五張票子給他：「夠了吧？」

劉老六嘿嘿道：「果然是有錢人了，其實我只是想要五十，對了，你那輛摩托車也沒用了吧？」

我在兜裡掏了半天才找到摩托車鑰匙，扔給他：「在當鋪胡同口停著呢，自己開去。」

劉老六又把鑰匙丟還給我，笑嘻嘻地說：「不用了，我已經拿鐵絲捅開了，就是跟你打聲招呼。」

我終於忍不住了，抓起個啤酒瓶子就丟了過去，劉老六早已經飛一般跨在摩托車上，兩根電線一搭，一陣黑煙翻滾消失在我眼前。

送走劉老六，我回身跟蘇武說：「蘇侯爺，咱洗澡去？」

蘇武茫然道：「什麼是洗澡？」

我想到這位在冰天雪地裡放了十九年的羊，可能連自來水都沒怎麼見過，也就釋然了：「就是沐浴。」

我原以為他會拒絕，想不到蘇武很痛快地說：「可以。」

我把他帶到車上，發現蘇侯爺對外界的一切都無動於衷，只是眼神堅定地摟著他的棍子，十九年的苦寒生活已經讓他忘了一切人間享樂，連起碼的溝通也不會了，他現在只活在自己的世界裡。

我想了一下，很快否定了帶他去洗三溫暖的想法，他這個形象絕對引起轟動，我不想惹來不必要的麻煩，更不想我們的蘇侯爺遭人白眼，老蘇為了保住民族氣節付出了巨大的犧牲，我們不能讓我們的英雄流血再流淚。

一想到他受到的苦難，我立刻有了計較：帶他去我的別墅！我要讓侯爺好好過幾天舒坦日子，現在那裡只住著一個秦檜，太便宜這老奸臣了。

我打開車窗，加大馬力，讓風猛烈地吹進來——侯爺身上的味實在太雷人了！

我們到了地方，我拿鑰匙打開房門，家裡除了一股泡麵味，居然收拾得很整潔，秦檜穿著一身柔軟的睡衣癱在沙發裡愜意地換著電視頻道，見我進來，懶洋洋地衝我一揮手，算打過了招呼。

蘇武一進門，秦檜就嚇得跳了起來：「你領回來個什麼東西這是？」看來自古忠奸不對路，哪怕是朝代不同，兩人這一對眼，不用說話報名都自帶了三分敵意，蘇武掃了秦檜一眼，冷冷地哼了一聲。

秦檜顧不得說話，光著腳跑到蘇武面前，用面紙墊在手上扯蘇武的棉襖，一邊叫道：「換鞋換鞋！」

蘇武二話不說，用手裡的棒子狠狠給秦檜來了一下，秦檜抱著頭慘叫道：「你怎麼打人呢？」

我看得樂不可支，此人此景，真是對歷史最大的撫慰，這就叫邪不勝正啊。

等我一報蘇武的名字，秦檜果然立刻軟了。

我把蘇武帶到浴室，給他放好一池溫水，把一套嶄新的衣服擺在旁邊，恭敬地說：「侯爺，您請吧，有什麼需要幫忙的直接喊我。」

蘇武點點頭，先把棉衣棉褲脫下來交到我手上，我小心地提著這兩件寶貝替他掩上門，蘇武的外衣穿得很有特色，只要不在人身上，你絕看不出來那是兩件衣服，油光澄亮，而且裡外已經沒一根毛了，據說蘇侯爺斷糧的時候靠它們過了好幾個冬天，毛應該都在蘇侯爺肚子裡了。

這樣的寶貝我可不敢給扔了，只好先放在洗手間門口。我發現這兩件衣服居然不倒，就那樣自己站著，像是一副中世紀的騎士盔甲，忠心耿耿地守衛在主人的門前——這衣服都穿挺了！

趁蘇武洗澡的工夫，我四下查看了一下，發現秦檜的臥室更是收拾得一塵不染，有不少我買來撐門面的外文書都被他搬到書櫃裡了，桌上還擺著一本攤開的英文小說，我驚問秦檜：「你看得懂嗎？」

秦檜道：「翻著詞典能看懂《茶花女》了。」他見我滿臉驚訝，得意地用鼻子哼哼著說，「你以為奸臣就那麼好當啊？」

我還發現一個有趣的現象，就是只要是我翻過碰過的地方，秦檜都會用紙小心地擦著，連一個指紋都不放過，真沒想到滿肚子陰謀壞水的秦檜居然有潔癖！他跟蘇武倒真是一對絕配。

我們下了樓，我問秦檜：「泡麵還夠吃嗎？」

說到這個，秦檜苦著臉道：「你多少給我留點錢，電視上都說了，老吃泡麵沒營養，我現在聞那味就要吐了。」

我說：「行，一會兒我錢給蘇武。」

「你給我不是一樣嗎？」

我瞪他一眼道：「老子怕你貪污！」

秦檜仰天打個哈哈：「你也太小瞧我了，少於十萬兩我正眼都不看一下，再說，你留錢不就是我一個人花嗎，哪有自己貪污自己的？」

……這時，我就見蘇武他已經下樓來了。臉上的油泥紋絲沒動，最彆扭的是：他又穿著他那身破皮襖下來了。他從進去到出來加穿衣服一共沒用五分鐘，大概是到池子裡浸了一下就跑出來了。

蘇武到了客廳，也不跟我們說話，席地一坐。秦檜已經跳了起來，捂著鼻子喊：「不是給你放新衣服了嗎？」

蘇武白了他一眼，沉聲道：「我這輩子就穿這身。」

這會連我也有點沉不住氣了，這畢竟是我新房，侯爺穿著這身，不用多，住一星期我這兒化學物質成分就得超標。

我跟他說：「要不這樣吧，我給您買身新棉衣，您把這套換下來怎麼樣？萬一您以後代表咱們國家出使到非洲某部落，一旦斷糧，靠著衣服裡的棉花還能過個三年兩年的。」

蘇武搖搖頭：「不換。」

秦檜小聲跟我說：「看見沒，忠臣不討人喜歡吧？」

我是徹底沒辦法了，深知蘇武是軟硬不吃的忠貞之士，最後只得跟他說：「不換就不換吧，您就在這住著，吃喝不用管，有什麼不懂的，就問九五二七（秦檜的編號）。」

秦檜見我要走，使勁拉著我說：「給錢啊，你總不能讓我們倆大活人就靠一箱子泡麵活吧？」

我想想也是，就掏出一遝錢來，秦檜頓時兩眼放光伸手來接，我撥拉開他，走到蘇武跟前，給他塞在破襖裡頭，指著秦檜跟他說：「九五二七要把您侍候舒服了，您就看情況給他點小費，可不能一次都給他。」

蘇武點頭道：「我理會得。」

秦檜離得老遠蹲在蘇武對面，伸出雙手叫道：「你們忠臣不是都視金錢為糞土嗎？你把錢給我吧！」

蘇武根本不理秦檜，嘿嘿冷笑數聲，看來老爺子只是懶得和人打交道，他可不傻。

這倆人太有意思了，一個極忠，一個極奸；一個極髒，一個極愛乾淨；一個疏離淡漠，一個卻極狡猾世故，正所謂是一物降一物。

我一直到走還樂呢，有了秦檜，等於給蘇武請了一個全天候的保姆。

回到當鋪，項羽正在百無聊賴地站在窗口看天，自從和張冰斷了聯繫以後，他經常這樣茫然無措，虞姬是找到了，可已經不是他愛的那個人了。

我下意識地捏著懷裡的餅乾，熱情地招呼：「羽哥，吃東西。」說著，把一塊餅乾分成兩片，把沒有字的那一半遞給項羽。

我嚮往「力拔山兮氣蓋世」已經不是一天兩天了，當然，我這麼做好像是有失厚道，不過劉老六說了，這對使用對象影響有限，也就沒什麼大不了的。

項羽想也沒想，接過去就塞進了嘴裡，三兩口咽了下去，我仔細地把另半片收好，一邊問：「羽哥，味道怎麼樣？」

項羽無所謂地點點頭：「還可以。」

就這樣，我已經很順利地儲備了項羽的力量，這使我想起小時候看過的一部動畫片，裡面那個主人公擁有熊的力量，鷹的眼睛，豹的速度和狼的耳朵，現在我只要拿著這些餅乾，這一切好像也並不是難事。

我正沾沾自喜，忽然一隻手伸到我眼前說：「給我吃一塊。」

我一扭臉，正瞧見荊軻骨碌骨碌地看著我。

我捂住餅乾盒說：「你就不用吃了吧？」我可不想吃完某片餅乾之後，讀心術讀出來的資料是一排省略號。

「給我吃一塊……」二傻不依不饒地說。

我想了想，就給他分了半片，因為劉老六說的好像是只能複製對方的身體而不是思想，二傻的身手我也見過，應該還算能用得上。

二傻把餅乾塞進嘴裡，腮幫子一鼓一鼓地動著，很快又說：「再給一塊。」

這下我也好奇了，問他：「真的那麼好吃？」

二傻道：「我給小趙留一個吃。」

我還能說什麼？這麼夠意思的朋友現在可難找了，我重新把一塊整餅乾分成兩片，分了他半片，二傻立刻去找趙白臉了。

我頓了三秒，立刻追著他喊：「你回來！」

趙白臉……我很快想到了他那弱不禁風的樣子，我怎麼能把這麼好的東西浪費在他身上？可是，等我追到樓下的時候，趙白臉的腮幫子也跟荊軻一樣一鼓一鼓的，臉上帶著滿足的笑。

我懊惱地一跺腳：「白瞎了一塊。」算了，留著以後害人用吧。

我把已經分出去的三片餅乾按順序放好，第一片是項羽，其次是二傻和趙白臉，這樣在危急的時候至少不會弄混。接著把兩塊沒使用過的和它們放在一起，裝在一個小盒裡貼身收好，把另五塊仔細地鎖在保險櫃裡，我十分慶幸秦始皇沒看見它們，我堅信以他的實力，一口就能把十塊餅乾全塞進嘴裡。

我更慶幸李師師和包子不在場，女孩子喜歡吃零食，你一個大男人總不好意思抱著一盒餅乾藏著掖著吧？很難想像我要和她們分吃一塊餅乾會不會變得前凸後翹……

為了防止意外，我特意買了一包樣子差不多的奶油餅乾光明正大地擺在桌上，二傻和趙白臉倆人每人又吃了一塊，都說：「比剛才的好吃多了。」

這時秦始皇從裡屋闖出來，端起盒子一下全倒進了嘴裡。好險吶！

這時項羽忽然道：「咦，師師回來了，她旁邊那個好像是金少炎。」

我急忙趴在窗口上一看，只見李師師和金少炎一左一右分站在那輛保時捷邊，雖然距離很近，但兩人遙遙相望，都顯得有些拘謹地衝對方點頭微笑，看樣子李師師是想讓金少炎先走，而金少炎則是想看著李師師先進家門。

兩個人在門口窮客氣了一陣，誰也不肯先走，項羽忽然嚷道：「金少炎，上來坐！」

金少炎一抬頭，朝項羽笑了笑，卻是仍然未動，項羽納悶道：「這小子幹什麼呢，假裝不認識我了？」

秦始皇擠在我和項羽中間，也朝下面喊：「掛笑撒泥（傻笑什麼），上來麼，可哩嘛擦（陝西土語，快點的意思）。」

李師師見他們這麼說，只得做了個請的手勢，金少炎好像很無奈地鎖了車，跟在李師師後面走了進來。

我跟項羽他們說：「一會兒見機行事，不要多說話。」然後急忙向樓下跑去。

李師師比金少炎要快十來步，她經過我的時候用很低的聲音說：「……我就是想回來看看，他非要送我。」接著她就跟我擦身而過。

金少炎老遠見了我大聲說：「蕭先生，很高興見到你！」

我見李師師已經上樓了，罵道：「你小子搞什麼鬼？」

金少炎哭喪著臉，壓低聲音說：「沒辦法啊，我現在只能用這種口氣跟你說話。」

我跺著腳說：「那你進來幹什麼？」

金少炎眼圈一紅：「本來是不想進來的，可是我看見大家就忍不住了。」

我只得嘆了口氣說：「上去吧，我看你一會兒怎麼說！」

金少炎剛上樓，我就聽見他又扯著嗓子喊：「兩位先生好，怎麼稱呼？」

傳來項羽的聲音：「你真的不認識我了？」

秦始皇：「掛娃子（傻小子）！」

我衝上樓去一看，李師師關上房門正在換衣服，這是個千載難逢的好機會，我飛快地問金少炎：「怎麼辦，說不說實話？」

金少炎已經狠狠地抱住了項羽：「羽哥！」然後又抱秦始皇，親熱地喊：「嬴哥！」

項羽納悶道：「這是怎麼回事？」

我急忙向他做了個噤聲的手勢，低低地說：「詳情以後再跟你們說，現在他必須假裝不認識你們，就像從來沒見過那樣。」

這時李師師已經一推門出來了，秦始皇順勢捶了金少炎一下，道：「你咋能不認識餓捏？」項羽馬上附和道：「是呀，你怎麼能不認識我們呢？」

李師師道：「他不是金少炎，他是金少炎的孿生弟弟。」

金少炎愣了一下，腦子也轉得非常快，馬上道：「我沒有弟弟。」

李師師擔心事情越變越複雜，使勁抓著金少炎的袖子在他耳邊說：「先順著我的話說，以後我一定給你解釋清楚。」

金少炎明顯進入放空狀態五秒鐘後，也小聲跟李師師說：「好，我答應你。」然後打著哈哈跟項羽和胖子說：「跟大家開了個玩笑，我沒事就喜歡冒充我哥哥。」

項羽也打著哈哈說：「跟你哥哥長得真像！」

贏胖子跟著湊熱鬧：「就絲（是）滴。」

然後四個人都各自心懷鬼胎面面相覷，再也沒話了。我抱著腦袋往地上一蹲，這場面太詭異了！

金少炎看看這個瞄瞄那個，終於做了他這輩子最為正確的一個舉動——他說：「各位，不耽誤你們了，我告辭了。」

我一下跳起來，邊往外推他邊說：「金先生不坐會兒再走啊？」

李師師想一起送，我朝她擺手，「你別動，我送就行。」

到了樓下，我和金少炎一起使勁抹汗，我說：「如果師師借這個機會把以前那些事都告訴你了，你怎麼辦？」

金少炎道：「你說呢強哥？」

「借坡下驢？可問題是，這樣的事跟誰說誰也不可能相信呀，尤其是你以前那個德行。」

金少炎也煩惱地道：「是呀，這事難辦了，真不知道師師怎麼想的，她剛才為什麼那麼說呢？」

「這都看不出來？怕羽哥揍你唄。」

金少炎眼睛一亮：「這麼說師師還是關心我的？強哥，你一會兒先去探聽探聽她的口氣，看她是怎麼打算的，咱們再做計較。」

我說：「也只能先這樣了。」

我們正往外走著，迎面碰上提著一大堆菜的包子，她好像沒仔細看我旁邊是誰，就那樣從我們身邊走過去，我和金少炎屏息凝視地貼牆站好，生怕引起她的注意。

包子又往前走了幾步，忽然回過頭來說：「咦，是小金吧？」

金少炎急忙擺手：「不是！」

包子笑道：「你這是唱的哪齣啊？我們大家經常念叨你呢。」

金少炎囁嚅道：「可是……我是我弟弟。」看得出，在當鋪，在老朋友面前，他有點控制不住自己的情緒了。

包子問我：「他說什麼呢？」

我說：「這個不是金少炎，他是金少炎的孿生弟弟。」

包子恍然道：「是你呀？上次我們和你哥吃飯，我還看見你後腦勺了呢。」

金少炎勉強笑道：「是嗎？」

包子說：「你哥在國外挺好的吧？」

金少炎很自然地道：「我沒有哥。」我使勁拽了他一把，金少炎這才結巴道：，「哦，挺好的。」

包子一笑說：「你們哥倆還真的鬧矛盾啊？」

金少炎這會機靈勁上來了，連連說：「沒有沒有，我們倆好得一個人似的。」

包子笑道：「這就對了，親兄弟就是親兄弟啊——別走，一塊吃飯吧。」

金少炎道：「不了，我……還有事。」

包子站在樓道口說：「是不是吃不慣我們小家小戶的飯啊？你哥可沒你這麼大架子。」說著自己上樓去了。

金少炎苦著臉問我：「你說怎麼辦？」

我幸災樂禍地說：「自己想辦法吧，不過你要把包子得罪了，那可跟惹了丈母娘性質一樣，她跟五人組比我還親呢。」

金少炎忽然把心一橫，真的就往樓上走，我問：「你真的要上去？」

金少炎邊走邊說：「反正師師那也應付完了，我不信我吃不了這頓飯，劉邦當年鴻門宴都敢赴——對了，劉哥呢？」

「別瞎操心了，小心一會兒別說漏了，你說你那天跟師師說了實話多好？」

金少炎嘆了口氣：「現在說什麼也晚了。」

這時荊軻從外面回來了，金少炎拉著他的手親熱地說：「軻子，你……」我急忙在他耳邊說：「跟他不能說實話！」

金少炎只得放開他的手，客氣地說：「你好。」

二傻用兩個眼珠子分別盯住我們一個人，奸笑道：「你們兩個有事瞞著我！」

我們異口同聲道：「沒有！」我給他介紹：「這是金少炎的弟弟。」

二傻忽然湊到金少炎跟前使勁抽了抽鼻子，嘿嘿笑說：「你們把我當傻子了吧？」

我和金少炎：「……」

「你身上的味和小金一樣，」二傻說：「還有，你一緊張就喜歡搓指頭。」

我們都汗了一個，想不到傻子觀察入微，這可能跟他當過殺手有關係！

金少炎拉著荊軻的胳膊搖著：「荊大哥，一會上去你可千萬不能這麼說，就當幫兄弟一把。」

二傻掃著我們，曖昧地說：「你們是不是有陰謀？」

金少炎剛想否認，我馬上說：「對，我們有陰謀！」

二傻大度地一揮手：「那我不說。」然後就登登地跑上樓去了。

終究是我比較瞭解二傻，你只要跟他說實話，然後再求他辦事那才好使，這大概就是所謂的義士行徑。

金少炎擦著冷汗說：「我看我還是走吧，太費腦子了！」

這時，就聽樓上包子大聲問：「小楠，你跟那個金少炎還有聯繫嗎？」

金少炎頓時一個箭步躥到樓梯上：「我得聽聽師師怎麼說。」

李師師半晌無語，只聽包子又說：「你不會又喜歡上他那個弟弟了吧？」

金少炎聞聽，緊張得又往上湊了幾步，李師師還是沒說話，卻聽包子納悶地說：「咦，正說你呢，你就又回來了？」

到這個地步，我和金少炎只得訕訕地上了樓。李師師默默地幫包子洗菜，項羽他們見了金少炎，也不知道該怎麼說，都嘿嘿地笑。

我上了樓，見金少炎很不自在地站在當地，項羽、秦始皇、荊二傻在對面的沙發上坐成一排，跟三個評委似的。

我只好說：「金先生，坐吧。」

金少炎道：「謝謝，蕭先生。」

包子忽然站在廚房門口托著下巴看了我們一會，自言自語道：「怎麼怪怪的？」然後往外推李師師道：「你去陪陪他們吧，這有我就行了。」可是過了老半天，李師師也沒出來。

我們五個男的面面相覷，都不敢輕易開口，我掏出菸來給金少炎遞了一根，然後看著他伸過來的手低聲呵斥他：「別接！」

金少炎愕然地說：「怎麼了？」

我顧不得項羽他們在場，說：「你忘了你是誰了？你現在不是那個能和我們打成一片的金少炎！」

金少炎恍然，故意大聲說：「切，我才不抽這麼低劣的菸呢！」

把我氣得罵：「會說人話嗎？」

金少炎道：「不是你讓我這麼幹的嗎？」

在旁邊看了半天的秦始皇笑瞇瞇地道：「演得太過咧——」

項羽忍不住問：「你們這到底是怎麼回事？」

我把金少炎作為我客戶的事情跟他們小聲說了，直到我把他拍暈為止，二傻忽然身子一抖，道：「小金是個鬼！」

金少炎尷尬道：「不能這麼說，我現在完全是人了。」

項羽道：「那後來呢，他是怎麼想起以前那些事情的？」

我說：「八大天王的事你知道了吧？他們全是吃了一種藥……」我簡略地把後來的事情一說，沒想到項羽猛地一把抓住我的領子，沉聲道：「那種藥你還有嗎？」

我說：「你要那種藥做什麼？」

項羽使勁搖著我：「我要給張冰！」

我一拍腦袋，我早該想到的！可是那藥得來何其不易，這種事就不該讓項羽知道的。可現在說什麼也晚了。

金少炎則奇怪地問：「誰是張冰？」

秦始皇小聲告訴他：「好像叫虞姬。」

金少炎驚喜地說：「嫂子找到了？」

我腦袋頂平時三個大，我發現我們弄出的動靜已經引起了李師師的警惕，我跟項羽說：「羽哥，你先冷靜。」

項羽才不管那一套，搖著我的脖子說：「現在就帶我去找那個人！」

金少炎也跟著勸道：「羽哥你放心，我一定想辦法幫你。」他問我，「那人的藥肯賣嗎，不管多少錢？」

我瞟了他一眼道：「那人不比你錢少！」

我跟項羽說：「我現在也在找他，我答應你，下次有藥一定先給嫂子。」

這時李師師出來了，她擦著手看了我們一眼，好奇地問：「你們聊什麼呢？」

項羽丟開我，說：「沒聊什麼。」他的目光灼灼，好像又看到了希望。

李師師給金少炎倒了一杯茶說：「金先生，喝水。」

金少炎殷勤地接過去，說：「以後不要叫我金先生了，叫我少……」

我們一起怒視著他，金少炎苦著臉說：「呃，就先叫金先生吧。」

接下來又陷入了冷場，包子聽我們半天沒動靜，忍不住站在廚房門口打量著我們，莫名其妙地說：「奇怪了，你們這群人平時不是很鬧的嗎？對了，家裡沒酒了，你們誰去？」

所有人都轟然站起，異口同聲地說：「我！」

包子失笑道：「今天大家怎麼興致都這麼高？平時打發門口買瓶醋都推三阻四的。」

我急於要逃離這個是非之地，先把李師師按在椅子裡：「女孩子別動！」又把最積極的金少炎也按下去，「哪有讓客人出去買東西的道理？」最後，我一語雙關地跟項羽說：「羽哥，臨陣脫逃可不是你的風格啊。」

項羽衝我擠眼睛，說：「你一個人拿得了嗎？真的能拿得了嗎……」他邊拖延時間，邊像特種兵一樣用兩根手指虛插自己的雙眼，又來回瞎比劃，敢情作戰手語原來是項羽發明的。

我不知道他啥意思，估計是另有深意，就說：「那你跟我走。」

秦始皇道：「餓也氣（我也去）。」

我說：「那一起走。」

這時反倒是二傻坐下了：「那我不去了。」

這會我明白過來項羽的意思了，他是要只留下李師師和金少炎對詞，我們好脫離出他們的視線範圍之外。

我說：「軻子也走。」

二傻道：「不去！平時淨打發我買東西了。」

項羽和秦始皇不由分說把他架起來就往外走，包子在後面喊：「強子，買個酒你拉那麼多人幹什麼？」

我說：「我怕我沒帶錢！」

包子揮舞著炒勺說：「你腦袋讓狗咬啦？帶上錢包不就行了？」

我邊往樓下跑邊喊：「萬一我的錢丟了怎麼辦！」

包子：「……」

我們來到樓下，立刻彼此捅著問：「你猜師師會跟金少炎說什麼？」沒有答案。

項羽道：「你們說師師要跟金少炎說了實話，金少炎該怎麼辦？」

我說：「那他只能表示不信，這太不合邏輯了——嬴哥你說，要是有個人告訴你，曾經有兩個你同時存在，你會怎麼想？」

嬴胖子大聲道：「包（不要）再胡社（說）咧！」

這時一直沉默的二傻忽然道：「我猜她會跟他說『你走吧。』」

我們想了想，這也很有可能，急忙一起問二傻：「那金少炎會說什麼？」

二傻自信滿滿地道：「他會說：『我不走。』」

我們好不容易才忍住強烈想要群毆他一頓的衝動，我衝他揮揮手說：「你還是找小趙玩去吧，吃飯的時候叫你——我們不回來你不許上去啊！」

其實超市離家很近，但我們三個穿大街溜小巷一通胡逛，為的就是給金少炎和李師師製造對話空間，這次機會如果把握好了，對兩個人的以後很有幫助。

在路上，項羽問我關於那藥的事情，他很焦灼，顯得顧慮重重，他的時間已經越來越緊迫，而且那藥只能恢復前世記憶，張冰是不是虞姬還沒定論，就算她是，可這已經過了幾千年，萬一她的前世是個男人怎麼辦？最重要的是：那藥還不在我手上。

項羽拍了拍我的肩膀，淡淡說：「下次你們比武的時候帶上我。」然後他就再也不提這件事了。但是我知道，他往往只有做出了重大決定以後才會有這種表現。

當我們溜達回當鋪的時候，包子已經炒好幾個菜，桌子也擺開了，金少炎和李師師坐得老遠，李師師見我們回來了，找了個藉口溜進廚房。

機會難得，我們立刻把金少炎圍起來，一起問：「師師跟你說什麼了？」

金少炎耷拉著腦袋說：「你們一下樓她就跟我說，『你走吧』。」

我們「啊」了一聲，然後一起問：「那你怎麼說？」

金少炎道：「我說『我不走』！」

我們三個頓時目瞪口呆：全讓二傻猜中了！

金少炎沒精打采地說：「我知道我要走了，以後恐怕就再也見不到師師了，她沒法跟我解釋，只有索性逃開，我跟她說，當自己的弟弟很有意思，我願意配合她。」

我拽他的領子道：「你個傻鳥，為什麼不跟她說實話？」

金少炎帶著哭音說：「強哥，我現在已經騎虎難下了，師師受了那麼多委屈，要知道我還騙她，她得多傷心呀？」

我使勁搖著他的脖子道：「你還知道啊?!」

這時，忽聽我身後李師師道：「表哥，你幹什麼？」

幸好我的後背擋住了她大部分的視線，我急中生智，放開他的脖子，假裝低著頭研究道：「金先生，你這條領帶多少錢買的？」

金少炎：「……幾千塊吧。」

包子端著盤菜從廚房出來，納悶地說：「小金不是穿了件圓領T恤嗎——還打著領帶呢？」

包子邊張羅開飯邊問我：「你給劉季打電話沒？」

我說：「打了，那小子現在幫鳳鳳造假呢，忙得很。」

包子說：「你先招呼人，我就剩倆菜了。」

我對滿屋人說：「誰去把軻子喊回來？」

金少炎正在窗邊，他趴在窗口上衝下面張了張嘴，又不知道該怎麼說，只得悻悻坐下了。秦始皇撿了個舊瓶蓋扔下去，只聽荊軻在樓下問：「吃飯啦？」不一會就登登登跑了上來。

我見一大桌人都坐齊了，再這麼悶著也不是個事，只得說：「正式介紹一下，這位是金少炎的弟弟——金少炎大家還記得吧？」

只見金少炎還假模假樣地低聲問李師師：「你們以前真的見過和我一模一樣的人？」然

後趁機就坐在李師師邊上。

李師師不知道說什麼好，只能微微一笑。

我沒話找話地問：「金先生賭馬嗎？」

金少炎道：「偶爾玩玩，前段日子我……呃，我還幫我哥哥買了一匹叫『屢敗屢戰』的馬，蕭先生也懂馬經嗎？」

屢敗屢戰？不就是跑起來像隻瘸腿兔子的那匹馬嗎？我挺感興趣地問：「怎麼，你真的很看好牠？」

金少炎顧不得裝傻，搖著頭說：「我買牠是因為看了一則新聞，這匹『屢敗屢戰』自從上次贏了一場以後成績平平，牠的主人要把牠賣給馬戲團，所以我高價把牠買了回來。」

我說：「你想讓牠參加比賽？」

金少炎道：「我沒想再讓牠比賽，現在牠就在我自家的草地上吃吃草，隨便跑跑，總勝過小丑站在牠背上逗人笑。」

李師師知道我和金少炎賭馬的事情，這時忍不住問：「那匹馬讓你丟了那麼大的臉，你為什麼還對牠那麼好？」

金少炎正色道：「這不關臉面的事，牠在賽場上的表現真的震撼了我，讓我明白了很多做人的道理。」

李師師為之一愣，果然對金少炎報以嫣然一笑。

我知道金少炎這小子在借機標榜自己，不過算算時間，「屢敗屢戰」還真是他沒吃藥以前買的，說明這小子真的是受了什麼感觸，看來就算以前的金少炎也並非全無是處。

這時包子端著兩盤菜從廚房出來，說：「強子，給大家倒酒呀，怎麼你今天傻乎乎的？」

包子過來擺菜，金少炎往旁邊挪開空間，包子順勢坐在了他和李師師之間。金少炎衝我苦笑一下，攤了攤肩膀。

我給每個人杯裡都倒上酒，舉起來說：「咱們有的是初次見面，先乾一杯。」其實這些人誰跟誰也不是初次見面了。

我們喝完一杯，包子放下酒杯問金少炎：「對了，一直還沒問你叫什麼名字呢？」

金少炎：「我叫金少……」這一時半會兒哪想個新名字去?!

還是李師師腦筋快，說：「他叫金少淼。」

「喵？貓名字啊——」包子直愣愣地說道。

這時金少炎已經猜出李師師說的是哪個字了，按照中國人起名字的習慣，兄弟通常會有一個字是一樣的，然後另外一個字，或者是部首相同，或者是按一定的意義取，「炎」字是兩個火，那麼金少炎的弟弟叫金少淼也合情合理。

「是浩淼的淼……三個水。」金少炎解釋道。

二傻啃著雞爪子，忽然毫無來由地說了句：「水火不相容。」

我們一桌人都倒吸一口冷氣，傻子冷不丁來這麼一句，讓本來就局促的氣氛頓時緊張起來——我想這句話應該是當年太子丹教給他的。

包子在桌子上劃拉了一會，失笑道：「還真是！不過你這三個水可比你哥哥的兩個火厲害多了。」

項羽笑道：「本來是這樣，但中間加一個少字，意思不就反過來了嗎？」

幸好包子沒興趣在這個問題上糾纏，她問金少炎：「你哥哥在國外挺好的吧，我們大家都想他呢。」

金少炎勉強笑道：「挺好……」

包子托著下巴看著金少炎說：「你們兄弟不會真的因為財產鬧翻了吧？」

「沒有的事，怎麼會呢？」

「就是，親兄弟沒有隔夜仇，再說你們家的錢一百個人也夠花幾輩子的了，爭什麼爭！你給他打個電話吧，正好我們也跟他聊聊。」

第六章

水滸決鬥

「好，請！」龐萬春一指花榮那邊的山頭。

花榮客氣地道：「請。」

這兩個人從開始到現在對話一句緊著一句，

直到二人各自向山上走去，我半句話也沒來得及說，

我知道這是一場無法阻止的決鬥。這是玩命啊！

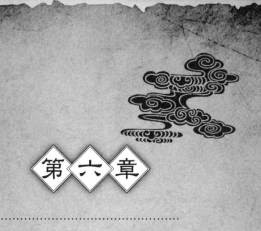

這個要求一提出來，所有人都目瞪口呆，現在出現了一個更好玩的局面就是：終於有一個不知道金少炎是金少炎的人。

金少炎愣了半天沒動靜，包子奇怪地問：「你不會連他的號碼也不知道吧？要麼你的電話不能打長途電話？」

現在態勢很明朗了，那就是這個電話必須打。

包子不喜歡「金少淼」，最大的原因還是因為我當初一句隨口的瞎話，給金少炎編造出一個兄弟來，在包子印象裡，金少炎和藹可親，但他這個「兄弟」卻一直在虎視眈眈地要置他於死地，要是不打這個電話把這事坐實了……依著包子愛恨分明的性格，當場翻臉也不是沒有可能。

金少炎拖拖拉拉地掏出電話，求助地看了我們一眼，見沒有回應，只好撥號，然後把電話放在耳朵邊上聽著。

只聽金少炎道：「喂？」

除了包子之外，一桌人全把菜吃到了鼻子裡：這是跟誰喂呀？

金少炎像模像樣地說：「哥，是我呀，你猜我跟誰在一起？……呵呵，不是，我跟你以前的朋友們吃飯呢——」

我們都暗挑大拇指：不愧是影視公司的總裁，真像那回事！

然後就見金少炎眼睛裡閃過一絲狡詐的光：「哦，你要跟他們說話呀？」

我們一起暈，這小子，這招移禍江東太狠了！

金少炎把電話遞給李師師：「他說要先跟你說話。」

包子笑呵呵地說：「金少炎這小子真是重色輕友呀。」

李師師只能一臉茫然地接過電話，她現在必須得把戲演下去，因為金少炎是為了配合她才這麼做的。

李師師把電話拿起來，輕聲道：「喂，你好嗎？在外面要保重……」雖然只有幾句話，但帶著無限的惆悵，連金少炎也不禁動容。

李師師不再說話，默默聽著，好像對面真的有人在跟她傾訴似的。過了一會兒，她把電話向我遞來：「表哥……」

我心說終於輪到我了，我調整了一下表情，剛接過電話就大聲笑說：「哈哈哈，泡到洋妞沒？」裡面一個年輕的小夥子抓狂地說：「這裡是××電器客服部，二五〇號為您服務，請您說明情況……」

我故意大聲道：「你不是還惦記我表妹吧？」

小夥子：「……你表妹是誰呀？」

我哈哈笑道：「你們那邊天已經亮了？我們這邊還沒黑呢！」

小夥子已經快抓狂了。

包子道：「別囉嗦了，說正經的，我也有話呢！」

我大聲說：「你想再和誰說呀？哦，嬴哥呀，在呢在呢，你等著啊。」

李師師頓時緊張起來——

我把電話遞給秦始皇，這胖子裝模作樣地把嘴裡的菜都咽下去這才拿過去，聽了一下就把電話扔給金少炎：「呵呵，掛咧。」

不得不說，胖子這招太高了！我和李師師的表演已經打消了包子的疑慮，而嬴胖子這最後一招讓李師師也放下心來。氣氛頓時大為緩和，我們說笑著，頻頻舉杯。

就在這時，劉邦風風火火地踅進來，一見一大家子人，邊搬椅子邊說：「今天人真全呀，喲！小金也來了？」

我們急忙都衝他使眼色，就連二傻都曖昧地朝他眨巴了兩下眼睛。劉邦怔了一下，隨即明白此刻不宜多嘴，就一邊擺椅子一邊察言觀色。

金少炎站起來主動介紹自己說：「我是金少炎的孿生弟弟，我叫金少淼……」他說到這頓了一下，因為他看見這時候樓梯口又上來一個人，劉邦的姘頭黑寡婦鳳鳳。

滿桌人就金少炎站著，鳳鳳一上樓，自然多看了一眼，只一瞬間的工夫就喊了起來：「金總，你也在這兒啊？」

金少炎滿頭霧水：「我……認識你嗎？」

鳳鳳笑道：「你當然不認識我，可我認識你呀，前些日子，那個名流交誼會我也參加了。」

劉邦回頭鄙夷地說：「你一個賣假名牌的怎麼進去的？」

鳳鳳毫不在乎地說：「那還不簡單？我做了張假請柬就進去了。」

劉邦道：「把門還是羽林軍好啊。」

金少炎這時渾身不自在，鳳鳳道：「對了金總，你剛才說什麼？你不叫金少炎了？」

包子笑呵呵地說：「看，都弄錯了吧，這是金少炎他弟弟。」

鳳鳳叫道：「不對啊，雜誌上都寫『金門獨子』，金少炎哪來的弟弟呀？」

包子跟金少炎說：「你是不是你爸媽超生的黑戶呀？我同事就有一個弟弟，一直住鄉下姥姥家，去年才回城……」

劉邦雖然還沒搞清楚狀況，但馬上捕捉到包子話裡的錯誤：「不對不對，你沒聽人家說是孿生的嗎，孿生的國家不管。」

鳳鳳掃了金少炎一眼，不滿地說：「金總，你是不是見我來了才這麼說的呀，你放心，我雖然是做假貨的，可是還沒發展到盜版光碟呢，你不用怕我求你辦事，等我想幹了，有的是人去電影院偷拍……」

劉邦罵道：「我早跟你說了，現在做盜版書才是王道！」

鳳鳳回罵道：「你懂個屁的王道！」

劉邦再罵道：「老子當年就是王道！」

包子不理這倆人的「打情罵俏」，問金少炎：「你到底怎麼回事呀？」

金少炎長長地嘆了一口氣：「跟你們說實話吧，我就是金少炎——我再也裝不下去了。」

二傻聞聽叫道：「不是不讓說嗎？」

李師師的臉上露出一絲苦笑，有點失望，又有點如釋重負，現在遊戲終於可以結束了，那個「金少淼」一去不復返。

金少炎忽然對李師師說：「小楠，是我，我是『那個』金少炎！」

聰明的李師師在這一刻當然馬上就聽出了所謂的「那個」是什麼意思，她震驚地望著金少炎，金少炎不易察覺地微微向她點了點頭。

我們以為李師師會不顧一切地撲入金少炎的懷抱，結果誰知李師師忽然站起，把杯裡的酒朝金少炎臉上一潑，轉身氣沖沖地進了臥室，摔上了門。

包子莫名其妙地笑道：「你們剛才繞了那麼大一個圈子，不是就為了逗我玩吧？」

金少炎擦著臉上的酒，說：「包子，你的身材還是那麼好。」

包子捏著酒杯不知道該說什麼好了。

金少炎擦完酒水，跟我們一指臥室門，很不自然地說：「我去看看她……」

我們誰也不理他，但他一走馬上都用餘光盯著他。

項羽低聲說：「以師師的聰明，本來早就應該看出端倪來了，可見情使人癡。」

我納悶道：「你的意思是說師師喜歡金少炎？」

秦始皇道：「歪絲（那是）絕對滴！你摸（沒）看她拿撒（啥）潑他捏？」

我說：「酒啊，怎麼了？」

嬴胖子眼光往李師師座位上掃了掃，意味深長地不說話了。

我一看，因為桌子小菜多，離李師師最近的一盤菜是油糊茄子。胖子的意思大概是李師師心裡要沒金少炎，抄起來的就不是酒了……

劉邦立刻湊到我們跟前問：「哎，你們猜師師會跟小金說什麼？」

我們幾個顯得很是倨傲，漫不經心道：「軻子，告訴他！」

二傻嘿嘿一笑：「我猜她跟他說『你出去。』」

劉邦好奇道：「然後呢，小金說什麼？」

我、項羽、秦始皇異口同聲告訴他：「我不出去！」

金少炎進去以後再沒有了聲息，我們面面相覷，似笑非笑，劉邦坐下來道：「來來，吃飯吃飯。」

鳳鳳把他擠開坐在他的椅子上，邊用他的筷子夾菜邊說：「你再去搬一把椅子，真沒眼力。」

劉邦邊搬椅子邊說：「居然讓老子給你搬椅子，也不怕折你壽。」

鳳鳳安之若素，道：「你以為你是皇帝呢?!」

劉邦：「過去的事不要再提了。」

鳳鳳最近經常在這裡吃飯，所以跟我們很熟，她不理劉邦，拉著包子的手道：「妹子，婚事準備的怎麼樣了，該叫的人都叫齊了嗎？」

包子看了我一眼道：「也不準備大辦，咱們幾個好朋友吃頓飯也就行了。」

自從我把五萬塊給她爹以後，包子就顯得有點百依百順委曲求全，如果真的靠我以前的積蓄，現在也確實只能請人去大排檔裡隨便吃一頓了事了。

鳳鳳瞪著我道：「你是怎麼辦事的？想就這麼把我妹子騙進門呀？」

劉邦道：「你給出錢咱就大辦！」

鳳鳳道：「將我？別的我不管，新郎伴郎的兩套西裝包在我身上了，」說著鳳鳳面向我道：「強子你放心，姐姐絕不會拿假貨糊弄你，咱照著一萬塊錢花。」

劉邦撇嘴道：「一萬塊了不起啊？強子是我兄弟，穿多少錢的衣服都應該。」

項羽瞟了他一眼，輕輕拍了拍桌子表示警告。兩個人現在雖然不鬧矛盾了，但畢竟還是有隔閡，項羽就看不慣劉邦裝大尾巴狼。

說到名位，我忽然想起了蘇武，湊到劉邦跟前小聲問：「關內侯是個多大的官兒？」

劉邦道：「不是官，是爵位。」

「有多大？」

「差不多末等爵吧，你問這幹什麼？」

我疑惑道：「那這麼說，不如我這並肩王大？」

劉邦道：「差遠了，並肩王除了我就是你。」

我拍腿嘆息道：「蘇武真虧，給你們劉家賣了一輩子命，最後封了個這麼小的官。」

「誰是蘇武？」

我說：「你重孫子的忠實粉絲，為了你們家那點事，給人放了將近二十年羊。」

劉邦道：「還有這事？我們大漢朝最後怎麼了？」

我說：「亂七八糟的事就別問了，都追究起來，嬴哥跟誰哭去？」

劉邦使勁點點頭，忽然指著項羽道：「這小子也有份！」

項羽神色一凜，端著杯跟秦始皇說：「嬴大哥，我敬你一杯。」

秦始皇笑道：「喝就（酒）喝就。」

劉邦掃了一眼包子，小聲道：「我們的事都好說，再過幾個月一走了之，可是包子你就打算一直瞞著她？」

我說：「看情況吧，你們走了以後，我也不想再往家裡領人了，糊塗過一輩子不也挺好嗎？」

說到這，我們幾個有意無意地看了荊軻一眼，二傻什麼也不管，埋頭大吃。

包子見我們嘀嘀咕咕的，問：「你們說什麼呢？」

我隨口道：「說伴郎的事呢。」

包子道：「定了沒？我看大個兒就不錯。」

每次包子一叫項羽大個兒，我這心就直忽悠，有這麼叫自己祖宗的嗎？

我斷然道：「不行！身邊戳這麼高一電線桿子，別人還能看見我嗎？」氣得項羽在我後腦勺上拍了一把。

劉邦道：「我來吧。」

鳳鳳冷眼道：「你當伴郎他爹還差不多。」

劉邦哈哈笑著捅項羽：「聽見沒，她說我像你爹。」

項羽毫不客氣地給他也來了一下。

包子神秘地往臥室看了一眼道：「我看那倆也行，伴郎伴娘都有了。」

我連連搖頭道：「比我帥的不要！得找個比我醜的。」

我掃了掃眾人。「軻子，就你吧。」

二傻不滿地道：「幹嘛一有壞事就讓我陪著你？」

……這傻子說話是越來越有禪機了！

這時臥室門一開，金少炎和李師師一起出來了，李師師眼睛紅紅的，金少炎則有些羞赧地衝我們笑了笑。

這兩個人出來以後，都顯得有點尷尬，和旁人說話心不在焉的，相互也不說話。包子左看看右看看，把李師師拉起來跟她換了座位說：「我什麼時候坐你倆中間了？」

今天是花榮和龐萬春約好比箭的日子，地點是一條山路上，時間是晚上九點。

我納悶道：「既然是比射箭，為什麼把時間定在晚上？」

項羽一直默默無語地跟在我身後，出發前，我要他先答應我不衝動我才帶他來的，這時他說：「好的射手眼力出眾，在晚上一樣能百發百中。」

花榮也淡淡笑道：「正是，他這是要跟我比眼力呢！」

我說：「你眼力還行吧？」

花榮道：「跟以前差不多。」

我掏出片餅乾來給他：「吃餅乾，也好養養力氣。」

花榮一邊順手塞進嘴裡，一邊檢查著湯隆給他做的車把弓，看著他的嘴一動一動，我不禁心花怒放，回家我也做把弓，也能體驗體驗百步穿楊的感覺了。

我發現花榮在決戰前不但沒有絲毫緊張，反而有點興奮，我問他：「把握大嗎？」

花榮興沖沖道：「這個不好說，但是當年我們倆都是以擅射聞名，在沒征方臘以前，我們就暗暗彼此權衡，等到了後來，更是千方百計地想和對方較量一場，無奈造化弄人，最後也沒實現，現在天賜良機，終於能完成這個心願，誰輸誰贏倒並不重要了。」

我問：「你們要怎麼比？會不會有危險？」

花榮道：「他劃下道來我接著就是了，至於危險，那肯定是有的。」

我四下一掃，問道：「秀秀呢？」

花榮很隨便地說：「軍師派三姐拉著她逛街去了。」

我緊張地拉住花榮的手道：「你不會死吧？」

花榮哈哈一笑：「我們這些人，命已經不是自己的了，要那麼在乎，當初我就不會上梁山！」

我不禁道：「靠，亡命徒啊。」

花榮聞聽淡淡一笑：「說得好，這三個字形容我們再貼切不過了。」

我追在他屁股後頭一個勁說：「你可不能死啊。」

花榮一笑：「瞧這話說的，誰都不願意死啊。」

我點點頭，馬上緊張道：「龐萬春你也不能殺，你要知道現在可不是你們那個熱血江湖的年代了。」

花榮把箭抽出來一根一根地校著，說：「那就要看他怎麼個比法了。」

我東張西望道：「武松呢，他去不去？」

花榮道：「軍師已經叫人告訴他了。」

吃過晚飯，梁山人馬集合，我包的幾輛大車也到了，就在我們要出發的時候，兩個人遠遠的跑過來，一個是寶金，一個是方鎮江。

寶金是猶豫再三才忍不住又要去的，因為他跟龐萬春以前交情最好，現在兩家比箭，他不想摻在裡頭，現在看來還是放不下。

方鎮江是處理完家裡的事趕過來的，他雖然對梁山的事也很上心，但終究缺乏前世的記憶，所以跟好漢們還是隔了一層，他根本意識不到這是一場生死較量，一路上他幾次試圖和別人攀談，都沒得到熱烈回應。

我也一直在愁雲慘澹中，連給方鎮江準備的餅乾都忘了給他。

現在是將近立秋的時節，天早就大黑了，這條路上沒有路燈，真的是伸手不見五指，山風漸強，嗚嗚作響，路兩邊都是石頭山，顯得很荒涼，誰都想不明白，對方為什麼要挑這麼一個地方，它除了人跡罕至之外，哪裡適合比射箭？

我們到了地方以後，只見崎嶇的山路中間有輛大客車擋在那裡等著我們，大燈開著，光線還算充足，對方除了龐萬春之外，還有厲天閏和王寅，這回扛攝影機的是厲天閏，王寅靠著車輪坐在地上，橫眉冷對地一個勁瞪著方鎮江。

龐萬春已經是個發福的中年人，他今天穿了一身運動裝扮，像某企業員工足球隊的隊長，在他的腳下放著兩個大包，他見了我們，先衝我們禮貌地揮揮手，微笑著問：「花榮呢？」

花榮越眾而出，龐萬春第一眼看的是他手裡的弓，我說過，那弓相當難看，外形猥瑣，樣貌醜陋，但是龐萬春一看之下就兩眼放光，他盯了一會那弓，最後喟然長嘆道：「梁山之上人才濟濟，這話果然不假，能做出這樣強弓的，想必是那位湯兄吧？」

湯隆得意洋洋道：「正是。」

林沖讚道：「好一個龐萬春，居然一眼就看出這弓的妙處來了。」

吳用憂心道：「正是，如果他要對此弓大加嘲笑反不足慮了，此人不輕不驕，細微謹慎，果然是射中高手。」

龐萬春打開腳邊一個包，悠悠道：「這弓手藝雖然也不差，但終究少了自己兄弟做的那份貼心的靈性。」說著，他從包裡拿出一張形式古樸的大弓來，單看外貌就比花榮手裡的垃圾車把好到不知哪裡去了，應該是花大價錢請雕弓師傅精心製造的。

他把那弓虛拉了幾下背在背上，用腳把另一個包遠遠踢在一邊，嗤笑了一聲道：「我只道在短時間內花兄應該找不到趁手的傢伙，還特意為你準備了一把，現在看來真是多此一舉。」

當初找到武松他們第一時間就知道了，現在花榮回歸，他們做好了準備也毫不奇怪。

花榮抱拳微笑道：「足感盛情。」

龐萬春定定地看著花榮，忽然道：「花兄，你完全不必跟我這麼說話，大家心知肚明，你我雖是仇家對頭，但就算在當年也是神交已久，要說當今世上最貼心的，呵呵，反倒是你這位敵人了。」

花榮拄著車把笑道：「正是這麼說，我聽說你當年在陣前也是一個勁地叫我名字，可惜一直未能謀面，說實話，聽說你死了的那天，我還大哭了一場。」

龐萬春笑道：「是呀，真幸運死在你前頭了，那種寂寞的感覺不好受吧？」

這倆人英雄惜英雄那種樣子實在太噁心了！花榮可能也覺得有點過了，不自在地說：

「龐兄，不知你打算怎麼比？」

龐萬春道：「不知你是願意文比還是武比？」

我不耐煩地替花榮說：「不知文比如何，武比怎樣？」

龐萬春輕描淡寫地說：「文比簡單，現在天色已黑，隨便找幾棵樹在樹葉子上做了記號，也就是所謂的百步穿楊……」

花榮不等他說完就打斷他：「說第二種辦法吧。」

說什麼惺惺相惜都是假的，倆人終究是敵人，現在說話已經帶上了火藥味。

龐萬春好像早知道花榮的選擇，聽他這麼一說，馬上從他們開來的車裡又拎出一個包來，打開，取出兩件衣服，又搬出兩台小電視來，我們都不知道他要幹什麼，不禁一起往前湊了一步。

龐萬春拿起其中一件衣服套在身上，說是一件衣服，其實就是幾根線和幾個半圓小球組成的，那小球大不過桂圓，被線穿著，一套在身上，便亮出了幾個分佈點，分別是：額頭、雙肩、心口和膝蓋。

花榮忍不住道：「這是什麼東西？」

龐萬春在腰間的按鈕上一按，那些小球同時亮了起來，在漆黑的夜裡，龐萬春頓時由一個模糊的影子變成了清晰的六個小點，不管站多遠都能很清楚地看到。

他又打開一台小電視擺在我們面前，最後在他心口上那個小亮點上一按，電視螢幕上便出現一個「10」的數字。然後他再在兩肩和膝蓋的亮點上按了幾下，便五分五分的增加。

到這時，我已經大致明白了，龐萬春現在就是一個活靶子，只不過點數是有特定範圍的。

果然，龐萬春跟花榮說：「這衣服就是一件感應器，電視是顯示幕……」說著他一揚手，「花兄，看見那兩座山了嗎？」

我們一看，見路兩邊各有一個相對平坦的山包，遠遠相對，大概有一百米左右。

龐萬春道：「你我各上一個山頂，穿著這種衣服對射，以半小時五十箭為界，誰的分數高誰贏，你敢嗎？」

花榮道：「這法子倒新奇有趣！」

龐萬春又道：「我再詳細說一下規則，這衣服只有射中紅點才得分，而且也不會受傷，如果射在紅點之外，以你我弓上的力道，只怕要穿體而過了，所以這個遊戲最基本的一條規則是：只要有人受傷，那麼立刻宣布失手的一方為敗者，將任憑受傷的一方處置，你敢嗎？」

花榮拿起衣服打量著，說：「如果先受傷的那一方當下就死了呢？」

龐萬春道：「那輸者自然是自戕賠命。」

花榮二話不說穿上那些小球，問：「可以躲閃嗎？」

「可以，只要不下山頭，跑跳任由自便。」

花榮道：「當真好玩！」

龐萬春道：「最後一點，我來說說積分，」他指著自己身上心口那一處小點道：「這兒是十分，兩個肩膀和兩個膝蓋都是五分，而這裡……」他指著額頭道：「是十五分！如果半小時之後沒人受傷，那就要看顯示器上的分數判別高下了，花兄還有什麼不明白的地方嗎？」

花榮朗聲道：「沒有。」

「好，請！」龐萬春一指花榮那邊的山頭。

花榮客氣地笑了笑道：「請。」

這兩個人從開始到現在對話一句緊著一句，別人連插嘴的機會也沒有，直到二人各自向山上走去，我才指著花榮的背影，可是半句話也沒來得及說，我知道這是一場無法阻止的決鬥。這是玩命啊！

花榮按亮身上的亮點，和龐萬春並肩走開，在分岔口上，兩人互一抱拳，各走各路。

現在我終於知道對方為什麼會選這麼一個地方了，首先這裡很僻靜，不論發生什麼事情都不會有人知道；其次是這個地方沒有燈火，花龐二人既然都自詡箭神，正好比眼力如何。

這兩個人越走越遠，開始還能看見個模糊影子，到最後只能偶爾看到他們額頭上的紅點間或一閃，那大概是有人在扭頭觀察道路，不一會，右手邊的花榮已經爬上了那座山頭，一回身間，身上的六個紅點清晰可見，但是身體完全沒入了黑暗中，那些亮點兒像是六隻螢火蟲在上下飛舞。

在我們身邊，是顯示花榮得分的顯示器，王寅他們邊上則是龐萬春的得分器，彼此一目了然，因為現在沒什麼可拍，厲天閏扛著攝影機百無聊賴地東張西望，項羽忽然欺近他身前，一把把攝影機提起來對準自己道：

「對面聽好，你和小強的事我可以不管，但我現在急需要一丸你手裡的那種藥去救人，如果你答應，我謝謝你，如果你不答應，我只有憑我一己之力攪得你雞犬不寧。」說罷，把攝影機丟還給厲天閏，好像沒自己的事一樣背著手往回走。

我沒想到項羽跟來就為了說這幾句話，不過我也看出來，這絕對不是說說而已，這是項羽的最後通牒。

厲天閏知道項羽的厲害，也不出聲。王寅冷冷道：「好大的口氣，你是何人？」

項羽回頭斜睨著王寅，也是冷冷一笑：「你想試試嗎？」

方鎮江上前一步拉著項羽的手親熱道：「大個子，早想跟你交個朋友了。」

王寅見強敵環侍，知道動起手來沒有便宜可占，只得哼了一聲。

項羽和方鎮江看都不看他一眼，在一邊席地而坐，隨口聊了起來。

八大天王迄今為止只找回四人，寶金還站在我們這邊，無論從人數上還是氣勢上都遠遠不及梁山。

這時龐萬春還沒上到山頂，看來他終究在體力上差了一等，遠遠看去，那紅點才到了山的三分之二處，又過了幾分鐘才徹底浮現在我們左手邊的山上，自膝蓋以上，那四個紅點一動一動，彷彿在喘息的樣子。

他和花榮相距是一百多米，兩人離我們則更遠，大概在三百米開外了，這也是為了安全起見，花榮做好了熱身準備，在腰間又一按，紅點俱滅，這也是事先說好了的，一滅之後表示準備妥當，當紅點再亮起來的時候，那就代表決戰正式開始了。

龐萬春在山頂上又休息了十分鐘左右，忽然紅點也隨之滅了，眾人心一提，知道這一場生死決戰即將開始，下一秒，兩邊山頂上突然同時出現了六點紅光，兩台顯示器一時大亮，它的上端是倒數計時，下面是已經歸零的分數。

在龐萬春發出開始信號的第一時間，就見花榮身上的六個小紅點微微一動，肩膀處的燈光完全處在水準位置，好漢中立刻有人叫道：「花榮拉弓了！」

果然，我們這邊的顯示器沒來由地發出了「叮」的一聲，螢幕微微一閃，一個紅紅的「十」字出現在上面，好漢們頓時一陣歡呼，花榮第一箭已經順利射中了龐萬春的心口。

董平皺眉道：「不對呀，花榮賢弟在我們右邊，如果他用右手開弓的話，我們應該是看不到他身上的紅點的。」

我想了一下，隨即省悟：射箭必須是側過身子，那麼花榮用右手拉弦的話，他正好應該是背對著我們，而現在他身上的紅點全在我們視線之內，說明他為了讓我們看得清楚，居然用左手拉弦。

一般人是右手力氣大，花榮也不例外，他用左手開弓，那箭上的力量總會比平時小一點，當然，他這個級別的射手左右開弓那很正常，但在這個關鍵時刻，在這山風呼嘯的地方，少一分力量就少了一分準度。

董平瞟了王寅一眼，道：「嘿嘿，我們這位兄弟大度，讓你們撿個現成的便宜。」

他話音未落，忽然出現了很奇怪的一幕，只見龐萬春身上的亮點全然消失在我們眼簾內，我們還沒明白怎麼回事，「叮」的一聲，龐萬春的顯示器上也出現了一個大大的「十」字！

這第一箭，他也同樣得手，只是為了表示公平起見，龐萬春居然也是用左手開的弓。王寅嘴角掛著一絲冷笑掃了我們一眼。

這兩箭都射得風平浪靜，顯然只是二人為了適應環境做的試探。

花榮射完一箭，毫不遲疑又發三箭，我們看不見他的人，只見他肩膀上的一個亮點連連抖動，有人說道：「花賢弟發的是連珠箭！」

彷彿那箭就射在我們身邊一樣，「叮叮叮」三聲，顯示器連閃三下，分數由十變廿五，再變三十五，最後定格在四十上，我數學雖然不好，也能推測出花榮這三箭分別射中了對方的頭部、心口和一個五分區。

花榮甫一射完，身形大動，那六個紅點上下左右的亂晃，李逵此刻終於忍不住叫了起來：「他這樣亂動，那姓龐的萬一失手，花榮還有好嗎？」

其實大家也都同時想到了這一點，在那一瞬間心都提到了嗓子眼上，竟沒人顧得上回答李逵，項羽坐在地上抱著腿道：「他這樣亂跑，本來就是為了引對方失手的，那樣他就可以贏得比賽，他們這樣的人，視榮譽高於一切，區區一條命根本不在乎。」

方鎮江本來是面對著項羽，比賽一開始就遇上這樣的險情，他顧不上扭轉身子，只把腦袋使勁別著往後面的山上看去。

龐萬春中了花榮三箭，連身子都沒晃一下，這個說明他們身上的半圓球做工精妙，這些球都是用純鋼打造，底座厚實，而那個得分點正好在半圓的正中，在受力如此均勻的情況下，別說是箭，就算是子彈射上來也不會有太大的震動。

這也是為了避免一方吃箭之後因為受震而影響發揮。龐萬春丟了這三十分，不疾不徐，依舊穩穩站在原地觀察著對面。

花榮應該是在打游龍掌一類的功夫，身形遊走不定，順暢之極，但有意無意的把六個得分點都暴露出來了，顯然是不想有投機之嫌。

我勉強說笑：「花老弟還真厚道，人家最多露三點，他露了六個。」

我還想說什麼，只聽「叮叮叮」三響，龐萬春的顯示器上也成了四十的字樣，我驚道：「怎麼回事，沒看見他動啊？」

龐萬春還是四平八穩的站在那裡，但花榮卻不再奔跑了，應該是見自己這招沒難住對方所以停了下來。

好漢們竊竊私語，都露出了不可思議的表情。

王寅得意一笑，拉長聲調道：「告訴你們為什麼吧——你們的花榮箭是背在背上的，射的時候得從上由下拿，動作就大，而龐萬春的箭是挎在腰上的，射的時候只要手一抬就行了，所以你們看不見他肩膀動，他射發的時間要比花榮短很多，這要在戰場上，你們的花榮是要吃大虧的！」

眾人恍然之餘都忿忿不平，張清哈哈一笑道：「姓王的，我們的小李廣連珠箭一次能發廿七箭，後箭必咬前箭箭尾，試問在戰場上。你們的胖子能抵住他一輪狂射嗎？」

王寅不說話了。

事實上兩人說的都沒錯，龐萬春箭快是不假，但花榮一隻手能捏出廿七桿箭，拿在手裡像面大扇子似的連珠發，這也是獨門絕技，廿七發，比AK步槍只少三發……

龐萬春還了花榮三箭，無意追擊，似乎是在等花榮的回禮，花榮立定站好，平肩搭弓卻遲遲不射，又似乎是在等龐萬春動起來。

兩個人心意相通，龐萬春忽然暴跳起來，沿著山頂一圈套一圈的狂奔起來，而且他動的毫無規律可尋，跑一會說不定在原地跳起來，剛落地就又接著跑，我們雖然看不見他人的樣子，但從那極度紊亂的六個點上，可以判斷出龐萬春此刻跟打了雞血一樣，正因為看不到，所以只能拼命想像，在我們腦海裡，都出現了一個手舞足蹈的胖子……

我悠悠道：「我要是花榮我就不射，累死了！」

話音未落，花榮的顯示器上一陣狂閃，那分數少則十分，多則十五的往上加，龐萬春感受到了來自對方的猛烈打擊，動得更歡了，忽然間身子微微一滯，我們的心都跟著一揪：難道是龐萬春受傷了？

但隨即龐萬春的顯示器上也閃了起來，他得分了！也就是說，他在高速移動中，還射了一箭正中花榮的心口得分點。

花榮不甘示弱，在對面的山上一邊跑一邊還擊，這一下兩個人面對的情況是：對手在毫無規律可循地移動，自身也必須運轉起來，否則就會吃虧。

現在花榮的顯示器上是一百九十分，龐萬春的上面只有八十分，但是也有人在數著，花榮射出去十六箭，龐萬春卻只射出六箭，照這麼射下去，吃虧的是花榮，因為連珠箭不能射在同一個地方上，所以花榮射到五分的機率比龐萬春要大。

這兩個人，一個射得快，一個給得多，都在飛跑中開弓，顯示器上的分數也在不停變化，花榮的分數遙遙領先叮叮連響，龐萬春的則是很有規律的叮——叮——叮的響，花榮分雖高，但箭也費得快，像一匹爆發力強悍的駿馬，追求一時的狂飆突進，而龐萬春則像一頭耐力十足的小毛驢，雖然跑得慢，但貴在鍥而不捨，始終默默無聞地跟在後頭。

花榮幾乎每隔四五箭就有一個五分，積分增長飛快，但龐萬春則是射必中十分或十五分，二人箭法暫時還分不出高下，但如果等到五十箭射完，花榮是輸定了。

我們遠遠的站在山下，只能看到變化的資料，兩個人的表情和動作完全瞧不見，最多從代表他們各自的六個小紅點上來判斷他們是在躲閃還是在放箭。

因為都在跑動，倆人既要瞄準對方，又要調整姿勢，所以越到後來，箭出的越慢。我們也都明白，他們瘋狂地動著身體，正像項羽說的，是為了導致對方失手——說的明白一點，他們明知道想閃開對方射來的箭是不可能的，所以乾脆往箭上撞，希望以此來一下解決勝負。這就出現了一個很變態的局面就是：我要用失去生命來證明你不如我！

花榮射完第三十箭的時候，時間剛好過去十分鐘，他的分數是兩百五十五分，龐萬春只射出十三箭，但他已經得了一百四十五分，除去一開始的一箭，他幾乎每箭都得十分或者十五分。

這時只聽花榮的顯示器連聲作響，閃了十次之後，他的分數定在三百四十五分上，也就是說花榮十箭得了九十分，他至少又有兩箭以上都射在了龐萬春的五分區。

張清急道：「花榮想幹什麼？再這樣射下去，他不是必輸無疑了嗎？」

其實不用到最後，只要不出意外，花榮此次比箭已經輸了，他手裡還剩十箭，龐萬春在此期間射出去的兩箭已經得了廿五分，他箭壺裡還有三十五箭，就按三百五十分算，他鐵定能得五百二十分，而花榮就算在這之後都中十五分，也不過是四百九十五分，而且這種完美情況是絕不可能出現的，龐萬春的雙發組合箭向來都是只射額頭和心口的。

可就在短短不到三分鐘的工夫，花榮又射出五箭，卻只得了個六十分，這一下，他連丁點兒勝算也沒有了，而龐萬春則好整以暇地以一個小組合箭又得了廿五分。

現在，花榮總得分四百零五，剩餘五箭；龐萬春總得分一百九十五，剩三十三箭！

張清抹著臉沉聲道：「這下完了，就剩挨射的份了。」

這時一陣風吹開天際的雲彩，月亮緩緩露出臉來，淡淡的月光灑下，使早已習慣了黑暗的眾人眼前一亮，再往對面看去，掛在倆人身上的紅點被月光這麼一攪，依稀暗淡了很多，幾不能辨，倒是兩人的身子完全能看到了。

花榮背上背著寥寥的幾根箭，把弓倒提在手裡，目光灼灼地盯著對面，看來短時間內他是不準備把最後的箭射掉了。

龐萬春這時也不再移動身子，他搭著弓，定定地往對面打量著，現在的光線條件，如果射人那是很方便的，但是要再想那麼清楚地辨出紅點反而不是那麼容易。

龐萬春搭著弓瞄了一會，身子一探，一條亮線在我們眼前一閃躥了出去，花榮盯住箭的來勢，忽然把頭微微低了一下，那箭蹭著花榮的頭頂飛了過去，遠遠的掉落在了山溝裡。

頓時有人叫道：「射空了！」

這在花龐二人鬥箭以來還是第一次出現，顯然，因為現在光線明亮，花榮憑著出眾的眼力躲過了一箭，好漢們受了鼓舞，一起叫了起來。

吳用點頭笑道：「不錯，就是要讓他射。」

盧俊義道：「怎麼講？」

吳用道：「我現在才明白花賢弟的用意，他一開始趁快先射，只求得分，在後面的時間裡不用顧慮別的，只要盡力躲避就是了。」

果然，龐萬春一箭射失，神情無比凝重，他又把一根箭搭上，卻遲遲不射，花榮眼睛眨也不眨地盯著他的手，也巍然不動。

也不知誰低低地說了一聲：「時間不夠了……」

我們一起往顯示器上看去，只見倒數計時已經到了十五分，時間過半，龐萬春連二十箭都還沒射出去。

吳用又道：「看來花榮的本意還是跟龐萬春打時間差，他只要全力躲閃，龐萬春就必然速度減慢，這樣，他後面的箭就沒機會全射出來了。」

林沖道：「現在月亮一出，更加容易躲避，真是天助我也。」

王寅看了一眼時間，也緊張得站了起來。

龐萬春大概也意識到了這問題，不再猶豫，弓弦一動，這次的目標是花榮的心口，花榮瞧個真切，腳一蹬地，身子向右邊飛了出去，這一箭又堪堪射空，龐萬春毫不遲疑，胳膊只微微一動就從胯間的箭囊裡拈出又一根箭來，我們只覺眼前一花，他已經射了出去，這次我們可算是真真切切看到龐萬春的快箭了！

龐萬春的第二箭安安穩穩地射中了花榮額頭上的得分點，看來他的第一箭只是試探和佯攻，目的就是要等花榮動起來以後無法調整姿勢好趁機拿分，那麼也就是說，花榮要怎麼躲開這一箭，身子會從哪個方向挪，他事先已經預料到了七八分，小養由基神乎其技，不但箭法，連人的心理都抓得很準！

我們這些山下的人卻都驚出了一身冷汗，龐萬春的第二箭，射的是身在空中的花榮，只要有一兩公分的差池，不免就是透腦而過！

還沒等我們喘口氣，龐萬春已經對著花榮左一箭右一箭射了起來。

現在明月當空，要再想渾水摸魚已經不可能了，龐萬春採用老辦法，先用一箭或幾箭把花榮引開，然後再趁機得分，也正因為這樣，他浪費掉的箭必須從有效得分的箭上找回來，所以必須最少射中十分，當真是箭箭不離花榮心口和前腦。

在龐萬春的連環進攻下，花榮左躲右閃，他的輾轉騰挪並不是為了躲開所有射來的箭，大部分是為了讓自己的身體撞在箭上！

根據規則，只要對方失手立刻劃為失敗方，也就是說對手的箭插在自己身體上就是對對方最大的羞辱，花榮現在打的就是這個主意，他像瘋了一樣撲向迎面而來的箭蔟，簡直就像守門員要撲住點球一樣，此刻，生死早被他棄之腦後了。

我們現在都抱著同一個心思卻誰也說不出口：我們真希望花榮就此認輸算了，他就算真的那麼幹了，今天在場的人絕不會有一個去輕視他，甚至包括王寅和厲天閏，在這一切都沒發生的情況下，我們所能做的只有暗暗祈禱龐萬春箭準一點——哪怕他贏了也好啊！

所有人在這一刻連呼吸聲也聽不到一絲，厲天閏扛著攝影機像石化了一樣僵立著，王寅懷裡抱著那個備用弓箭包，也渾然忘了周邊的事情，項羽皺著眉一個勁地搖頭，方鎮江更是看得呆若木雞，前兩場比賽也無一不是性命相搏，但比起這一場來那真是小巫見大巫了。

花榮開始還被籠罩在一片箭影之中，但是漸漸的，龐萬春放慢了動作，在他周身六個點中，額頭下面那個點的下方很奇怪地多出一個亮點來——那是他鼻尖上的汗珠。看來他也沒想到花榮敢如此拼命，很明顯，不管是為了榮譽還是作為一個現代人，他都不想把花榮射個對穿，龐萬春緊張了。

但是他並沒有就此住手，只是更加小心地往對面射著，弓弦發出單調的響聲：崩——崩——好像一下一下撓在人心上一樣，氣氛比剛才更加緊張了。

我覺得再不說話就要崩潰了，於是小聲說：「剛才兩個人對射的時候，如果有一個人撿起對方的箭扎自己一下，就說是對面射的，那不就贏了嗎？反正剛才天那麼黑，誰都看不見。」

好漢們瞪我一眼，都不回話，忽然一個人使勁在我頭頂上拍了一把道：「你以為誰都像你那麼齷齪啊？」

我回頭一看見是扈三娘，我一直抬頭看上面，連她什麼時候來的也不知道。

我問她：「秀秀呢？」

扈三娘道：「我把她送到學校然後趕來的。」

我看了一眼龐萬春的顯示器，現在是兩百九十五分，我一捅董平：「龐萬春還有幾箭沒射？」

董平道：「十六箭！」

我又使勁捅蕭讓：「快算算誰能贏？」

蕭讓不滿道：「我不會算卦！」

「誰讓你算卦了，讓你算數！」

蕭讓無奈道：「龐萬春前十八箭得了一百九十五分，後十六箭卻一共只得了一百分，現在手裡還有十六箭，那就要看他怎麼射了。」

我掰著指頭算道：「龐萬春兩百九十五分還有十六箭，花榮四百零五分還有五箭，要都按每箭得十分算的話，那豈不是平手？」

董平沉聲道：「後面的事還不知道怎樣呢，姓龐的心已經亂了，花榮兄弟只怕有危險！」

又沒人說話了。花榮仍處在一片風雨飄搖中，看樣子還不想出手，現在離比賽結束只有五分鐘了，龐萬春必須每分鐘射出五箭，亂中易錯，但花榮也就越險……

第七章

緣，妙不可言

現在一個好玩的局面出現了：

方臘和武松這對前世的死敵成了今世最知心的兄弟；

而他以前的小弟鄧元覺，就在前兩天還拍了他一巴掌……

這個時候我滿腦子都是剛才一路上我就在思考的那個命題：

緣，妙不可言。

就在這時，在夜裡視力強於旁人的時遷，忽然指著對面的山大聲道：「你們看，山腰有人在往上爬！」

我們同時吃了一驚，我攏目望去，見在離花榮不到十米的地方，有一個纖瘦的身影正在奮力攀登，不用看臉我也知道這人是誰了，我身邊的林沖愕然道：「是秀秀！」

頓時有好幾個人沉著臉問扈三娘：「她怎麼來了？」

扈三娘茫然道：「我明明把她送回學校了——我知道了，她跟蹤我！」

吳用道：「她一定是感覺到我們這些人有事在瞞著她，今天一回學校見花榮不在，就偷偷跟著三娘來了。」

我一跺腳：「現在別說這個了，你們說她要幹什麼？」

扈三娘道：「那還用問，當然是想幫花榮！」

李逵大喊道：「秀秀，你回來呀——」

比起剛才的凶險，此刻又多了一分不同尋常的緊迫，誰也不知道秀秀想幹什麼，好漢們不禁都愣在當地。只有李逵依舊高聲喊叫，很多人也跟著揮手叫喊起來。但我們離那有三百多米，山風呼嘯，秀秀哪能聽到？

我也愣了片刻，急忙撥開眾人向那邊飛跑過去，我前腳一跑，王寅喝道：「你幹什麼？」也跟著跑了過來。

在這崎嶇的山路上，我深一腳淺一腳跑著，每跑幾步就拼命衝花榮招手喊叫，我希望他能發現我或者秀秀，但他無動於衷，一心應付著龐萬春。

等我跑到岔路口的時候，我眼睜睜地看著秀秀的頭頂已經和山頂平行，我看見她一邊繼續往上爬，一邊癡癡地盯著花榮，眼神堅定而溫柔，花榮全然沒注意到腳下有人，還在躲閃迎面射來的箭。

我已經猜測出秀秀要幹什麼了，我狂喊，搖手，山上的人沒一個發現我，這時戴宗跑到我前面去了，但是已經晚了，山雖不高，但也有二十多米，加上地面距離，等他跑到了，秀秀也被射成篩子了。

我垂著手帶著哭音叫道：「完了——」

王寅緊貼著我跟來，他警覺地看著我喝問：「你到底耍什麼花招？」

我忽然一眼看見了他懷裡的包——那裡面是龐萬春為花榮準備的備用弓，我飛快地掏出餅乾盒來，一邊伸手道：「把弓給我！」

王寅把弓緊緊抓在手裡，大聲道：「放屁，當然不給！」

沒時間了！現在就算讓好漢們一擁而上拿下王寅然後搶弓那也來不及了，秀秀的半個身子已經爬過山頂，有一箭就貼著她的臉龐躥過去，在她秀美的臉上留下一道血痕……

我顧不得一切地把那片花榮吃過的半片餅乾塞在王寅手裡，大聲道：「你敢吃嗎？」

此時此刻王寅怎麼也沒想到我提出這麼一個變態的問題，他把餅乾往嘴裡一扔，嚼巴兩下嚥進肚裡，冷笑道：「爺怕你不成？」

可話音未落，他忽然把那弓在手裡轉了一圈高舉過頂，擺成了一個即將要開弓放箭的姿勢，王寅也愣怔了一下，發現身體似乎不由他控制了，他瞪著眼珠子問我：「你給老子吃的什麼東西？」

我顧不上回答他，把一大把箭塞在他手裡：「你也不希望出人命是吧？」我在他背上狠狠拍了一把，「就看你怎麼幹了！」

這時秀秀已經爬上了山頂，果不出我所料，她猛地跳到花榮前面，用自己的身體擋住了他，我既沒慘叫一聲也沒捂眼睛，而是慢慢轉過身去，就聽身後弓弦響了——

比我慢了一步，跟著我和王寅跑來的好漢們忽然都露出了驚詫的神色，等我從他們的臉上判斷出秀秀沒事的時候，毅然地又轉回身。

……王寅在剛一接到我遞給他的箭時，就很熟練地把那些箭搓成一面扇型，把最底下的一支搭在弦上，在他的眼前，出現了幾秒前的那一幕——秀秀撲在花榮身上，而龐萬春已經收手不及，一組小連環直射向對面，王寅用小拇指和無名指勾弦，鐺鐺兩箭射出，那箭像火箭專家經過精確計算一樣，恰到好處地對龐萬春的箭進行了空中攔截，發出了尖銳的聲響，之後，幾截斷箭掉落在了地上。

龐萬春和花榮都看不到下面發生了什麼事情，龐萬春只見自己射出去的箭憑空斷裂，不禁一愣，而秀秀的出現徹底把花榮弄懵了，秀秀撲在他身前，他只聽見對面弓響，臉色大變，也顧不上看秀秀到底受沒受傷，毫不猶豫地一下抽出最後五支箭，舉起弓，因為秀秀擋在前面，他以手繞背，側身拉弓，以背箭式連珠五箭向對面射去。

這五箭形成一個五角星的陣型，分別釘向龐萬春的腦門和四肢，紅了眼的花榮已經顧不得那麼多了，他現在一心想要了對方的命！

鬧不清狀況的龐萬春還在發怔，下意識地把最後幾支箭也胡亂射了過去。

這下樂子可大了，只見滿天亂箭橫飛，王寅厲喝一聲，連撥弓弦，手上的箭像經由導彈發射器送出去的一樣，既快且準，每一箭都頂在那些亂箭的箭蔟之上，乒乓亂響，火星四濺，遠遠望去，好似漫天的煙火綻放，映得山上山下一片火紅……

龐萬春和花榮都下意識地往箭囊裡摸去，卻都摸了個空，這時，顯示器上的計時器歸零，兩個人身上的紅點兒一起滅了……

好漢們在山下大聲叫喊，龐萬春茫然四顧，問道：「怎麼回事？」

王寅操著弓，意猶未盡地在對面山壁上用箭射了一個大大的「W」，這才看著手裡的弓，欣然道：「想不到我還有這本事呢。」

我道：「別臭美了，體驗到我們花榮連珠箭的快感沒？」

王寅道：「什麼意思？」

我嘿嘿笑道：「自己想去吧——我希望你能保守這個秘密。」

王寅想了一下，立刻道：「剛才你給我的餅乾裡有古怪？」

我不直接回答他，把一塊還沒用過的餅乾分成兩片遞給他一片：「吃嗎？」

王寅好像已經猜透了其中的關鍵，把頭搖得撥浪鼓一樣：「不吃！」

龐萬春提著弓從山上下來，卻如墜雲霧中，他見王寅手裡拿著弓，問道：「剛才那最後幾箭是你射的？」他回頭往自己的顯示器看了一眼，見上面是個大大的「三百七十」分，比之花榮少了三十五分，龐萬春抬頭看看對面山上的花榮，不服道：「得找時間再比一場！」

王寅在他胸前打了一拳道：「還比什麼比，你輸了！」

龐萬春不滿道：「你發的什麼瘋，為什麼攪和我們——看不出來你的箭射得也不賴呀。」

王寅道：「你難道沒看見對面上去人了嗎？」

「啊？」龐萬春掏出一瓶眼藥水往眼睛裡滴了幾滴，手搭涼棚往對面看去，這才看見花榮身邊的秀秀，不禁恍然道：「我說怎麼只能看見頭上的燈亮呢。」

我們都汗了一個，我們現在才知道原來龐萬春是個近視眼。

花榮靜靜地和秀秀相擁在一起，誰也不知道他們在說什麼。

這時好漢們也圍了上來，臉上都訕訕的，因為剛才畢竟是王寅救了秀秀的性命，雙方上輩子有怨，這輩子有恩，相互之間都不知道該怎麼相處了。

我心裡明白，今天的事情說到底得謝謝人家王寅，雖然他救人的箭法是用花榮的，但至少說明這人心不壞，一開始的兩箭是救了秀秀，難為的是後來雙方對射，他還能不偏不倚把龐萬春的箭也截下來。

其實八大天王和後來的武松都一樣，上輩子不論，這輩子已經風平浪靜地活了三十年，只是普普通通的工人，已經都見不得人命了。

花榮下了山來，和秀秀倆人眼睛都紅紅的，花榮抹了一下眼睛抱拳道：「剛才是哪位兄弟仗義出手的？請受花榮一拜。」

好漢們雖感彆扭，但又不能說瞎話，都朝王寅指了指。

花榮愣了一下，但因為有言在先，只得抱拳衝王寅躬身一禮道：「我直當另有高人呢，原來王尚書深藏不露，花某這裡有禮了。」

龐萬春道：「是呀，我也沒看出來老王射的一手好箭，論起來，那比我要強上百倍了。」其實我們都看出來，他跟花榮各有各的絕技，終究是半斤八兩，他這麼說只是想抬高自家兄弟罷了，那意思是說王寅比我強了百倍，你花榮就算自詡能勝了我，也不如我這個兄弟。

可王寅是明白人呀，他聽龐萬春這麼說，使勁瞪了他一眼，然後臉紅紅的給花榮還了一禮，由衷道：「小李廣名不虛傳，今天我算見識了。」

眾人見平時桀驁不遜的王寅今天跟花榮格外客氣起來，而且還會臉紅，都惡毒地揣測：這廝是不是對花榮有旖念啊？想到這，又一起望向秀秀，均想：遇上這樣的情敵也算你倒楣……

秀秀依偎在花榮懷裡，睜著亮亮的眼睛挨個打量我們，像剛認識我們一樣。

花榮道：「眾位哥哥，我跟秀秀把一切都說了。」

我吃了一驚，好漢們卻都道：「那是應該的。」

我這時終於有機會把那個問題問了出來：「秀秀，你是喜歡文藝青年冉冬夜呢？還是喜歡亡命徒花榮？」

秀秀幸福地道：「我不是說過麼，不管什麼樣我都喜歡。」

我問：「更喜歡哪一個呢？」

秀秀環緊胳膊摟著花榮的腰道：「亡命徒。」

眾人都笑。

花榮掃了一眼雙方的顯示器，走過去隨手關掉，道：「龐兄，今天的比試就算平手如何？」

龐萬春道：「輸就是輸，贏就是贏，我分數比你少，那是我輸了。」

花榮道：「可是你最後剩餘的箭比我多。」

龐萬春笑道：「那射不中你也沒有用，其實你要不是習慣射連珠箭的話，拼到最後，憑你的體力和靈活還是能贏我。」

花榮擺手道：「咱們應該一切以實戰出發，在戰場上同時出箭，你的確比我快了三分。」

這兩人經過一場生死決鬥，真正打心裡敬重對方，這時反而相互客氣起來。

王寅和方鎮江都是急脾氣，見他們推來擋去的，一起喝道：「算平手就完了，那麼多事幹什麼？」兩個人對視了一眼，都從鼻子裡哼了一聲。王寅問方鎮江：「你想起自己是誰來了嗎？」

方鎮江道：「就算沒想起來，我也不介意再跟你打一仗啊。」

王寅哼了一聲道：「那我不為難你！」

兩個人背轉身，誰也不理誰，最後還是王寅忍不住問方鎮江：「你結婚了嗎？」

「……沒有，你呢？」

「我孩子都三歲了……」

龐萬春邊收拾東西邊跟寶金說：「兄弟，改天請你喝酒。」

寶金道：「你不是不喝酒嗎？」

龐萬春道：「那沒辦法，誰讓上輩子你不能喝呢？這輩子再不喝一頓，太對不起這點緣分了。」

至此，梁山和八大天王的第三場比試就算以和局告終，這次出現的小意外，使好漢們和王寅他們不經意間淡化了仇恨的情緒。當然，像張清和厲天閏、李雲和王寅之間的敵意不是那麼容易化解的。

到目前為止，和八大天王的恩怨也算告一段落，王寅他們走的時候沒說下一場的事，除了那個神秘的夜行人，他們的陣營我好像已經都見過了。

我實在是不想再跟八大天王打交道了，三場比賽，沒有一場不玩命的，尤其是剛才那場，對方現在沒了聲息，八成是又搜羅其餘的天王去了。

我問寶金：「你們八大天王那幾位本事怎麼樣？」

寶金道：「各有千秋，誰也不比誰差多少。」

我腦袋一陣發疼：「你不是和龐萬春很熟嗎？你問問他住哪兒，我去和我那對頭好好聊聊，這麼下去什麼時候是個頭呀？」

寶金嘿嘿一笑道：「你是想抄他老窩，讓老龐給你當內應？你想都別想，我們八個雖然不和，但都不是那樣的人——再說，我好像也不是你們這邊的呀。」

我小聲道：「白眼狼！」

寶金呵呵笑道：「不過我這人你也知道，一向不主張翻那些陳芝麻爛穀子的事情，上輩子是上輩子，我也不希望我們八大天王在廿一世紀再聚齊了，可是事不由我，說不定你那個對頭已經把其他四位給找到了呢？小強，你要想不開仗，現在就只有一個辦法了。」

「什麼？」

寶金鄭重道：「找方臘！」

我說：「他一定能領著你們再次覆沒嗎？」不怕敵人猛如虎，就怕隊友蠢如豬，難道在寶金眼裡，方臘就是一個如此糟糕的指揮官？

寶金狠狠瞪了我一眼道：「方大哥英雄俠義心胸豁達，這要擱在他身上，絕不會再領著人糾纏一千年前那些事，只要他一句話，我們八個水裡火裡眉頭都不皺一下。」

我說：「你的意思是讓我找到方臘，然後由他來做和事老？」

寶金使勁點頭。

他從一開始說方臘的時候，身邊幾個人就都冷眼看他，此刻張清終於慢悠悠地道：「方臘有沒有你說的那麼好，我先不跟你爭，我就問你，怎麼找他？」

我也愣了，是啊，上哪找方臘去？好漢們在大是大非的關頭立刻和寶金劃清了界線，都不理他了。

吳用忽然問方鎮江：「武松兄弟，你好好想想你是從什麼時候什麼地方恢復功夫的？」

眾人眼前一亮，大家知道這件蹊蹺事肯定和我們的對頭有關，只是以前忽略了這條線索，今天這一戰給所有人的觸動都很大，好漢們並不怕繼續再冒出來幾個天王，但他們也想把事情弄個水落石出。我的想法就更簡單了，就是要阻止這種變態遊戲！

方鎮江經過剛才花龐二人的一幕幕，知道這事非同小可，他坐在座位上使勁想了一會，無奈地說：「這真的很不好說，我從來沒感覺到什麼特別，突然就有功夫了。」

吳用道：「那你想想離現在最遠的一次架是什麼時候打的——就靠你一個人那種？」

方鎮江道：「這個……好像是兩個月以前吧。」

「那時候你在什麼地方幹活？」

方鎮江苦笑道：「我們這種人，常常一天就跑好幾個地方的。」

我忽然靈機一動，問道：「春空山呢，你在那之前去沒去過春空山？」

「春空山？」

我說：「那個地方全是大別墅。」

方鎮江一聽到別墅二字眼睛大亮，立時道：「你這麼一說我想起來了，去過，而且只有一家！」

方鎮江這麼一說，我激動地拉著他說：「你想想是不是從那以後就很能打了？」

方鎮江道：「那不能確定，我們是搬運工又不是打手，哪能天天打架去？」

吳用道：「不用想太遠，你就光想從那家別墅出來以後，跟人交手輸沒輸過？」

方鎮江回憶了一下，搖了搖頭。

吳用道：「別墅裡住的有錢人請你們去幹什麼？」

方鎮江道：「看樣子那家是剛搬進去，我們往裡頭運了兩車漢白玉，說是要在花園裡雕一個十二生肖的屏風，完了以後，又幫著擺了半天傢俱，那天每人多給了兩百塊工錢，說是額外補發的車馬費。」

林冲道：「那家主人姓什麼？」

方鎮江道：「那就不知道了。」

項羽忽然站起身——頓時把頭碰了，他邊揉著腦門邊說：「事不宜遲，不如咱們今夜就去探探虛實。」他問方鎮江，「兄弟，那地方在哪？」

方鎮江連連搖手道：「你們別再問我了，我這人幹活的時候好喝點酒，什麼也記不清，你們要想問，我給你們找個人。」

眾人齊聲：「誰啊？」

方鎮江笑道：「這事你們找老王，他是我們頭兒，每天去哪兒，幹了多少活，他那都有小本記著，工錢也都是他給算。」

寶金哼了一聲道：「看來這人很公道啊？」

老王就是那個開玩笑說自己是方臘，被他揍了一巴掌的那個苦力頭兒，因為這事，方鎮江和寶金也幹了一仗，現在還不對盤。

有人問道：「怎麼找老王？」

方鎮江道：「得明天了，他家住的遠。」

好漢們面面相覷，項羽忽然跟寶金說：「你不會給龐萬春偷偷送信吧？」這正是好漢們擔心的，現在直接被項羽問出來了。

寶金滿臉通紅：「你也太小瞧我了，我說好了兩不相幫就一定說到做到，你們要不信，現在把我幹掉算了。」

人們都知道寶金是條直爽漢子，這時就有幾個擅長打圓場的，如吳用、戴宗什麼的笑著說：「嘿嘿，玩笑，哪能呢……」

眾人一時無話，才聽見車後傳來小情人之間那種喁喁低語，回頭一看，是花榮和秀秀在旁若無人的說話。花榮經過這一戰，終於臣服在秀秀的柔情下，兩個人如膠似漆，片刻也不肯分開了。

一夜無話，第二天我和項羽再次趕到學校，好漢們已經集合完畢，寶金也在其中，昨天他為了避嫌，非要和林沖睡在一起，以表明自己不會給龐萬春他們通氣，被林沖斷然拒絕了。後來由盧俊義出面表示完全相信寶金這才作罷。

方鎮江已經出去找老王了，老王他們這段時間把育才的體力活都攬了下來，每天像上班一樣按時按點來，雖然幹的是力氣活，但至少不用為了搶活跟人打架了，倒也樂在其中。

不一會方鎮江先進了門，只聽他身後老王的聲音道：「鎮江，你到底幹什麼呢神神秘秘的……」他一進來，見所有人都眼睜睜地瞪著他，頓時嚇了一跳，遲疑著放慢腳步，「這……是唱的哪齣啊？」

方鎮江道：「老王你別怕，他們就問你點事。」

我把老王拉進來先給他遞了根菸，道：「王哥坐。」

老王接了菸放在桌上，小心道：「叫我老王就行。」

我屁股一抬坐在他對面的桌子上，說：「兩個多月以前，你們在春空山一座別墅裡幹過營生？」

我說：「那主家姓什麼？」

老王道：「主家姓什麼我不知道，就知道那別墅是轉手轉出來的，我們是給新買主幹活。」

「那你們在那出什麼事沒有？」

老王愕然道：「什麼意思？」

我想了想說：「你們在那逗留了多長時間，吃沒吃飯？」

老王道：「就幾個小時，沒吃飯，你知道有錢人家講究，就算幹的時間長，最多給我們叫幾個外賣，不會讓我們這種人碰他們的東西的。」

張清道：「你都沒記錯吧，不用掏出小本來看看？」

老王笑道：「又不是圓周率，記什麼？再說，我幹了這麼些年活，這家印象最深——真有錢啊，客廳就跟電影院那麼大，又高，嗯，也有電影院那麼高！」末了老王忽然警覺地問：「你們問這些幹什麼，不會是動了歪心思了吧？兄弟們，咱可不興這個啊。」

方鎮江道：「你還信不過我嗎？誒老王，那天我喝多了記不清，我問你，我在那幹活真的連口水也沒喝嗎？」

老王道：「你問這個又幹什麼？」

我插口道：「中毒了唄。」

老王震驚地看著方鎮江問：「真的？」

方鎮江微笑道：「差不多，你沒發現自從那天以後，我打架就沒輸過嗎？」

老王茫然地看看我們，最後失笑道：「你們一大早把我叫來，就為了開這麼個玩笑？」

方鎮江嚴肅地說：「不是玩笑，是真的——」

我也一本正經地說：「我們現在懷疑那裡隱藏著一個非法組織，專門研究一種可以催發人體潛力的藥物，但是這種藥會嚴重破壞腎上腺素的分泌，到最後這人雖然天下無敵了，但是會變得不男不女——對，就跟東方不敗那樣。」我說：「你就告訴我們鎮江在那個地方有沒有喝過那裡的水就行了。」

老王雖然是個工人，但顯然充滿了睿智，他笑著搖手道：「你們別鬧了，我還有不少活呢……」這時他剛好聽到我後面那句話，有點詫異道：「什麼，你說水？」

我們心都跟著一動。

老王不由自主地坐下來，看了一眼方鎮江，小聲說：「你們說的不會是真的吧？」

我們一起問：「怎麼？」

老王搓著手道：「說到喝水，我還真想起來個小意外，鎮江，我說了你可不許急啊。」

方鎮江也奇怪起來，道：「快說，我不急。」

老王道：「那天天熱，你還記不記得咱們把新傢俱搬進客廳以後，用人家的杯子喝水了？」

方鎮江撓頭道：「好像是有這麼回事。」

老王道：「那天也是渴急了，就趁屋裡沒人，拿人家的杯子倒水喝，那些杯子都罩在玻璃罩裡，我們當時在屋裡的是三個人……」

方鎮江道：「對啊，不是還有你們幾個嗎，你們怎麼都沒事？」

老王道：「你聽我說呀——我們見那杯也不知多長時間沒用了，就先用水涮了涮倒在一隻杯裡正準備倒掉，然後你就進來了……」

方鎮江目瞪口呆道：「我給喝啦？」

老王到現在想起這事來還忍不住笑，道：「可不是麼，你一頭撞進來，不等我們說什麼就端起來給喝了！」

我和吳用對視了一眼，齊聲道：「就是他了！」

現在事情已經越來越明瞭了，那種藥要溶在水裡效果更快，裝水就要杯，看來王寅厲天閏他們是聚在一塊一起喝下這杯水的，以我對頭的財勢，把他們集中起來應該並不難，然後就進行了像某些邪教組織飲聖水拜聖火什麼的儀式，再然後他們就找我拼命來了。

因為不夠小心，他們用過的杯子就一直留在那，直到方鎮江喝了他們的涮杯水……

因為只是些涮杯水，藥力不足，所以方鎮江只擁有了一身武松的功夫，而沒想起自己真正的身世。

吳用問老王：「那地方你還能找見嗎？」

老王囁嚅道：「你們……要幹什麼？」

我說：「索賠啊！把人喝得快洗腎了不用賠的嗎？」

老王拉住方鎮江的手滿臉歉疚道：「兄弟，真是對不住你啊，你看你年紀輕輕的……要不我把大侄子過繼給你當兒子吧？」

方鎮江笑道：「別聽他瞎說，沒有的事。」

吳用道：「老哥，能帶我們去嗎？」

老王只能無奈地點點頭。

我小聲問吳用：「不用先部署一下嗎？」

吳用道：「遲則多變，咱們到了以後再見機行事吧。」

項羽連連點頭，讚許道：「吳軍師很合我脾性，當年要有你給我出謀劃策，指不定天下是誰的呢。」

吳用心想如果自己能和張良韓信交手會是什麼樣子，也不禁悠然神往。

等我把車雇回來，又已經日上三竿了，上頭已經答應給我們學校配四輛大客當校車，只是現在學校還沒建成，再說目前也沒人會開，我忽然意識到，以後是不是要加個汽車駕訓班算了。

我開著麵包車帶著老王在前面領路，老王一個勁地問這問那，看得出他是怕擔上干係。

春空山我去過一次，就在那裡的別墅群裡我遇上了金少炎的奶奶，然後才鬼使神差般又和金少炎產生了交集，最終金少炎回歸，人和人的緣分真是微妙得很。

在一條岔道上，我們遠離了金家別墅，又開出十幾里以後，老王把腦袋擱在窗戶外面說：「到了，就是這家！」

「確定嗎？」

「確定，一般人家不會把白虎刻在門上。用不用我去敲門，他們說不定對我有印象？」

我朝吳用點了點頭，吳用知道到地方了，他拉開車門出去，對從兩輛車上紛紛下來的好漢們說：「以車為單位，第一車的人衝進去控制局面，第二車的人則是別讓一個人從裡面逃走——時遷去開門。」

時遷未等吳用話音落地，身子已經躥上牆頭，緊接著消失在牆內，一干好漢都躍躍欲試的樣子，老王一見這架勢都快哭了，死拉著方鎮江道：「鎮江，你這幫朋友這是要幹什麼呀？」

方鎮江拍著他肩膀安慰道：「沒事，他們是土匪……」

我想他這句話的本意大概是想說盜亦有道之類的意思，老王一聽，一屁股坐在了地上，嘴裡喃喃道：「完了，完了，我這是共犯啊……」

這時只聽大門吱呀一聲開了，同時從裡面傳來一陣叫罵聲，只見厲天閏、王寅向這邊飛跑而來，龐萬春匆忙之間俯身去拿身邊的弓，好漢們這時候也不管什麼單打獨鬥了，一擁而上。

王寅躲開李逵迎面的一拳，飛腳逼退阮小二，又有林沖和董平纏了上去，這兩大高手一起出招，王寅頓時手忙腳亂起來，被張清一石先打得退了幾步，然後被隨後圍上來的幾條好漢嚴嚴實實地捂在地上了。

厲天閏被楊志、阮小五、李雲等人從正面襲擊，猝不及防間，被好整以暇繞到後面還瘸著腿的張順一拐杖打暈在地——這廝可算是報了一箭之仇了。

最具威脅的當然還是龐萬春，他拾弓的當口，花榮一直冷眼旁觀，待他拿起弓來，一眼正瞥見花榮，「嗖」的一箭射過來，花榮不急不忙地連撥兩下弓弦，第一箭和迎面射來的箭碰個正著一起落地，第二箭直奔龐萬春，龐萬春雖然手快，終究不及箭快，「劈」的一聲，手裡的弓被射成兩段，快箭和連珠箭在此刻終於分出了高下。

我手持一塊澄光瓦亮的板磚，率先衝進別墅裡，上上下下跑了一遭，未遇任何抵抗：這裡除了龐萬春他們，竟沒有一個人！

項羽緊跟在我身後，四下裡看了一眼，猛地叫了一聲：「在那！」我順他目光看去，見在客廳的桌子上，一枚形似橄欖的藍色小藥丸在幽幽發光……

我叫道：「人呢？」

項羽搶過去把那丸藥拿在手裡，歡喜道：「什麼人？我來只為了它！」

這時好漢們也都衝了進來，吳用看了看空寂的大廳，跟花榮說：「讓外面的兄弟進來一起搜。」

花榮對著窗外射了一支響箭，不一會，埋伏在別墅外的好漢們和第一批衝進來的人押著已經被制住的王寅他們一起進來。

盧俊義剛要下令搜，吳用忽然嘆了一口氣道：「不用搜了，人已經跑了。」說著把桌上一張紙放在我們面前。

我拿過來一看，見上面寫著：

敬告小強及各位梁山英雄，我已預見到今日之事，所以先走一步，失禮莫怪。八大天王任憑處置，只是他們跟我時日久已，我欠了他們一個大大的人情，當初有言在先，幫我一是為了了結恩怨，二是托我讓方臘重生，今日諸事皆了，也到了我和各位天王結算的時候了，隨此信特留孟婆湯解藥一枚，方臘食之可知前世種種……

林沖在我邊上看著，忍不住道：「這廝可惡，就算留了藥，可方臘終究不知在哪？」

寶金這時候緊緊貼在我後面看著，用手指點著道：「看看最下面有沒有小字什麼的？」

我橫了他一眼，把紙堵在他鼻子上說：「你看！」

寶金看了半天，悻悻道：「沒有了。」

我輕描淡寫地翻了一篇：「這篇當然沒了，不過還有第二頁……」

眾人沉默半晌，然後齊聲怒吼，「念！」

這時連王寅和龐萬春他們也都灼灼地盯著我，我笑嘻嘻地念道：

「方臘者，現住本市東水區……」

方鎮江插口道：「老區呀——」

我們不說話，都看他……方鎮江忙把兩手都放在胸口擺著：「你繼續念，不打擾。」

我又念道：「南祥街九十九號……」

方鎮江無聲地使勁拍了一下自己的大腿。

我已經把最後三個字念了出來：

「王德昭。」

在現場的四大天王先默默地死記住這個名字，然後一起叫道：「找他去！」

方鎮江看表情也不知是痛苦還是興奮，王寅畢竟當過尚書，腦子比別人快，狐疑道：

「武松，你難道認識王……我們頭兒？」

「王德昭——」方鎮江一巴掌拍在桌子上：「就是老王！」

龐萬春和厲天閏雖然都被綁著，這時也都忍不住問：「那是誰？」

只有寶金迷迷瞪瞪地道：「不會吧……」

我如釋重負道：「這下可好辦了——他抽我好幾根菸呢！」

吳用道：「老王呢，他不是跟咱們一起來的嗎？」

除了寶金，那三大天王都驚喜道：「真的？」

林沖道：「壞了，剛才誰也沒顧上他，照他那個膽子恐怕早嚇壞了，報警了也說不定。」

戴宗嗖一下衝了出去：「我去抓他回來。」

王寅厲聲喝道：「你若敢傷我方大哥一根毫毛，我跟你沒完！」

寶金就像個神經病一樣滿屋子轉圈，嘴裡念念有詞：「不可能，不會是他，一定是我在做夢……」

既然留了藥，我想這其中不大可能有假，現在一個好玩的局面出現了：方臘和武松這對前世的死敵成了今世最知心的兄弟；而他以前的小弟鄧元覺，就在前兩天還拍了他一巴掌……

這個時候我滿腦子都是剛才一路上我就在思考的那個命題：緣，妙不可言。

沒一會，戴宗就卡著老王進來了，老王被反剪著雙臂，腦袋低下，一路走一路不住說：「兄弟們，說真的，你們這麼幹不是個事兒，這可是掉腦袋的營生……」

他一進門，見被捆成粽子的王寅他們頓時慌了，閉著眼睛叫道：「我什麼也沒看見，你們放了我，我就當從沒見過你們！」

王寅他們幾個大眼瞪小眼，厲天閏道：「這根本不是方大哥！」

龐萬春道了：「長得也沒有半分相像。」

方鎮江把戴宗拉在一邊，笑道：「老王，真沒想到咱倆上輩子還是冤家對頭。」

老王見了方鎮江，稍稍放下心來，叫道：「鎮江，你們這是要幹什麼呀？」

方鎮江道：「想知道你上輩子是誰嗎？」

老王道：「別鬧了，你們打算把我怎麼樣？」

方鎮江把老王按在椅子上，把那張留言給他看，老王看了半晌不知所云，把那張紙扔在桌子上道：「字都認識，就是看不懂。」

方鎮江道：「你把藥吃了就什麼都明白了。」

老王哭喪著臉道：「你們是不是要給我吃搖頭丸呀？」

朱貴喝道：「美死你！」

老王用拳頭捶著胸大聲道：「你們還是給我來一個痛快的吧！」

方鎮江拉住他，說：「老王，你想想我怎麼可能害你呢？你把藥吃了就一切都明白了。」

老王疑惑道：「我要吃了你們真能讓我走？」

方鎮江道：「如果你到時候想走，我們當然不攔你。」

老王一伸手一閉眼：「藥呢？」

眾好漢都看向項羽，項羽的拳頭本來是攥得緊緊的，聽了事情的前因後果，看看四大天王急切的眼神，終於嘆了口氣把那顆藥扔在桌上，說了聲：「別人的東西我不要。」

方鎮江把那藥一放在老王手上，老王就帶著視死如歸的表情拍進了嘴裡，寶金叫道：「用水喝……」

老王也不管別人說什麼，使勁嚼著，眼神堅定，太陽穴一鼓一鼓的，他把藥咽下去，站起身就往門口跑：「那我走了。」

張清又一把把他按倒，老王急道：「你們說話不算數？」

張清問厲天閏：「這藥得多長時間起效？」

厲天閏搖搖頭：「我們都是和水服下立時見效的，乾吃據說要慢一些。」

方鎮江安慰老王：「等藥起作用了，他們自然會放你走。」

老王哭了：「你們要什麼零件拿走，給我留條命就行。」

誰也不說話，後面的時間就在沉默裡度過，大家一會看看四大天王，一會看看老王。同為轉世，四大天王的樣貌幾乎沒變，性情也大部分保留了下來，可再看看老王，說他是方臘，就連好漢們都大搖其頭。

老王垂頭喪氣地坐在那，腦袋也不抬一下，又過了幾分鐘，張清忍不住拍了他一巴掌道：「想起來沒？」

老王茫然地抬起頭道：「你們要我招什麼？」

張清道：「你們說這廝會不會已經想起來了，又怕咱們殺他，所以故意裝傻？」

寶金怒道：「放屁！」然後極度鬱悶的他忽然揪著領子把老王提起來，喝道：「你他媽的到底是誰？」

王寅他們幾個一起喊：「住手！」

寶金頹喪地出了一口氣，把老王扔了回去。

眾人就這麼圍著老王又沉默了將近五分鐘，幾乎有人都開始打瞌睡了，這時就見老王突然站起，照著正在出神的寶金就踹了一腳，罵道：「老子就說老子是方臘吧，你還打了老子一嘴巴！」

寶金被踹了一個趔趄，臉色巨變：「方大哥？」

與此同時，王寅他們也驚得蹦了起來：「大哥，真的是你？」

老王還是那個老王，甚至連聲音都沒變，但是誰都能感覺到：他和剛才已經不是一個人了！他的腰並沒有挺太直，臉上還是堆滿著因為常年幹苦力而產生的抬頭紋，但是他的眼神充滿了睿智和精悍，談笑間有一股頤指氣使的派頭。

眾人正在發愣的工夫，老王又抬腳在方鎮江屁股上來了一下，笑道：「狗日的武松，讓你捉老子！」

方鎮江吃了這一下哭笑不得，捂著屁股往前跑了幾步，老王又接著踹寶金：「狗日的鄧和尚，遠的不說，剛才還想打老子！」

寶金並沒有閃開，呆呆地道：「大哥，你真的回來了？」

老王笑罵道：「老子再不回來還得吃你嘴巴子！」說著看了一眼四周，抱拳對眾好漢道，「各位，咱們又見面了。」

林沖盯著老王看了一會，緩緩道：「真的是方臘！」

本來仇人見面應該分外眼紅才對，可事情太過突然，好漢們都傻傻地瞧著老王——方臘，誰也沒想起來上前動手。

盧俊義脫口道：「方臘，我們找你找得好苦啊。」

方臘嘿嘿一笑：「我躲你們也躲得好苦啊——」

盧俊義道：「什麼意思？」

方臘挨個看了看梁山眾人，微微點頭道：「果然都來了——其實錯記在生死簿上的有我一個，我本來也可以逍遙一年再去投胎的。」

盧俊義道：「那你怎麼沒去呢？」

方臘微微一笑：「還不是因為你們！各位，我方臘是什麼人，你們想必也都知道，我絕不是怕了你們才直接投胎的，你們不會說我臉皮厚吧？」

雖然彼此為敵，但好漢們都不禁點頭。

王寅叫道：「大哥，為什麼呀？」

方臘看了他一眼：「你說為什麼？咱們本來也都是窮苦百姓，為了能吃飽肚子這才揭竿而起，也是我昏了頭，最後竟然想做起皇帝來，而你們呢——」方臘一指盧俊義，「你們也差不多，咱們本是一類人，結果最後拼了個魚死網破讓朝廷坐觀其利，現在想想，真是汗顏，簡直就是做了一場夢一樣，我魂歸地府那一刻起就萬念俱消，一心只想做個踏實百姓，閻王答應我，破例讓我來世多活十年，前半生窮苦潦倒，但後半輩子註定得享天倫之樂——我這就離得不遠了，你們這麼一鬧，這下可什麼都想起來了。」

方臘這番話說得擲地有聲，好漢們面面相覷，竟然一時沉默。

方臘看看被綁著的王寅他們，淡然道：「怎麼，你們又幹上了？」說著，他走過去擅自解開王寅他們的繩子，朗聲道，「我和我兄弟們就在這了，各位要殺要剮隨便吧。」

寶金邁步站了過去，大聲道：「還有我！」

現在如果要動手，方臘他們還是只有束手被擒的份兒，盧俊義和吳用沉吟了好一會，還是拿不定主意該怎麼辦。

還沒等我打圓場，方鎮江一步站到雙方之間，說：

「各位梁山的哥哥，我雖然沒能恢復記憶，承蒙你們一直拿我當兄弟看，我想說句話，不管是方臘也好，老王也好，我只知道這輩子他待我像親兄弟一樣，說白了，咱們之間的恩恩怨怨都是上輩子的事情，為什麼不能看開點呢？」

張清厲聲道：「不知道自己是誰的人，沒資格說這句話！」

方鎮江不理他，回頭跟方臘說：「我以前真的把你幹挺過？」

方臘笑著點點頭：「上輩子在疆場，這輩子在酒桌，老子還真是和你磕上了。」

盧俊義這時終於越眾而出道：「方臘，你既然無意再鬥，又已經投胎轉世，我們梁山再要死纏爛打，倒顯得我們氣量狹小，你手下那幾個也已經和我們做過了小小的了斷，從現在開始，你我之間就算一了百了，這輩子咱們再無瓜葛，下輩子還做敵人！」

第八章

油炸秦檜

秦檜吃驚道：「跟『秦檜』有什麼關係？」

老頭講古說：「油條一開始叫油炸棍兒——油炸檜，

那是把秦檜扔在油鍋裡炸了的意思。」

說著把一根油條撕開，指著其中半根說：「這是秦檜！」

然後指指另半根，「這是他老婆！」

盧俊義這句話一說出來，好漢們都暗地裡喝一聲彩，我也不由得對老盧有些佩服，河北玉麒麟，果然是老而彌辣，平時有些拖遝，但在關鍵時刻，好漢就是好漢。

方臘也笑道：「──下輩子還做敵人，說得好！」說著，他衝四大天王招招手道：「兄弟們這就走吧，以後有時間喝個酒，咱們就當朋友吧。」

王寅道：「大哥你呢？」

方臘道：「我還是我──王德昭。」方臘朝我笑笑，「蕭主任，你說過要收留我們那幫幹活的兄弟的，我還會木工，以後學校裡的桌椅板凳就全歸我了。」

我急忙說：「那再好不過了。」

厲天閏道：「大哥，讓我們再多陪你一會兒吧。」

方臘看看他，問：「還打老婆嗎？我記得你兩個小妾每天讓你揍得傷痕累累的。」

厲天閏立刻苦下臉來，道：「打老婆？她不打我就萬幸了，除了車費，我一天零花才三塊錢。」

方臘和三大天王頓時大笑，齊道：「報應！」就連好漢們也都笑了起來。

龐萬春嘆道：「還是上輩子過得滋潤呀，看誰不爽就是一頓鞭子，現在倒好，我他媽為了當個科長，給主任送了一萬多了。」

我上前說：「天王們，既然都不順心，就去我那兒唄，把你們的兒子女兒什麼的都帶過去，咱育才可是以後的人才培育基地，這樣你們以後還能常常見到你們的方臘大哥，鄧國師也在。」

方臘和王寅一聽，往好漢們那邊看了幾眼，張清冷哼了一聲：「既然俊義哥哥說了咱們再無瓜葛，你們要來，我就全當不認識就完了。」接著提高聲音道：「姓厲的，咱倆可不能算完！等有了馬，我要和你再戰一次！」

厲天閏也哼一聲：「怕你不成？」

王寅問我：「我去了能幹什麼？」

我說：「你先把校車管上，以後要開駕訓班，你就是班頭，相當於系主任。」

王寅道：「行，反正在哪開車都是開。」

我問厲天閏：「你來不來？」

厲天閏道：「這事我得先問我老婆……」

我摟著他肩膀在他耳邊說：「咱們學校發工資的時候，工資卡和現金是分開發的——」

厲天閏迷惑地看著我。

「——那樣的話，你每月的零花就能變成一天五塊了！」

厲天閏一把握住我的手：「就這麼說定了！」

我看看龐萬春：「就剩你了。」

龐萬春詫異地衝我聳聳肩：「我可是公務員！」

我鄙夷地說：「還惦記你的科長吶？當老師就不是公務員了？」

龐萬春想了半天，說：「那我先留職停薪去你那試試。」

至此，四大天王終於都被我搜羅過來了。

方臘又拿起那張紙看了一眼扔在桌上，跟王寅他們說：「至於你們這位新大哥，我看以後少打交道為好，這人不怎麼樣。」

王寅他們齊聲道：「他不是我們的新大哥！」

厲天閏道：「這廝明明算見有人要襲擊這裡，乾脆自己跑了，連聲招呼也不和我們打。」

我問他：「那人什麼樣？」

厲天閏道：「是個老頭，平時我們都叫他頭兒，說是從國外回來的，每天神神秘秘，跟我們也並不常見。」

「他身邊有個夜行人，你們知道那是誰嗎？」

「不知道，我們只是他的工具而已，那個夜行人才是他的心腹，早上我還見倆人在一起，也不知什麼時候跑的路。」

我心一動，忙問：「你說他培育了一種叫『誘惑草』的東西在哪裡？」

龐萬春插口道：「那玩意我見過一次，在一個大型盆裡種著，它是我們吃的那種藥的主要成分，但是我也不知道它們平時放在哪裡。」

吳用道：「如果他早上才走，應該沒機會帶走，否則你們怎麼會沒有察覺？」

我一拍大腿：「跟我想到一塊去了！」

龐萬春道：「可是這房子前前後後我也看過，沒有啊。」

盧俊義道：「這麼大的房子肯定有暗室，或者我們不知道的地方。」

我和吳用對視了一眼，同時說：「搜！」

項羽最先跑了出去，好漢們和四大天王他們也都各自散開，在別墅的裡裡外外看著。但是半小時之後還是一無所獲。

我背著手慢慢四下溜達，東西找不找得到再說，看看人家這氣派的別墅也是好的嘛！

我在樓上一間很不起眼的小屋子裡逗留了一會，這是一間小儲物倉，裡面堆滿了各種清潔用具。

我隨意翻著，在一個擺著一摞摞皂巾的壁櫃一角發現有微弱的光芒一閃，我拿出來一看，是一個小小的相框，剛才就是它的玻璃面借著外來的光線閃了一下。

相框的上方黏著一個絨毛小熊，一看就知道是放小孩子照片的，果然，照片裡一個小女孩在朝鏡頭微笑，面目依稀見過。

相框怎麼會在這裡？這大概是有人在收拾屋子的時候匆匆塞進來的，我把相框拿到光線充足的地方仔細辨認著，忽然一個激靈，我高聲問正在樓下的方臘：「老王，你說讓你們幹活的人是新主人？」

方臘道：「是啊，這別墅是那傢伙從別人手裡買過來的，怎麼了？」

我興奮地一跺腳：「我找到這屋子的老主人了！」

樓下眾人一起問：「誰呀？」

我不理他們，直接拿出電話撥號，不一會兒那邊就響起一個悅耳但是很冷淡的女聲：「喂？」

「陳小姐嗎？」

「……是的，我是陳可嬌，呵，是蕭先生啊？」

這小妞雖然笑著，但依舊是一如既往的那副德行，是的，就因為她的這份冷淡和精幹，我才認出了照片上的小女孩：陳可嬌！

姓陳的小妞自從透過我認識了古爺弄到錢以後就杳無音信——大概是繼續弄錢去了。我很容易做出了這樣的推斷：急需要大筆資金的陳家把別墅賣給了財大氣粗的我的對頭，雖然大部分的私人用品已經帶走，但匆忙之間還是落下了一張照片，被後來的清潔工隨手扔在了倉庫。

我笑瞇瞇地問：「陳小姐，你家是不是住春空山中帶的十八號別墅？」

陳可嬌冷冷道：「那是以前。」

我知道我犯了一個重大的口誤，忙說：「對不起對不起，就當我剛才那句是祝賀你們喬遷之喜了，買你們家別墅的人你認識嗎？」

「不認識，辦理房產的時候我才知道他叫何天竇，據說是華僑。」

重大發現，至少我知道這老小子叫什麼了，可是馬上我就發現，他的名字其實就是「和天鬥」的諧音。

陳可嬌問：「蕭先生找我有事嗎？」這小妞說話雖然一直冷冰冰的，但沒有以前那種不耐煩的樣子，看來她終究明白自己欠著我一個大大的人情。

我想了一會，最後說：「還是直話直說吧，陳小姐，你以前的家裡有沒有暗室之類的地方？」

陳可嬌警覺道：「你問這個幹什麼？」

「……沒時間多說了，我現在就在你家裡，我是不是壞人你還不知道嗎？」

陳可嬌這次是真的笑了一聲：「以前我一直當你是壞人的，現在可就不知道了，再說——」陳可嬌沉下語氣說：「我好像有義務替房子的新主人保守這個秘密吧？」

我赤裸裸地說：「別忘了你還欠著我人情呢！」

陳可嬌無語了半晌，最後毅然道：「暗室是有的，你應該想到我父親那麼喜歡收藏古董少不了這種地方，但是我絕不會告訴你，不過——如果你也有一棟大房子想建一個暗室的話，我倒可以幫你參謀參謀。」

我納悶道：「你說什麼呢，我哪有大房子啊？我那房子不就從你們家手裡買的嗎？那牆壁的厚度就算打個暗室也就能藏五百塊……」

陳可嬌嘆了口氣：「我是說如果，如果你有一間別墅想打一個暗室的話，我建議你就把它建在客廳裡……」

我這才明白過來，陳可嬌是怕直接告訴我有麻煩，所以一直在暗示我。我飛快地跑下樓：「繼續說，我很需要你這方面的建議！」

陳可嬌緩緩道：「暗室一定要做在最不引人注意的地方，所以它肯定不能在畫框後面，因為電影裡的暗室都在畫框後面……」

我邊聽邊揮手示意所有人安靜，我走過牆上那幾幅靜物素描，來到那個仿中世紀壁爐邊上。

陳可嬌道：「……也不能建在壁爐旁，因為壁爐偶爾是會真點起來的，溫度會影響你收藏的寶貝不說，那層異於別處的煙灰色就會暴露暗室的位置……」

我走過壁爐，氣急敗壞道：「你直接說在哪……呃，說我該建在哪不就完了？」

雖然看不見，但我感覺到陳可嬌笑了一下，她說：「那你先想想最不能建在什麼地方？」

媽的，這工夫她倒有興趣和我玩起遊戲來了。

我說：「當然是不能建在開門的那面牆上，因為那裡最薄，你們家肯定不會只藏五百塊錢吧？」

陳可嬌讚許地說：「就在那個方向。」

我目瞪口呆，雖然是別墅，但這面承重牆裡也絕不能放下一個巨型花盆，難道東西沒有藏在暗室裡？

陳可嬌道：「其實你說的沒錯，那裡的厚度不適合建暗室，所以暗室門應該建在靠著那面牆的地板上。」

我插口道：「你說的那是地下室。」

陳可嬌不理我，繼續說：「為了防止把客廳弄得一塌糊塗，我建議你還是要把暗室做在房子外面，地板只是一個入口，對了，其實暗室的真正位置是在屋子外面，草坪的下方。」

時遷從始至終豎起耳朵仔細聽著，這時忽然道：「那從外面挖進去，不就都給他拿走了麼？」

陳可嬌顯然是聽到了這句話，大概是這棟老房子終於激起了她的自負，陳可嬌不服氣地說：「你放心，如果有人想從外面打主意的話，你可以用一點五米厚的鋼板作建築材料，用強力破壞的話，在鑽到零點五米的時候，那裡有全天候接通的十萬伏特高壓電在等著他！」

時遷吐了吐舌頭。

我不耐煩地說：「你們家以前一個月電費得多少錢呀——別囉嗦了，快說入口在哪裡？」

「看見門右邊第三扇窗戶了嗎？當陽光以三十度銳角照射進來的時候形成的光斑，那就正好是暗室的入口——這只是我的建議。」陳可嬌一直沒忘給自己打掩護。

我來到那扇窗戶前，窗口高高在上，足有三米，我用挑窗簾的長竿子比劃了半天，在傾斜三十度的情況下，找到了大概的入口位置。

「快說怎麼開門！」

「這一步的設計簡直不遜色於完成一件好的藝術品，你先找到客廳裡那個萬能遙控器，把空調調成廿八度，再到車庫朝那輛老福特按三下消除鍵，再……」

我抓狂道：「你慢點說！」

陳可嬌：「……」

這時就聽匡啷一聲巨響，項羽從外面搬來一個重達一噸半的大理石石雕砸在那裡。

陳可嬌忙問：「怎麼了？」

「——行了，沒事了，門我們自己開了。」我已經看到地板上那個黑黝黝的入口了……入口一開，項羽就要闖進去，我一把拉住他：「小心有機關！」

這時徹耳的警報響了起來，李雲道：「警報一會兒應該不會有事了。」

我問陳可嬌：「我們現在能進了嗎？」

陳可嬌有點不可思議地說：「你們怎麼把門打開的？如果用密碼開的話，進去以後還得按一組數字，否則就算進去了暗室門也會自動合上，但現在門都被你們砸壞了，那就無所謂了，不過警察也就快來了。」

是呀，這暗室畢竟只是防盜的，陳可嬌她爹大概怎麼也沒想到會衝進來一幫能力舉千斤的賊，用最原始的辦法破門而入。

我對陳可嬌說：「以後咱們就算兩清了。」她能這麼幫我我已經很承她的情了，要知道如果調查起來，這麼隱秘的暗室被盜，她這個老房主肯定脫不了干係。

項羽邁步進去，抱出一口大缸來，這大概就是龐萬春說的那個巨型花盆，在裡面種著一簇只有巴掌大的小黃花，我問：「難道這就是誘惑草？它在裡面不用見陽光的嗎？」

龐萬春攔住紛紛湊上前的眾人，小心翼翼地把那簇小黃花一朵一朵地撩開，露出藏在花裡的一片青綠葉子，這葉子非常厚實，有點像仙人掌的葉子，但是沒刺，這片葉子一露出來，人們頓時聞到一股奇異的清香。

龐萬春道：「這片葉子才是正主，人們常說綠葉襯紅花，這東西是反的。」

我說：「帶走趕快離開這裡，警察快來了。」

項羽往肩上一扛就要走，我急忙拉住他：「車上放不下，而且太顯眼了。」我邊看他們挖草，邊問龐萬春：「這麼一片草能煉多少顆藥？」

「一顆！一片草一顆藥。」

「我靠，難怪『和天鬥』跟我鬥了半天才恢復了四大天王，原來這藥真的是得之不易——有了草以後怎麼辦，它的配方你知道嗎？」

龐萬春聳聳肩：「我怎麼可能知道？我只聽說它是那藥裡的主原料。」

這時眾人已經七手八腳把那小黃花順著根莖挖出多半個來，小小一簇花，根莖居然足有三四米之長，而且盤根錯節非常龐大，項羽小心地捧著那花，根莖長長地耷拉下來，像一隻巨大的烏賊。難怪它在暗室還能活，看來它並不太需要充足的陽光，全憑著驚人的養料生存。

有人找來一隻袋子裝了些土，把花插在裡頭，項羽問：「不會死在半路上吧？」

我說：「顧不了那麼多了，走吧。」

我們一行人匆匆趕出來，送我們來的車早已經打發走了，這五六十號人除了戴宗能跑，一會兒非讓警察逮住不可，而且這地方還沒處搭車。

王寅在手裡亮出一把鑰匙晃著道：「你們要不怕髒就坐我的車。」

我們順著他的手一看，原來他的大貨車就停在別墅外邊，我先把行動不便的張順拉了上來，然後好漢們紛紛跳上來，那車剛拉完煤，在哪蹭一下都是一片黑，人堪堪上完，這車裡已經和沙丁魚罐頭一樣了。

王寅又拽過帆布把我們兜頭蓋了起來，說：「不把你們擋著點兒，讓人看見就露餡了。」

我們只覺眼前一黑，頓時什麼也看不見了。

車到了學校以後，王寅把帆布撩起來，眾人一個個黑猴兒相仿，在陽光下你看看我我看看你，一起大笑。

項羽把花死死護在懷裡，下了車顧不得洗臉，先抄起柄鐵鍬在宿舍樓前的花壇挖了一個深坑，小心地把那花種進去，然後居然就搬了把凳子坐在邊上看著。

我汗了一個，走上去說：「羽哥，要看也不用這麼看吧？」

項羽眼也不眨地盯著花壇，跟我說：「你囑咐人給我送幾個饅頭就行了，這回說什麼也不能再沒了。」

我說：「那你看到什麼時候算完啊，再說你去廁所怎麼辦？」

項羽想了想，沒回答我，我真怕他到時候搬著花池子去廁所，這種事他不是幹不出來，在對待和虞姬有關的問題上，他的智力並不比二傻強多少。

其間安道全來刮了點花粉和葉子上的汁，想進一步研究的時候，被項羽嚴厲地制止了。看來他對安道全的醫術並不太信任，可是這也是現在唯一的辦法，因為我們誰也不知道光把這棵草吃下去會有什麼樣的副作用？

我沒法，只好先一個人往回走，走到半路，見影視路那圍了一群人，我本來是隨便瞥了一眼，可沒想到攝影棚外面掛著的黑板上寫著《李師師傳奇》。這我可得看看，李師師自從走上演藝道路以來，我還沒探過班呢。

我把車停在路邊，大咧咧地往裡走，一個身高一米九的保安伸手推了我一把。

我也沒生氣，說：「我是你們金總的朋友。」

保安道：「我不認識什麼金總！」

我一想，這保安也許真不認識金少炎，他應該是場地出租方雇來的，我正思量著給誰打電話，就見借給過我馬的那個《秦朝的遊騎兵》的副導演從我眼前走過。

我急忙揮手喊：「口袋導演——口袋導演——」

保安呵斥我：「你喊什麼？」

口袋聽見有人高喊大叫，皺著眉往這邊看了一眼，我繼續揮手：「口袋導演，是我！」

口袋快步走過來，打量了我一會，笑道：「是你呀？」

保安見我們認識，只好放我進來。

這攝影棚非常大，光線昏暗，地上鋪滿了滑軌，高處是一大圈供俯拍的架子，我問口袋：「小楠他們在哪拍呢？」

口袋納悶道：「誰是小楠？」

「王遠楠。」

口袋吃驚道：「你認識她啊？」

我笑道：「廢話，你以為我和你們金總當初是怎麼認識的？」

口袋討好地對我說：「這麼說，你是來找我們導演的？」

我說：「我不找你們導演，我找她——」這時我已經看見了李師師，只見這小妞穿了一身戲裝坐在角落裡休息，兩邊擱著兩台小電扇對著她吹，把她的頭髮吹得形似白髮魔女。

口袋笑道：「那就是我們導演。」

我驚奇地說：「你們以前那個導演呢？」

口袋道：「我們這劇組自打成立以來，就那麼一個導演啊。」

「……跟你一起拍記錄片那個——口袋比你還多，不是他是導演嗎？」

口袋一指：「你說的是我們副導吧？」

我順他手一看，見大口袋和一個西裝頭遠遠地對臉蹲著，兩個人表情嚴肅之極，好像在研究戰略什麼的。我挺奇怪，李師師什麼時候成了導演了？

這時就見大口袋從面前的「圖紙」上拿起一個圓圓的棋子使勁拍下去，大叫：「將！馬後炮，看你死不死？」

我目瞪口呆，合著倆人下棋呢?!

口袋笑著解釋：「劇組成立那天起，劇情什麼的幾乎都是王小姐親力親為，所以我們習慣叫她導演，別人都有事做，反倒就胡導閒下來了。」

李師師還沒發現我，坐在那發起了導演飆：「我說過多少回了，鏡子不要擺在那裡——那是放馬桶的地方！」

我悄無聲息地走到李師師後面拍了拍她的肩膀，李師師頭也不回道：「什麼事，說！」

「王導，床戲的裸替幫您找好了……」

李師師驀然回頭，笑道：「表哥，是你呀?!」

我拿起一個小電扇吹著自己，笑著說：「王導夠拉風的呀。」

李師師無奈道：「沒辦法，都是我一個人忙活。」說著又喊起來，「小吳，小吳，下一場是什麼？」

和大口袋下棋的西裝頭拿出小本看了一眼，喊道：「初見宋徽宗——墊馬！」

我問：「宋徽宗誰演？」

李師師道：「誰演都行，這部戲裡他不露臉，只是一個王權的縮影。」

……拍《李師師傳奇》宋徽宗不露臉，大概也就我們李導能想出來。

李師師笑著問我：「表哥，你要不要來一場宋徽宗過過戲癮？」

我急忙擺手：「算了吧，不露臉的事我幹的還不夠多呀。」

這時，一個大概是剛從藝校畢業的後生穿了一身皇袍跑出來，小臉抹得蠟黃蠟黃的，頭上戴著王冠，李師師跟攝影師說：「一會兒給他兩個背影，等他坐到床上以後，拍一下他的王冠。」

我小聲說：「不對吧，你第一次見他，他就穿著皇袍？」雖然我不是這家那家，但也知道敢穿著龍袍逛窯子的皇帝好像還真沒有。

李師師隨口道：「只是一種意識形態，別人並不知道他是誰。」

……說什麼呢，一句也沒聽懂，這拍出來能好看嗎？反正我是不看！

我蹲在大口袋他們跟前看他們下棋，大口袋笑道：「怎麼樣，李導夠厲害的吧？理念絕對都是大師級的。」

聽得出來，大口袋的話裡並沒有諷刺的意思，他畢竟專業是拍紀錄片，看他的架勢，自從進了這個劇組，除了下棋應該就沒幹過別的。

當初金少炎答應拍這部片子是為了敷衍我和李師師，故意找了這一位，結果歪打正著，讓李師師有了很大的發展空間，我現在才明白她為什麼指名道姓地要求和大口袋繼續合作了——這片要是馮小剛張藝謀來拍，還有她的位置嗎？

我說：「那你這麼閒著也不是個事呀，你們金總知道這情況嗎？」

通過兩次接觸，我覺得大口袋還算是個為了藝術孜孜以求的好導演，讓他這麼閒著好像不太厚道。

大口袋說：「我們金總說了，我現在的任務就是應付來探班的記者，好讓王導專心拍戲，過幾天有個大型紀錄片給我做。」

剛出攝影棚，電話響，接起來一聽，裡面一個奄奄一息的聲音說：「小強，帶我走……」

我納悶道：「九五二七？」

秦檜帶著哭腔說：「活不了啦，把我從這弄走！」

我問：「怎麼了，停水停電了？」

秦檜道：「停水停電倒好了，你快來！」

我不耐煩地說：「我明天過去。」秦檜還想說什麼，我直接掛了電話。這小子躲在我的小別墅裡不舒舒服服地待著，搞什麼鬼?!

當我把車開到當鋪門口的時候，一輛非常眼熟的破車停在那裡，還沒等我看車牌，費三口已經把腦袋從駕駛座裡探出來衝我好笑數聲。

我自覺地上了副駕駛座，問：「什麼事？」

費三口笑瞇瞇地說：「好事。」

我嘆氣道：「你每回找我都說好事，可哪回也沒說真給幾個錢花花。」

費三口道：「你對我們國安好像沒有好感？」

我急忙搖手：「我可不敢亂扣帽子。」

我們看電影知道，只有不入流的特工殺人才用槍呢，真正的特工都是掏出根自動筆來朝人一按……神不知鬼不覺，我深怕費三口從口袋裡拎出根什麼東西來衝我一按。

結果，費三口伸手從懷裡掏出一枝鋼筆來在我眼前比劃著，問我：「這是什麼？」

我毫不含糊地說：「ＩＳＯ間諜筆三代，可發射小型子彈，彈容量一發。」

費三口撓頭道：「ＩＳＯ？那是什麼型號的武器？」

我哪知道？我老聽別人說ＩＳＯ國際標準化什麼的，就給他用上了，咱丟什麼也不能丟了面子，先唬住他再說！

費三口把那枝鋼筆遞到我眼前說：「送給你吧。」

我慌忙用雙手接住，心驚膽顫地問：「咱這回殺誰呀？」

「……你先檢查檢查。」

我小心地擰開筆，從筆尖到墨水囊再到筆帽，都跟一般的鋼筆沒什麼兩樣，我由衷地讚道：「做得真好，跟普通筆似的。」

費三口道：「這就是普通筆，在來你這的路上買的，十塊錢。」

我把筆舉在腦袋上面來來回回觀察著：「不會吧，你送我枝筆做什麼？」

費三口道：「我就是想讓你明白，我們也是普通人，別把我們國安想得那麼神秘可怕。」

我羞愧地連連點頭，手足無措地拿起車前作裝飾的一個小石頭獅子把玩著，繼續聽老費訓話。

老費道：「說正事吧，這回真的是好活！新加坡有個散打公開賽，我們的意思是不用再選了，都從你們學校挑。」

我眼前一亮，這事我聽李河以前就跟我提過，這絕對是好差事，新加坡，好地方啊，還不跟旅遊似的？更主要的，借這個機會把好漢們都打發走了，那「和天鬥」不就失去攻擊目標了嗎？加上方臘現在在我們學校，這仗就再也打不起來了。

我問：「可以去多少人？」

老費說：「一共十一個級別，每個級別兩位選手，其他隊醫、工作人員，需要多少去多少吧。」

我說：「行，我們學校有一百個名額差不多夠了。」

「嘖嘖，口氣真大，去那麼些個人幹什麼？」

我說：「除了比賽隊員，不需要參觀學習的嗎？咱們憑什麼走上世界——經驗是很重要的！」

費三口連連擺手：「你定了名單以後再說吧，反正我們還得審核。」

我腦中迅速構思著名單，說實話，如果現在不是多事之秋，我真想帶包子去新加坡玩玩。

我開口要一百個名額當然是有目的的，現在我們學校老師不少，除去好漢們不算，程豐收、佟媛、段天狼這群人會待在育才幾乎都是各有各的目的，有的是想壯大自己的門派，有的是因為窮困潦倒混不下去了才跟著我的，現在我就要借這個機會給他們看看，我們育才可不是小廟，也是沒事就往國外溜達的機構，以後還怕他們不死心塌地在這待著？

費三口忽然說：「哦對了，順便問你個事。」

我心一沉，我發現，每次他開頭說的事情基本都是公事，也可以算是好事，緊接著「順便」的事才是他的主要目的。

我機械地玩著那個石頭獅子，問：「怎麼了又？」

老費說：「前兩天中心醫院報案說，在醫院裡一個叫冉什麼的植物人……」

我隨口道：「冉冬夜。」

老費道：「對對對，就是冉冬夜，本來已經接近腦死，卻忽然從醫院裡失蹤，後來卻發現好端端地出現在你們學校裡，這事你知道嗎？」

我下意識地說：「不……」想了想馬上改口道：「知道。」

「到底知道不知道？」

「知道一點，怎麼了？」

「哦，我們覺得這事挺有研究價值的，所以把前去採訪的記者都勸退了，以防止大規模洩露。」

我抓抓頭髮說：「我說怎麼沒媒體採訪呢。」

費三口忽然問：「這事跟你沒關係吧？」

我勉強笑道：「怎麼會和我有關係呢，我又不是醫生。」

「哦，我也說你要真有這本事肯定不在這兒待著了，可惜我三姨半身不遂，我還以為有希望了呢。」

我心說辦法倒是有，就怕你三姨吃完藥發現自己變身慈禧老佛爺，還不得把你三姨夫禍害死？

這時，我就聽費三口喃喃自語道：「那就奇怪了，那天那裡為什麼會有那麼多你們學校的人出現呢？」

冷汗瞬間濕透了襯衫，我承認我還是小瞧了國家的力量，老費這分明是在拿話敲打我，我把那個石頭獅子在兩手間飛快地扔來扔去，無言以對。

老費看了看我手裡的獅子，說：「你最好別那麼玩它，那其實是一個塑膠炸彈。」

我急忙恭恭敬敬把小獅子放回原處——還說自己是普通人，誰車裡沒事放個塑膠炸彈？送走老費，我並沒有多想，有些事情並不能因為你車裡放著塑膠炸彈就能調查明白，花榮的覺醒，用那句話說就是天知地知——當自己的箭神，讓別人查植物人去吧！

晚上秦檜又給我打了兩個電話，很痛苦的樣子，我就不明白他有什麼不滿意的，我那小別墅裡一應俱全，完全是現代化的生活。

第二天一早我開車來到別墅，和我相鄰的那一間看來也賣出去了，門窗都換過了不說，草地上還有被侍弄過的痕跡。看來陳可嬌她們家中興有望了。

我打開門一看，只見秦檜把他這些天用過的東西都歸整在一個小包裡放在手邊，抱著肩膀眼巴巴地瞧著門口，好像早就盼著我來了。

我惡聲問：「你怎麼回事？」

秦檜一把辛酸地說：「別問了，咱走吧。」

這時我才發現屋裡的空調往外嘶嘶地冒冷氣，我不禁打了個寒戰說：「這大早上的，你把家裡弄這麼冷幹什麼？」

秦檜抱著肩膀使勁抽著鼻子說：「你才發現呀？我已經在冰天雪地裡待了好幾天了。」

這時樓梯聲響，我一看樂了，只見蘇武裹著大棉襖下樓來，手裡緊緊抓著他的棍子。

秦檜一指蘇武，忿忿道：「都是他弄的，說什麼只有這個溫度才能讓他有當年的感覺，我每往回調一度，他就揍我一棍子。」

我樂道：「那你多穿點呀。」

秦檜道：「我哪有冬衣啊，總不能老躺在被子裡不出來吧？」

接下來秦檜對蘇武進行了血淚控訴：「這我也就忍了，可他連飯也不讓人吃飽，規定一天只准吃一包泡麵！」

我納悶地看看蘇武，蘇武淡淡道：「這是我們兩個人的共有財產，我也沒有多吃，誰知道我們得靠它活到什麼時候呢？」

我笑道：「蘇侯爺居安思危是沒錯，不過，我又不是把您流放到這的，怎麼會不管你呢？再說，我不是給你們留錢了嗎？」

秦檜抹著鼻涕道：「別提了，他給我的錢，連個饅頭也買不起。」說著，秦檜把幾張皺巴巴的鈔票扔在地上，「這就是他分給我的。」

這可就是蘇武的不對了，不管是忠是奸，既然兩個人在一起過，吃獨食總不太好吧？

誰知蘇武依舊淡淡道：「這錢是我們兩人的，我的意思是分成兩份各自保管，是他說不用的。」

我立刻對秦檜刮目相看：「你小子什麼時候有這覺悟了？」

秦檜陰著臉不說話了。

我奇道：「到底怎麼回事？」

蘇武把我給他的錢都掏出來，把那些一百的大票一張一張翻著道：「他說這種錢，越大的越不值錢，只有小的才值，他說我剛來需要錢，就由我保管所有小的，把大的給他就行了，我哪能那麼幹，就把所有小的都給他了——」

我頓了一頓，跺腳大笑，這才叫以小人之心度君子之腹呢，現在事情終於明白了，想吃獨食的是秦檜，他欺負蘇武看不懂鈔票面額，想騙他把大錢都交給他，誰料到弄巧成拙。

誰知更出人意料的事發生了，只見蘇武慢悠悠地道：「雖然我跟羊在一起待了十九年，但我可不傻。」

秦檜愣了一下，終於跳腳道：「這裡我是一天也待不下去了！」指著蘇武鼻子罵道：「不讓我關空調、不給吃飽飯我也就不說什麼了，可你上完廁所還不沖水，而且是蹲在馬桶上的……」

蘇武面無表情地看著秦檜，坦然處之。

我笑對秦檜說：「有時間我介紹劉邦給你認識，你給他進點讒言就全有了。」

蘇武頓時恭敬地垂頭拱手道：「你見過我們漢氏高祖？」

「邦子啊？天天見，我還是他親口封的並肩王呢。」

「當真？」

「騙你幹啥？」

蘇武哎喲了一聲，看樣子馬上要對我行禮，我一把攔住他：「別別別，您手下的羊都是我祖宗，折殺死我了。」

秦檜見我們攀上了關係，小心地拉了拉我說：「小強，咱還走不走？」

我瞪了他一眼：「去哪？」

「只要離開蘇羊倌，去哪都成！」

「把你送給岳家軍也行？」

秦檜頓時臉色大變。

說起岳家軍，我倒是想起一個辦法來，三百現在只剩徐得龍留守，老徐每天三點一線，宿舍、食堂、操場，其他地方絕不染指半步，而新校區的宿舍現在勉強能住人了，把秦檜往那一扔應該不會出問題。

我有了計較，跟面前倆人說：「走，先吃早點去，完了你倆就誰也不用見誰了。」

我開車帶著兩人出了別墅區，來到一條小街上的攤子要了油條和豆漿，秦檜這些日子可餓狠了，抓起油條來狼吞虎嚥，一邊連連說：「唔唔，好吃，這叫什麼名字？」

我說：「油條唄，還能叫什麼——」

秦檜邊往嘴裡塞邊說道：「我以前怎麼沒吃過呢，這東西什麼時候開始有的？」

這時，跟我們一個桌上吃早點的老頭兒說：「這東西呀，是宋朝以後才有，根據秦檜命名的。」

秦檜吃驚道：「跟『秦檜』有什麼關係？」說著還得意地小聲跟我說，「看來還是有人惦記我的。」

老頭講古說：「油條一開始叫油炸棍兒，油炸棍兒——油炸檜，那是把秦檜扔在油鍋裡炸了的意思。」說著把一根油條撕開，指著其中半根說：「這是秦檜！」然後指指另半根，「這是他老婆！」

秦檜目瞪口呆，手裡抓著半根「自己」，吃也不是吐也不是，最後帶著哭音說：「還讓不讓人活了，又是雞頭又是油條的，我真那麼大罪過嗎？」

蘇武拿起一根油條，當著秦檜的面狠狠咬了一口，我看見秦檜使勁抖了一下，看來自古忠奸的戰爭一直沒有停止過啊。

當我開車走在回別墅路上的時候，蘇武忽然也改變了主意，他也不想回去了，用他的話說，他來了不是為了貪圖享受的，每天都能吃上一包泡麵的日子，在他看來過得實在是奢侈，大大的有負皇恩。所以我只好往學校送倆人。

到了學校，秦檜很好安頓，當我告訴他岳家軍小校徐得龍就在對面的樓裡的時候，他恨不得跟蘇武一個被窩裡睡。

反倒是蘇武比較麻煩，他不願意再住在樓裡，按他的意思，我只要給他在學校裡搭一個草棚，其他的吃喝拉撒就什麼都不用管了，蘇侯爺要繼續挑戰生存極限。

我哪兒給他弄草棚去啊？最後逼急了，我指著遠處一個小屋子說：「你看那行嗎？」

我的那面「柏林圍牆」已經初具規模，在它的中段開口處，按照我的意思，崔工給我建了一個類似傳達室的地方，我是想以後白天在這安排一個值勤的，以阻止兩邊互相往來。現在，我就把這個剛能放下一張床的地方交給了蘇侯爺，並以大漢並肩王的身分命令他扼守邊陲，不叫那邊的一人一馬進入老校區。

開始蘇武還不明白我的意思，最終我只得用手指著新校區說：「你就當那邊是匈奴！」

他這才毅然抓緊手裡的棍子大聲道：「保證完成任務！」

這樣，蘇武終於再次找到了使命感，由一個放羊倌變成了一位將軍！

好不容易安頓完倆人，我馬上召集育才所有員工在大禮堂開會，商討新加坡比賽之行。大約十五分鐘後，我才把各路人馬聚集齊了，我清了清嗓子說：「過幾天咱們有一個去新加坡的項目，咱學校有一百個名額，現在商量一下人選問題。」

下面頓時嗡一聲討論開來，段天狼、佟媛和厲天閏龐萬春這些人知道那是一個花園國家，紛紛議論：「新加坡，好地方啊。」好漢中絕大部分人卻沒聽說過，互相問：「新加坡？什麼地方，離十字坡遠嗎？」

我拍了拍桌子道：「那個……那是屬於國外了，風景很不錯，因為咱們名額有限，現在想去的報名，最後再研究決定。」

好漢們討論了一會，都道：「既然是好地方，那就都去唄。」

段天狼和程豐收他們都納悶地乾坐著，他們大概是不明白為什麼突然會有這種好事情。四大天王都看著方臘，好像是在等大哥的意見，方臘想了一會兒，站起來問：「蕭主任，怎麼莫名其妙地要出國啊，誰號召的？」

我一拍腦袋，光想著把這群人支出去避風頭，忘了說正事了。

我急忙說：「哦對了，咱們去那不是光為了玩，順便打打比賽。」這群人去了，那比賽可不就是「順便」打打嗎？

王寅站起道：「那我們都去。」他看著方鎮江挑釁道：「咱們兩家再變著法賽一次，看誰拿的金牌多。」

我一說比賽，程段他們也都紛紛叫喊著要去，一時間禮堂裡人聲鼎沸，我邊拿紙筆記名字，邊拍著桌子叫道：「等一等等一等，一個一個說。」

吳用忽然連連揮手道：「小強你先別記了——咱們現在一共多少人？」

我一愣，捏著筆數了一圈，一共才九十八個人……

吳用笑道：「一百個名額九十八個人，在座的每一位都能去，現在就看誰不去吧。」

徐得龍率先站起來道：「我不去了，你們都走了，我正好領著孩子們專心把體能抓上去。」

我知道這只是他的托詞，他得留下來居中策應那兩百九十九名岳家軍戰士，不過也夠死心眼的——岳飛難道就不能在新加坡嗎?!

這時顏景生也站起來說：「我也不去了，孩子們的日常生活離不開我，再說比賽的事情我也幫不上忙。」

我說：「那你去玩玩嘛。」

我從心底裡很感激顏景生，這個書呆子把一腔熱忱都撲在孩子身上，如果沒有他，學校不會像現在這麼井井有條，借這個機會好好犒勞一下是應該的。

顏景生搖搖頭，坐下了。就此，育才的一文一武兩大死心眼兒誕生了。

我往下看了看，問：「還有不去的嗎？少去一個人能給國家省好幾萬塊錢呢，你們好好想想。」

畢竟都是英雄豪傑，覺悟就是高，我不說這句話則已，這句話一出口……連一個舉手的也沒有了。

我說：「那好，現在把領隊確認一下。」

台下頓時不少人喊：「你不去呀？」

我心裡十分得意，看來我在育才還是有點眾望所歸的。但是，當他們第一時間知道我不去的時候，立馬開始推選自己人當領隊，段天狼的徒弟們一致喊：「我們選我們師父！」程豐收那邊的人喊：「程大哥才是最合適的人選。」好漢們也跟著起鬨，有喊盧俊義的，有喊林沖的。

我把筆記本使勁在桌子上摔著，大喊：「你們能不能團結一點？」

眾人停止起鬨，紛紛回到自己的小團體裡，同仇敵愾地警備著四周其他團隊，發現一切正常之後，異口同聲跟我說：「我們很團結——」

無奈之下，我只得說：「佟媛妹子，辛苦你一趟吧。」權衡再三，我覺得這是最好的選擇了，首先，佟媛不代表任何勢力，人緣也好；其次，她有豐富的領隊比賽經驗，最後，由美女帶隊還可以使對手放鬆警惕。

佟媛痛快地說：「行。」

我說：「到了新加坡以後，注意自己的舉止禮儀，我聽說那個國家還保留著打屁股的刑罰，具體的，會有人對你們進行短時間的培訓，還有什麼問題嗎？」

方鎮江忽然站起來道：「可以帶家屬嗎？」

眾人一愣，現在在育才幾乎沒人不知道他和佟媛的事，兩人每天膩在一起卿卿我我的。

我詫異道：「佟媛不就是領隊嗎，你還想帶誰？」

方鎮江訥訥道：「我……是替老王問的。」

我這才恍然，說：「想帶家屬的跟我說一聲，咱們看情況。」

我看了一眼花榮，不動聲色地說，「家屬裡有會說英語的就帶上，咱還缺個翻譯。」

花榮衝我感激地點了點頭。

第九章

木蘭不男

我問劉老六：「這是哪位？」

劉老六道：「你猜。」

我猜——中國歷史上有名的女將就那麼幾位，

還有幾位鐵娘子都是光明正大地以女兒身報效國家的，

刻意喬裝成男人的，只有……

「花木蘭？」我試探地問。

直到出發那天，我才發現我們育才真是人才濟濟，從隊長到隊員都精神飽滿不說，連翻譯、隊醫、司機都是自給自足；特別是方臘，以一個木工的身分領著老婆到新加坡公費旅遊了一趟。

處理完這件事，我才發現一直沒見項羽，我拉住從我身邊經過的方鎮江低聲問：「羽哥呢？」

方鎮江道：「你開會之前，剛去我那屋躺下。」

我吃驚道：「昨天他真在花壇邊上看了一夜？」

方鎮江點頭：「我說我跟他換著看，他都沒讓。」

「那他現在怎麼不看了？」

方鎮江道：「那花——哦不，是那草自己掉了，安神醫說那是因為成熟了，羽哥這才放了心。」

我急忙跑到方鎮江的屋子，項羽在他床上倒著，大概一直沒睡實，聽到有人開門一骨碌爬了起來，神色頗為警惕。

我直接伸手說：「那草呢，我看看。」

項羽見是我才放鬆下來，在枕頭邊上把那片形似仙人掌的「誘惑草」小心地放在我手裡，那股好聞的清香頓時又充塞了整個屋子。

項羽道：「這東西確實有古怪，只放在枕頭邊上睡了一會，就做了老半天的怪夢，夢的全是我很小時候的事。」

我說：「看來它真的能讓人喚醒記憶，可是你打算怎麼辦，總不能就這樣直接拿給張冰吃吧？」

項羽一攤手：「那還有什麼別的辦法？」

「……不會死人吧？」

「安道全檢查過了，說沒有毒素，但是有沒有別的副作用就很難說了。」

看得出，項羽還在猶豫，我把那草舉在眼前端詳著，說：「這東西好像已經開始脫水了，你想好沒有？」

項羽一把把誘惑草搶在手裡，毅然道：「只能這麼辦了，阿虞要是有個三長兩短，大不了我陪她一起死——走，跟我找她去！」

我身子一抖，項羽道：「你怎麼了？」

我說：「我想起一個成語來。」

「什麼？」

「……草菅人命！」

就在我和項羽剛上車的時候，我的電話響了，我匆忙地接起來問：「誰？」

對面一個聲音笑呵呵地問：「小強嗎？」

「我是，你是？」

對方笑意不減：「我姓何，何天竇。」

一聽這名字我就來氣，我把發動的車又熄了火，惡狠狠地叫道：「我說你既然叫和天鬥，老折騰我幹什麼？你不是有錢嗎，跟美國買衛星買導彈直接往天上轟啊！」

何天竇笑瞇瞇地說：「也是個辦法。」

項羽小心地捧著那棵「誘惑草」，納悶地看著我。

何天竇說：「你們從我家裡偷了一棵『誘惑草』是嗎，它也該熟了吧？」

「……你怎麼知道？」

「我怎麼不知道，那草是我從天上帶下來的！你和項羽現在要去找虞姬是嗎？」

我警惕地四下張望，何天竇好像知道我在幹什麼，說：「不用看了，我是猜的。小強啊，本來送你棵草沒什麼，但是你也知道這東西得之不易，我這也是一個蘿蔔一個坑，你能不能把它還我？」

聽他說得一本正經的，我不禁樂道：「行啊，是你派人來拿還是我給你送過去？」

項羽也微微冷笑。

何天竇裝模作樣地嘆了一口氣道：「算了，知道你也不會同意，可那藥我是準備用來救人的，你把它拿了去……嘖嘖，不好辦呀。」

我罵道：「你少他媽蒙我，這藥能治病嗎？」

何天竇嘿嘿笑道：「和這性質差不多，一代梟雄，現在過得生不如死——你去看看就知道了，這是地址……」

我忙叫道：「等等，你怎麼不去？」

「我已經沒多少藥了，你小子別不知好歹，如果不是我睜一隻眼閉一隻眼，你們的花榮骨頭渣子都煉出來了，如果我沒猜錯的話，項羽是想把手上的草給虞姬吃，可你們就不怕沒有經過加工的誘惑草有副作用嗎？」

他這句話說得我和項羽都是一愣，何天竇打鐵趁熱，留下一個地址和一個名字迅速掛了電話。

我看著項羽，問：「怎麼辦？」

項羽盯著手裡的誘惑草道：「不妨先去看看這個人是怎麼回事——但是這棵草我是無論如何也不會拿出去的。」

我點點頭，重新發動車子，照那個地址開去。

那是一個接近城鄉結合部的一條大街，馬路很寬，但是人口稀疏，再往遠走可以看到龐大的垃圾場，大車司機不管是去是回，一般都在這裡加水買飲料什麼的。

馬路邊上，擺著一個大大的冷飲攤，足有十幾張桌子，窮鄉僻壤的，買賣居然不錯，從城裡賣完菜的年輕農民有不少習慣在這裡拎瓶啤酒喝完再走，在冷飲攤的邊上，三三倆倆的後生無所事事地閒晃著，看樣子都是些小混混，一個稍微有點駝背的半大老頭低著腦袋在來回逡巡，一見有人丟下的可樂瓶子或者錫罐立刻上去一腳踩癟，仔細地收進背上那個油汪汪的編織袋裡。

何天寶說的地方就是這裡了，項羽下車後皺著眉頭道：「這是什麼地方，亂七八糟的。」一個上來招呼我們的夥計立刻小聲囑咐我們：「不想惹事小聲點，揍你！」說著衝馬路邊上坐著的那幫痞子努努嘴。

項羽哼了一聲不說話了，這些個小混混當然不在話下，但他現在手裡還拿著寶貝呢，碰了丟了都得防著，所以霸王今天不想節外生枝。

我衝小夥計笑了笑表示感謝，問他：「這兒『人』怎麼這麼多呀？」

小夥計瞄我一眼，大概是聽口氣覺察出我也「混」過，知道我在問什麼，遠遠的一指說：「還不是因為前面新開了一家有『貨』的歌舞廳，晚上有營生的主兒全在這兒歇著呢，兩位只管自便，他們一般不會騷擾普通客人，我們老闆跟他們都熟。」

我跟項羽要了冰糕和啤酒，就挨個打量那些小混混，這地方的痞子一個個鼻子上打著環兒，頭髮染得跟鸚鵡似的，褲子上吊著鐵鍊子，腳上穿著膠鞋。

項羽笑道：「難道這些人裡還隱藏著什麼絕世英雄呢？」

我橫了他一眼，他這輩子吃虧就在眼高於頂上了，誰也瞧不起，他不就被這種人打敗了嗎？

利用夥計送啤酒的工夫，我跟他說：「勞駕跟你打聽個人。」

「說吧，這的人我還算都認識。」

我把剛才在車裡寫的紙條掏出來又看了一眼，說：「你們這一帶有個叫……王臘極的你認識嗎？」

夥計摸著下巴望天：「王臘極……名字這麼酷？」

我說：「有這人嗎？」

夥計使勁想著：「王臘極……王臘極……嗨！你說的是王垃圾吧，那不就是嗎？」說著，他一指那個只顧低著頭滿處溜達著揀垃圾的駝背老頭，笑道：「都慕名欺負到這來啦？」

我納悶道：「什麼意思？」

夥計笑盈盈地不答，衝王垃圾的背影一探下巴：「看著吧。」

我和項羽都不明所以，只好向王垃圾看去，顧名思義，這應該只是他的外號。

王垃圾大概五十歲上下年紀，本來個就不高，加上駝背，只到一般人胸口那裡，穿的那身衣服，離著老遠就能聞著一股餿味，再看臉上，油膩蒙面不說，眼屎都成堆了，但即使這樣，他還是帶著滿臉謙卑的笑，往前走的時候不住地微微點頭，好像在跟誰客氣似的。

王垃圾走動勤快，不一會就把剛走的幾個客人喝扔下的瓶子收入囊中，臉上的笑意更深了，這時一個紅毛痞子喊了一聲：「王垃圾，今天收成怎麼樣？過來！」

王垃圾一怔，但馬上又恢復了笑臉，駝著背一步一步向紅毛走去，一邊把肩上的編織袋卸下來，擺在那幫混混面前。

冷飲攤上的夥計一拉我，興奮道：「快看，好戲來了。」

紅毛踢了一腳那編織袋，裡面的各種瓶瓶罐罐頓時散了一地，紅毛誇張地叫道：「嚇，王垃圾你要發財啦！」

王垃圾連連鞠躬：「說笑了，說笑了……」

紅毛臉一陰：「說你媽個腿，老規矩——可樂瓶一聲爺爺一個頭，礦泉水瓶三個抱頭蹲，自己數吧！」

我和項羽都莫名其妙，只得繼續看著。

只見王垃圾還是帶著笑把垃圾袋裡的瓶子都擺出來，可樂瓶八個，礦泉水瓶子十二個。然後王垃圾順從地跪在紅毛面前，大叫一聲：「爺爺！」站起身，拿走一個可樂瓶，又跪下，再喊一聲爺爺，再拿走一個瓶子……

項羽面色陰沉，說道：「可恨這些雜碎，欺負他幹什麼呢。」

我小聲提醒他：「知道何天竇為什麼叫咱們來這了吧？就是要讓咱看看蓋世英雄現在的這個樣子。」

項羽把那片誘惑草護在兩手之間，小聲問：「你沒問問那姓何的這人前世是什麼人？」我說：「忘了這事兒了，起碼得是個響噹噹的人物吧。」

項羽見我的眼神有意無意在誘惑草上飄著，斷然道：「你想也別想，這草我是要給阿虞的！」

我訕訕道：「我什麼也沒說……」

這時王垃圾已經磕了八個頭，叫了八聲爺爺，他擦了一把汗，把所有可樂瓶都拾掇好，雙手抱頭直挺挺地蹲在地上，又摸了一下地皮，這才站起來，大聲報數：「一！」然後又照做一遍，「二！」……等王垃圾做完，已經是氣喘吁吁。

他仔細地把他的垃圾都收拾好，最後還衝紅毛那幫人笑了笑。當他如釋重負剛要走的時候，紅毛旁邊的黃毛踩著袋子，把裡面的東西又都揉出來，嘿嘿壞笑著說：「這就想走呀？」

王垃圾像是已經習慣了別人的蹂躪，點頭哈腰地說：「還有什麼吩咐？」

黃毛踢騰著幾個瓶子說：「這綠茶怎麼算？紅茶怎麼算？學個王八！」

王垃圾二話不說，馬上在地下爬來爬去，一邊叫：「我是王八，我是王八。」

黃毛一干人笑罵：「媽的，哪有王八說話的？」

王垃圾見有人對他的表演不滿，只好拿出十二分精神來，看來這王八也早不是第一回學了，這一認真，馬上把王八那種有條不紊慢騰騰的樣子學了個十足十。

黃毛拿起一塊小石頭丟在王垃圾頭上，王垃圾立刻像王八受了驚那樣一縮腦袋，黃毛他們放肆地大笑起來，王垃圾小心地陪個笑，試探著站了起來。

這時，馬路對面一個滿頭綠毛的混混又領著一幫人衝了過來，把王垃圾好不容易再次收拾好的東西一通亂踢，我們身旁的夥計說：「看見沒，這是好幾撥人，每天輪流欺負王垃圾呢，誰能欺負出花樣來，誰才有面子。」

項羽重重拍了一把桌子，一句話也沒說，可是我知道，這是羽哥真生氣了。

王垃圾的麻袋在第N次被踢散以後，他表現出了一種比狙擊手更為優良的心理素質，只見他不急不躁，見到可樂瓶，就不管誰在前面，趴下就是一個頭，然後叫聲爺爺，再自覺地把瓶子收回來……

王垃圾自己並不知道他拍馬屁拍在馬腿上了，還殷勤地做著各種怪樣，綠毛臉色越來越陰沉，突然用盡全力一腳踢在王垃圾屁股上，猝不及防的王垃圾被踹得慘叫一聲，像隻離弦的箭般躥了出去，在兩百米以外的地方蹦跳了半天，這才慢慢踅回來，臉上居然又掛上了笑。

一個小混混裝模作樣地看著錶說：「嗯，不錯，破了劉翔的記錄了。」引起一片大笑聲，綠毛多少得回了些面子，笑著向王垃圾招手道：「過來！爺賞你個好活——」

王垃圾忙不迭地跑過去，綠毛抓著他的脖領子，指著馬路對面一個時髦的女郎，惡狠狠地說：「去問問那個女的裡面穿什麼顏色的內褲，問回來有賞。」

王垃圾的笑容凝固了一下，但又點頭：「是是。」說著就要往對面跑。

幾個痞子同時壞笑著問：「怎麼驗證啊？」

綠毛放肆道：「王垃圾，你要問不出來，我們可就只能自己去看了。」

王垃圾飛快地跑到那女郎面前說了一句什麼，女郎愣了一下，隨手甩了他一記耳光，綠毛他們看著哈哈笑了起來，他們畢竟只是小混混，太出格的事還幹不出來，也就任由那女的走了。

項羽這時已經氣得微微發抖，指著王垃圾道：「這種人任他上輩子是什麼蓋世英雄，淪落到這種地步還有必要去管他嗎？」

我笑了一聲道：「羽哥，話不是這麼說呀，張冰不知道自己是誰以前，也就是一個小女人。」

項羽重重地嘆了一聲：「英雄遲暮，英雄遲暮啊！」

王垃圾見痞子們笑得很歡暢，知道自己這回立了功，也志得意滿地踱了回來。

綠毛大聲道：「過來，賞你一個。」這小子居然就肆無忌憚地拉開褲子往一個瓶子裡尿了起來，然後把瓶子交給走過來的王垃圾。

王垃圾倒是很自覺，舉起來就要喝。綠毛一把攔住他，壞笑著說：「這不是給你喝的，是給他喝的。」說著一指一個剛從大貨車上下來的強壯司機。這小子借刀殺人玩上了癮，看樣子是想再讓這壯漢揍王垃圾一頓，他們好看熱鬧。

那漢子足有一米九多高，滿臉橫肉，看著就不是個善類，綠毛他們仗著人多勢眾當然不怕他，倒楣的就只有王垃圾了，要把這漢子惹毛了，揍他個半身不遂那是很容易的事。

王垃圾也知道利害，端著那半瓶子尿再也笑不出了，綠毛一瞪眼：「快去！」

王垃圾忽然直挺挺地跪在綠毛面前，哀求道：「你們饒了我吧，你們想怎麼玩我都可以，可別讓我害人呀！」

綠毛他們一愣，一起笑道：「媽的，覺悟還挺高，原來是不是怕死。」

綠毛一腳一腳踩在王垃圾臉上，連聲怒罵，「你去不去，你去不去……」

項羽這時終於抹了一把臉，把一直拿在手裡的誘惑草扔在我面前，好像下了很大的決心似的毅然說：「拿去，快點！省得我改了主意。」

我一把搶在手裡，高聲叫道：「王垃圾，你過來！」

綠紅黃三毛一起瞪我，但是看了看我和項羽的架勢，誰也沒第一個站出來，保持了小混混見了老混混應有的禮數。

王垃圾察顏觀色，很快判斷出了局勢，他一溜煙跑到我面前，照舊謙卑地笑著：「爺爺，你有什麼吩咐？」

我和項羽忍不住仔細打量著王垃圾，很可惜我們沒有看出這個老傢伙有什麼綿裡藏針的氣質，他已經完全被捏成了一團麵。

我把那片誘惑草扔在他面前，只說了一個「吃」字，王垃圾撿起那片草，陶醉地聞了聞，但還是不失警惕地問：「這個吃下去不會出事吧？」

項羽不耐煩道：「那你還想怎樣，你覺得你這麼活著有意思嗎？」

王垃圾聽了這句話，終於和項羽對了一眼，我發現他的嘴角苦苦地咧了一咧，我敢發誓，那絕非覺醒前的頓悟——他是怕項羽站起來揍他。

王垃圾一咬牙一閉眼，把誘惑草拋進嘴裡嚼了幾下就咽進肚去，我和項羽定定地盯著他看，等他身上緩緩散發出王八之氣，可是等了半天也沒動靜，那邊紅黃綠三毛又大喊起來：「王垃圾，完事沒，快給老子死過來！」

王垃圾又連滾帶爬地跑過去，這時那個大貨車司機已經走了，綠毛他們意興闌珊，綠毛撇開腿說：「算了，今天便宜你，再鑽個褲襠就放你走。」

王垃圾忽然放慢了腳步……我緊張得連呼吸都忘了，我似乎看到一個英雄在漸漸復蘇，彷彿聞到了即將到來的腥風血雨——然後，王垃圾撲通一聲就跪在綠毛面前，伏低身子，向綠毛兩腿間鑽了過去。

我和項羽面面相覷，幾乎不敢相信自己的眼睛，愣了好一會，我才想起什麼，跟項羽說：「媽的，吃了老子的寶貝再去鑽人褲襠，這位蓋世英雄，難道是——」

項羽跟我異口同聲道：「韓信？」

我和項羽看著王垃圾向綠毛爬過去，均感愕然，項羽手按桌子道：「難道單吃誘惑草竟然不起作用嗎？」

我一個激靈：「你說那姓何的不會誆咱們吧，為了把咱手上的藥給弄掉，隨便支出來一個看著可憐兮兮的拾破爛兒的？」

項羽也是一愣，隨即道：「即便如此，這人上輩子是騾子是馬，總該現個形吧？」

說話之間，王垃圾的頭已經探進綠毛的兩腿中，眼看就要爬過去的時候，王垃圾忽然一伸手攥住了綠毛的褲襠，綠毛正叉著腰腦袋望天，全無防備之下被攥得尖叫了一聲，王垃圾緩緩爬起，沉聲道：「叫爺爺！」

綠毛驚怒交加，最讓他意外的應該不是被人攥住了褲襠，而是攥他褲襠的這個人居然是王垃圾，他的臉因此而嚴重走樣，嘶聲道：「你給我放開！」

黃毛和紅毛他們愣了一下，都失笑起來。

綠毛的人想上去幫忙，但事關小綠的子孫後代問題，又不敢輕易出手，在一旁紛紛罵：「找死啊你！」

我問項羽：「歷史上哪位英雄善攥人褲襠？」項羽哭笑不得，連連搖頭。

王垃圾背對著我們，所以看不清他臉上的表情，只聽他很輕柔地跟綠毛說：「叫聲爺爺就放你，快點。」

綠毛張開嘴剛想罵，大概是王垃圾手上加了幾分力，一句脫口而出的髒話就此變成一個看上去很疼的吸氣，黃毛紅毛他們依舊笑嘻嘻地看著，他們知道，今天這事開始有意思了。

王垃圾這時顯然已經失去了耐心，忽然冷冷道：「算了，你不用叫了，本來你還能給我當孫子，現在只能當孫女了……」

綠毛在反應過來這句話的意思後，立即歇斯底里地大叫起來：「爺爺，爺爺！」

王垃圾笑道：「真乖。」說著居然真的放開了綠毛，用剛剛攥著他褲襠那隻手在綠毛臉上親暱地拍了兩下。

這下我也糊塗了，本來我以為王垃圾會挾持著綠毛，一直等他安全了再說，他現在把人放了不是找死嗎？

被釋放的小綠渾忘了報復，就那麼呆呆地看著王垃圾，莫名所以。

王垃圾再不看綠毛一眼，轉臉跟黃毛和紅毛說：「我孫子叫了我一聲爺爺，你們要是不叫，他以後大概也就沒法在這一帶混了，為了不讓我孫子說我不知道疼人——你倆也叫我一聲吧。」他這番話說得理所當然，就像老師在給小學生講道理一樣，有點連哄帶嚇的意思。

紅毛和黃毛的笑僵固了，他們笑是因為綠毛本來不是他們一夥的，因而幸災樂禍，卻沒想到禍事這麼快就降臨到自己頭上。

紅毛伸出一根手指指著王垃圾，大概是思維短路，平時口頭禪都帶髒字的他，現在連一句罵人的話也想不出來，王垃圾快如閃電地把右手食指順著紅毛的嘴角插進他的腮幫子裡，然後使勁往下一勾，紅毛不由自主地側彎下身子，雙手下意識地去護嘴巴。

「別動！」王垃圾用勁往下一褪，威脅道：「是不是想讓我給你把嘴撕在耳朵後頭？那樣你以後吃餡餅就不用捲了。」

項羽納悶道：「為什麼以後吃餡餅不用捲了？」

我給他解釋：「嘴要咧在耳朵後頭，一張餡餅剛好能整個放進去。」

項羽：「……」

王垃圾就那樣用一根手指勾著紅毛，大聲道：「叫爺爺！」

紅毛痛苦地歪著身子，嘴角的血滴滴嗒嗒地掉下來，可是他完全沒法反抗，如果他一個直拳把王垃圾打開，那他嘴角還得裂，雖然可能不至於像王垃圾說的那麼誇張，但是真要開了偏門，最少是吃飯抽菸兩不誤了。和他一起的人不敢輕舉妄動，綠毛和黃毛也不方便管，現在要往上衝絕對有趁人之危的意思，最後得罪的還是紅毛。

王垃圾的性情不知什麼時候變得格外急躁，他往上提了提紅毛，喝道：「叫個爺爺這麼難嗎？」

紅毛鼻涕眼淚一起掉，悶聲道：「啞啞——」

王垃圾專注地把耳朵支上去，眼睛看著他問：「你說什麼？」

紅毛吸著冷氣調整了半天口型，才又叫道：「爺爺……」

王垃圾把指頭伸直使紅毛掉在地上，把手指上的口水在紅毛身上擦著，笑罵道：「話都說不清，有你這樣的孫子也夠丟人的。」

紅毛趴在地上，看王垃圾的眼神裡充滿了恐懼。

這時王垃圾擦著手，像在寒冬裡剛吃了一頓涮羊肉似的舒坦，他把上衣撩起來擦了擦額頭上的汗水，笑著跟黃毛說：「該你了，叫吧。」

這會紅毛和綠毛本來都已經自由了，兩幫人要一起衝上去，王垃圾絕不是對手，但人就是一種很奇怪的動物，這倆人在王垃圾手上受了奇恥大辱，現在就剩黃毛安然無恙，這倆人反倒不急了，默不作聲地站在後面看著。

黃毛也分析出了目前的狀況，他往後退了一步，勉強笑道：「……老王，以前兄弟愛跟你開個玩笑，你可別在意呀。」

王垃圾根本不搭理他，把手虛支在耳朵上探過去：「快點叫，我等著呢。」

黃毛拍著王垃圾肩膀故作豁達地說：「哈哈，老王就愛開玩笑。」

王垃圾執拗地說：「叫爺爺！」

黃毛終於再也憋不住了，從後腰上拉出一把一尺多長的匕首來，勃然道：「別給臉不要臉！」

王垃圾看了看，失笑道：「喲，還帶著刀呢，你會玩嗎？」他一伸手猛地抓住了黃毛的胳膊，黃毛不禁一抖，刀險些掉在地上，王垃圾探出另一隻手來，把黃毛的指頭都捏在刀柄上，笑模笑樣地說：「別怕，我教你怎麼殺人。」

王垃圾把黃毛拿刀的手架在自己脖子上，然後歪過頭，拍著暴起的青筋說：「看見沒，這有一根最粗的血管，一刀割斷，神仙難救。」

黃毛的刀磨得極其鋒利，一片雪白的刀光映得王垃圾的脖子也亮堂堂的，黃毛幾次手軟差點把刀扔了，都是王垃圾幫他重新拿好。

王垃圾看了一眼渾身哆嗦的黃毛，訝然道：「怎麼，看不起割脈呀？那我再教你一招。」王垃圾把黃毛的手頂在自己的左胸脯上說：「知道這是什麼地方嗎，對，是心臟，捅在這也一刀就死！」

王垃圾把黃毛空著的手拿過來捂在自己胸脯上劃拉著，「摸著肋骨沒，第一刀知道怎麼捅嗎——別使太大的勁，扎在肋骨上不好往外拔，要揉著往裡扎。」

王垃圾一邊說，一邊拿著黃毛的手給他示範，黃毛此刻已經變成了一個木偶，傻傻的任其擺佈，王垃圾教完黃毛，往後退了一步，說：「都教給你了，來吧，你不是想殺我嗎？」

黃毛舉著刀，紋絲不動地站著。王垃圾駝著背，抬頭看著黃毛，但那氣勢簡直就是一個巨人在鳥瞰天下。

王垃圾催促道：「快點，你倒是殺不殺？我那還有朋友等著呢。」

項羽看了半天，跟我說：「這人功夫並不甚高，只不過是有股狠勁，我還真想不出歷史上誰是這副品性。」

我鄙夷道：「你當然想不到，你之前才有幾年歷史？」

項羽道：「哦，那你知道這人是誰？」

「……我也不知道，我最瞭解的歷史是去年。」

場上，王垃圾催了幾次，黃毛都不動手，王垃圾用恨鐵不成鋼的口氣說：「那我幫幫你！」他忽然抱住了黃毛拿刀的手，我們都以為他要奪刀，誰也沒料到他照著自己的心臟狠狠地扎了下去……

最後還是黃毛嚇得手一歪，刀子深深地扎進了王垃圾的肩膀，鮮紅的血一圈一圈慢慢洇濕了王垃圾的衣服，黃毛已經整個癱了，然後捂著臉像個小姑娘一樣尖叫起來。

王垃圾暴喝一聲：「叫爺爺！」

黃毛帶著哭音忙不迭地喊：「爺爺！爺爺！爺爺！」

所有的痞子都呆若木雞，別說上去動手，連跑的力氣也沒有了，王垃圾滿意地笑了笑，挨個指著他們的鼻子說：「你們要想拿回面子我隨時奉陪，但是記住，要來就把我弄死，只要給我留一口氣，你們和你們全家的命就不是你們自己的！」

王垃圾說完這番話，再也不看他們一眼，滿面帶笑走到我和項羽的桌前坐下，衝老闆一揮手：「給這來瓶啤酒。」

老闆端著啤酒一溜小跑過來，恭恭敬敬放在王垃圾面前，王垃圾一指我們：「這兩位兄弟的帳我結了，多少錢？」

老闆點頭哈腰地說：「瞧您說的，認識這麼長時間了跟我說這個……」

王垃圾一拍桌子：「噁心不噁心，老子巴巴地白喝你瓶啤酒？多少錢？」

老闆畏縮道：「一共九塊……」

王垃圾解開紅腰帶，從褲子裡掏出一大把臭烘烘的鈔票，數了十張扔在地上：「不用找了！」老闆撿起錢，逃荒似的跑了。

王垃圾用牙咬開瓶蓋喝了一大口，痛快地打了個酒嗝，笑看我們：「兩位什麼人？」

我指了指他肩頭上的刀：「能不能把那個拿下去再說話，我眼暈。」

王垃圾把刀拔下來隨手扔在桌上，嘿然道：「見笑了。」他傷口處頓時血流如注，王垃圾撕開衣服裹了兩下，毫不在意。

我現在最好奇的是面前這個老變態的身分，於是問：「怎麼稱呼？」

王垃圾大概知道我在問什麼，很直接地答道：「柳下蹠。」

我撓著頭道：「柳下？這姓很耳熟，柳下惠……」

柳下蹠道：「那是我哥。」

我吃驚道：「坐懷不亂的柳下惠是你哥？」打死我也沒想到著名的君子有這樣一個弟弟。

柳下蹠不屑道：「提他幹什麼，一個偽君子。」

我小心地問：「那女的你見過沒？」

柳下蹠愕然：「哪女的？」

「就是坐你哥懷裡那個，是不是因為她長得太醜……」

柳下蹠有點生氣地打斷我：「幹嘛誰見了我都先跟我說他呀？我也有名有姓啊！」說到這，王垃圾自豪地說：「我是一個惡人吶！」

我陪笑道：「看出來了。」

項羽一直冷眼打量王垃圾，他好像始終有點看不上他，這時忽然道：「你是不是有個綽號叫盜蹠？」

柳下蹠一拍大腿：「明白人！正是在下，你是哪位？」

「某乃項……算了，跟你說了你也不知道。」

柳下蹠腦子很快，笑道：「看來你還在我之後呢？」

我介紹說：「這位是項羽，羽哥。」

柳下蹠道：「是了，柳下蹠確實不知道項羽，可王垃圾就再沒文化，也聽說過西楚霸王啊。」

項羽淡淡一笑，指著柳下蹠跟我說：「這人就是當年大名鼎鼎的盜蹠，領著千把人橫行諸侯無惡不作，還把去跟他辯論的孔丘給罵跑了。」

我幾乎驚得站起來：「孔丘？是孔聖人嗎？」

柳下蹠道：「就是那老傢伙，我是看他跟我哥不錯，才沒拉下臉折騰他，誰知道這老東西囉哩巴嗦沒完沒了，當時要吃中午飯了，我就喊了聲『把那盤清蒸人肝端上來』，這老傢伙夾著尾巴就跑了。」說到這，柳下蹠放肆地大笑起來，「孔老二活生生給老子噁心跑了，哈哈。」

我滿頭黑線，一個激靈下，忽然脫口而出：「天地也，只合把清濁分辨，可怎生糊突了盜蹠、顏淵——盜蹠，我想起來了，上學那會學關漢卿的《竇娥冤》裡有這麼一句，那這麼說你是壞人啊？」

柳下蹠愣了一下，說：「老子不是英雄也不是壞人，對了，老子是梟雄，一世梟雄！」

「採訪一下，由王垃圾一下變成一世梟雄有什麼感想？」

柳下蹠道：「對了，還沒問你呢，古怪是不是出在你剛才給我吃的那東西裡？」

我點頭，簡單跟他說了幾句誘惑草的事，對這種人，有些事情已經沒有保密的意義了。

柳下蹠聽完感慨良深，最後嘆道：「我算看明白了，人善被人欺，當人，就要當惡人！」

我和項羽對視了一眼，苦笑不已，這位被人欺負了大半輩子的昔日大盜，看來已經告別正確的人生觀了。

我問柳下蹠：「盜哥，你以後打算怎麼辦，不然先跟著我隨便幹點什麼，不能再跟破爛兒過了吧？」

柳下蹠豪氣干雲地說：「在哪跌倒就在哪爬起來。」他指著黃紅綠三毛道：「看見沒，那就是我的生力軍，看見那家夜總會沒，最多再過一個月那就是我的！這個啤酒攤兒，我的！」

我急忙跟他握手：「祝你成功。」

我見也再沒什麼話可說了，就站起身道：「盜哥，那兄弟我就告辭了。」

柳下蹠跟我握了握手：「兄弟，感謝的話我就不說了，咱雖然是惡人，但心裡都明白，誰對咱好，咱十倍百倍得還吶，這就叫盜亦有道——對了，這句話還是咱的首創呢！」

就在我們剛要離開的時候，柳下蹠忽然一眼掃見了自己肩膀上的傷口，像是嚇了一跳的樣子，慌張地捂著那裡漸漸委頓下去，我忙問：「他這是怎麼了，失血過多？」

項羽說：「這麼點血不至於吧。」

柳下蹠抬起頭看了一眼四周，艱難地說：「我這是怎麼了，我怎麼流血了？」

我心說還不是你剛才裝酷搞的！

柳下蹠一屁股坐在地上，茫然道：「我是誰？」

我急忙上前：「盜哥你這是怎麼了，你不是柳下蹠嗎？」

柳下蹠使勁盯著我看了半天，勉強笑道：「哦，是小強兄弟，還有霸王，你們還沒走呢？」

「就要走了……」

「哦哦，路上小心——那瓶兒還要嗎？」柳下蹠指著我們喝空的啤酒瓶子問道。

「……不要了。」柳下蹠顫顫巍巍從地上爬起來，小心地把桌上的瓶子收進他的編織袋裡，最後還朝我們謙卑地一笑。

等他背對我們離開的時候，我才發現他的背駝得更厲害了，剛才那種逼人的氣勢早已無影無蹤，看著又是一副窩囊可憐相。

我納悶道：「這一世梟雄怎麼回事，難道這樣的人還暈血？」

項羽忽然在我耳邊低低地說：「是副作用！」

我隨即恍然，沒經過加工的誘惑草果然有著致命的副作用，那就是：會間歇性失去藥性，完全遺忘上輩子的情景，就好比柳下蹠，他收服小混混的時候是柳下蹠，可就在剛才，他又變成了那個誰都可以凌辱的王垃圾，最後一點藥性使他認出了我和項羽，如果現在過去再問，他肯定已經不記得我們，而且也忘了自己上輩子是誰了。不知在什麼時候，他會再次變身那個大惡人……

在車上，我自言自語地說：「這樣的柳下蹠怎麼調教『三毛』，能成功佔領夜總會嗎？」

項羽白我一眼道：「你替他操的什麼心？」

我笑道：「我覺得盜哥挺好的，至少不虛偽，你怎麼老看不上他呢？」

「哼哼，捏人褲襠，拉人嘴角，也敢稱自己是梟雄！我早知道是他的話，說什麼也不會把誘惑草拿出來的。」

柳下蹠和柳下惠這兩兄弟都如此變態，我想這就得歸結於當時教育的失敗了。

說到教育，說真的，打死我也沒想到自己最後居然投身了教育事業，費三口跟我說了，育才現在直屬教育部，育才的校長，性質和北大清華的校長是一樣的；換言之，育才的校長和北京市長是平起平坐的。

但由於育才的建成完全是一個無心之失，導致它直到現在也沒有正式的校長一職。我一心想把為教育事業兢兢業業奮鬥了一輩子的老張扶上這個位置，但他的身體確實是做不了，老張已經出院回家靜養了，而育才的法人代表是我，所以，我，蕭強，就成了育才的掌門人，一個理論上能和我們省長平起平坐的……啊就混混。

不過費三口又跟我說了，因為育才牽涉到一定的國家機密並且有軍方的參與，所以我這個校長註定不會像別的學校領導人那樣擁有高曝光率，最多在市內參加一下植樹節之類的。

好漢們和四大天王他們已經於上個禮拜出發去新加坡了，隨行的還有曹沖，他現在和程豐收形影不離，借這個機會讓小傢伙出去見見世面也好。還有一個家屬是方臘他老婆，這些人一走，學校頓時安靜下來，每天只有徐得龍一早帶著孩子們出操，剩下的時間就是由顏景生安排他們上文化課。

至於何天竇那，完全沒了下文，我猜這和他失去了戰略目標有關係，這說明我把好漢們支到國外去是很明智的；再一個，我揣測他手裡的藥也不多了。所以這段時間我過得很平靜，幾乎恢復到了以前無所事事的狀態，每天就坐在當鋪的一樓發呆。

劉邦和黑寡婦雙宿雙飛，在漢高祖雄圖大略的幫助下，鳳鳳已經搶佔了本市山寨版成衣業七成的市場，甚至跨足國外精品品牌。

項羽最近消沉得厲害，他好像已經放棄了復蘇虞姬的計畫，那天回來的路上，他只跟我說了一句話：「這就是天意。」

至於秦始皇，他玩遊戲的過程簡直能拍成視頻放到網上去，就拿超級瑪麗來說，從第一部第一關開始到最後一關，他能不吃金幣不吃蘑菇，光靠一通跑來通關，把遊戲熟悉到這種程度的人玩起來當然是沒什麼趣味了，所以胖子也開始百無聊賴起來，經常甩著胳膊到樓下溜達，我估計他到樓下溜達就是找活的兵馬俑去了。

這天我正在樓下坐著呢，接到李師師的電話，說她和金少炎已經先劇組一步到達開封了，準備在那裡拍外景。

這就奇怪了，既然準備在那裡拍外景，為什麼要先劇組一步去呢？一聽就是金少炎那小子在使詭計。

這時包子準備上班去，聽說是李師師的電話，就坐在我腿上聽著，我問李師師：「金少炎在你旁邊嗎？」

「不在，他去領房門鑰匙了，怎麼了？」

「你們倆人開了幾間房？」

李師師：「兩間吧……」

我叮囑道：「記住，千萬要開兩間房，除此之外，總統套房也不行！」

包子擰了我一下：「你管那麼多幹什麼，要有那心，開二十間房也照樣一起睡。」

其實睡不睡的對成年人來說不是關鍵，我是怕她和金少炎鬧到最後真的不可收拾。

李師師顯然是聽到了包子的話，無奈道：「呀，你們……」就掛了電話。

包子趕上班去了，我們很久沒親熱了，我坐在那裡焦躁得不行，索性把兩隻胳膊放在桌子上，蹲伏起身子，仰天長嘆道：「嗷——嗚——」

這時劉老六一推門進來，他身後有一人手按劍柄道：「你們民族也是以狼為圖騰的？」

我見是劉老六，衝他歪了歪腦袋：「坐。」見他身後恍惚還站著一人，我問：「剛才誰說話？」

劉老六向一旁讓開，說：「來，你們見見。」

劉老六一閃身，他後邊這人便露了出來，一身戎裝，頂盔貫甲，腰間懸著三尺長劍，雖然低著頭看不見面貌，但能感覺出是一位年輕的將領。

他單腿向前邁了一小步，把雙手在腹前一合，大概是在跟我打招呼，我忙向他抱了抱拳。隨即跟劉老六小聲抱怨道：「怎麼又弄來個武將，你不知道現在是敏感時期嗎？」

劉老六賊兮兮地在我耳邊說：「仔細看。」

這位年輕將軍施禮畢，恢復立正姿勢，嘩啦一聲，護肩和戰裙上的鐵葉子一陣作響，端的是乾淨俐落，顯然是真正的行伍出身，英姿颯爽。

他以手按劍，隨即抬起頭來，我在他臉上瞄了一眼，只見此人兩條細長的眉毛直入鬢角，由於久歷沙場，膚色有點像巧克力，但依然非常細膩，嘴唇線條柔和，嘴角微微上翹，顯得有點不羈和頑皮。作為一個軍人，他的長相似乎有點娘娘腔，我盯著他看了半晌，越看越覺得怪怪的。

劉老六在一邊嘿嘿笑著，我終於嗅出了一點特殊的味道，我一拉劉老六，小聲問：「女的吧？」

不等劉老六說話，我的新客戶已經把頭盔拿下來抱在懷裡，笑道：「眼力真好，我的那些夥伴十二年都沒看出來。」說話間，一頭長髮已經垂了下來，披在肩甲上，一股女性特有的溫柔氣息撲面而來。

我問劉老六：「這是哪位？」

劉老六道：「你猜。」

我猜——中國歷史上有名的女將就那麼幾位，幾個少數民族的女權代表並不避諱自己的性別，還有幾位鐵娘子都是光明正大直接以女兒身報效國家，刻意喬裝成男人的，只有……

「花木蘭？」我試探地問。

花木蘭微笑著朝我點點頭，隨即納悶道：「你怎麼知道我？」

我叫道：「誰不知道你啊，唧唧復唧唧嘛，當年我默寫就這個及格了。」

我悄悄問劉老六：「木蘭怎麼來了？」

劉老六得意道：「這多好，男的裡頭誰好意思跟花木蘭動手？我就不信何天竇能把穆桂英和梁紅玉找來為難你。」

我說：「你們怎麼個意思，跟姓何的就這麼耗著？」

劉老六高深莫測道：「放心，他就快遭天劫了。」

我興奮道：「九雷轟頂那種？」

「差不多。」

我看看他們，問：「大白天的，你們就這麼過來？」

劉老六道：「我特地從影視路繞過來的，那正好拍古裝戲呢。」

花木蘭笑眯眯地打量著我：「小強是吧，你是什麼民族的？」

我蹲在椅子上尷尬道：「漢族。」

花木蘭一手拎著頭盔，一手摸著下巴說：「跟我一樣，我也必須像你那麼坐嗎？」

劉老六小聲跟我說：「木蘭一直跟周邊少數民族打交道，對民族禮節很注意。」

我結巴道：「你……想怎麼坐都行。」花木蘭以為我是跟她客氣，就學我的樣子蹲在沙發上。

劉老六道：「那你們聊吧，小強好好照顧木蘭，一個女娃在外邊吃了那麼多年苦，嘴上不說，心裡多委屈呀。」

劉老六走以後，我們倆就這樣蹲著面面相覷，老半天我才乾笑著找著話頭：「木蘭，你多大了——我是指你的實際年齡。」

花木蘭想了一下，道：「我十七歲代父參軍，打了十二年仗，你自己算。」

廿九歲，在古代來說絕對是高齡剩女了，難怪花木蘭不肯直說呢。

我忙說：「那我得叫你一聲姐——看著跟十八似的，你沒騙我吧？」我隨口恭維著，不過花美眉看上去真的很年輕。

花木蘭笑靨如花：「沒有，我從不說謊的。」

看來她們那時候還不流行稱讚女性年輕，所以這馬屁拍得我們的巾幗英雄很是舒服。

我說：「花姐，咱要不先沐浴更衣一下？」

花木蘭噌一下跳到地上，說：「走。」

嚇我一跳，扈三娘雖說土匪出身，但從外表到內心都還是個十足的女人，只不過是潑辣了點；佟媛一身好功夫，沒事的時候大家閨秀一樣，如此乾脆俐落的女人我還真是第一次見。

我在頭前領路，木蘭就跟在我後面，每上一個樓梯，甲片都譁然作響，響得我心裡癢癢的。

樓上只有秦始皇，我又犯了嘀咕，該給木蘭姐姐找一套什麼樣的衣服呢？想了半天，還是把她領在我的臥室裡，從櫃子裡拿出一件襯衫和牛仔褲，示意她自便，花木蘭把頭盔交給我，衝我嫣然一笑，伸手去解脖子裡的絲巾，我急忙走出臥室把門關上。

不一會兒工夫，花木蘭整理著前襟走了出來，她的盔甲連同那把劍被她整整齊齊疊好擺放在床頭，她低著頭說：「這衣服還不錯，就是扣子難繫了點。」

我一回頭，不禁失笑，原來花木蘭把襯衣上的扣子全扣反了，本來是把扣子往扣眼裡塞才對，她倒好，全部把扣眼翻了個個兒，包在扣子上面。

「你扣反了。」說著，我用手摸著自己胸前想提示她一下，這才發現我穿的是T恤。

「反了？那怎麼弄？」木蘭低頭擺弄著，向我尋求幫助。

我下意識地伸出手去想幫她，馬上又縮了回來：除了這件襯衫，她裡面什麼也沒穿，這要解開可就春光乍泄了，我只好拿起一件帶扣子的衣服示範給她看：「看，是這樣……」

木蘭恍然道：「我說怎麼那麼難扣呢。」她背過身去把扣子重新扣好。

花木蘭身形並不高大，但是很修長，多年征戰使她的身材保持得很好，仍然像個健康的少女，寬大的男襯衫一穿，別有一番風情。

花木蘭換好衣服，道：「你這哪能洗澡？」

我把她領到浴室，教她怎麼開蓮蓬頭，我把沐浴乳、洗髮精都擺在她面前，告訴她用法，說：「你先洗吧，一會我帶你四處看看，劉老六跟你說了吧，我這其實不是什麼仙界。」

花木蘭點頭道：「我知道，要是仙界我還不來呢──對面屋裡那個胖子沒病吧，怎麼自言自語的？」

我說：「有病那個不在，一會兒給你介紹胖子。」

我剛出浴室，門裡面就傳來洗浴的聲音──門都沒鎖！木蘭姐姐男人作風太強悍了。

我走到秦始皇門口跟他說：「嬴哥，這段時間先別去廁所啊。」我怕他看到不該看的遭受打擊，花英雄對中國的第一任皇帝好像殊乏敬意。

我在樓下待了沒十分鐘，樓梯口，木蘭探出滿頭是泡泡的腦袋，說：「小強，怎麼沒水了？」

「啊，不會吧？」我邊往樓上走邊說，忽然站在原地問，「你穿著衣服吧？」

花木蘭往外一探身子，她已經穿戴整齊，只是頭髮上全是泡沫，我長出了一口氣，跟著她走到浴室，一看才發現：居然停水了！

花木蘭捋著黏乎乎的頭髮說：「這怎麼辦？」

我只好提起水桶說：「你蹲下，我幫你沖。」

花木蘭蹲在浴缸旁邊，邊讓我幫她沖洗頭髮邊說：「你們平時洗澡都得湊齊兩個人嗎？」一邊說邊揉弄著頭髮，脖頸處一片白膩。

我打岔道：「花姐，當年在軍隊裡，你洗澡什麼的方便嗎？」

花木蘭道：「嗨，當兵的時候，天天跋涉累得要死，都是偷空找個沒人的地方擦一把了事，後來當了先鋒官，一個人一頂帳篷這才好點。那時候每天就是惦記著跟人拼命，誰有工夫在乎身上髒不髒？」

我一愣，一個女孩子，在戎馬倥傯的歲月裡，不但要天天跟窮凶極惡的匈奴廝殺，還得提防戰友識破自己的性別，做披著羊皮的狼難，做披著狼皮的羊更難吶。

花木蘭抬眼看著我，問：「你怎麼不倒了？」

原來我一呆，手上的活也停了，我急忙繼續幫她澆頭髮，說：「我只是有些感慨罷了。」

花木蘭詫異地看了我一眼，不管不顧地站起身來：「你也是女的？」

不等我說話，她就在我胸口重重摸了一把，然後喃喃道，「比我還平，怎麼裹的？」

我拿開她的手，鬱悶地說：「我是如假包換的男人！」

木蘭哈哈大笑起來，隨手抓過毛巾擦著頭髮，拍著我肩膀說：「我還說女孩子要長成你這樣怎麼嫁人呢。」

我小聲嘀咕：「那是你沒見我們家包子。」

「什麼，誰是包子？」

「我沒過門的老婆。」我正色道：「對了，正好跟你說這事，我那口子回來，你就跟她說是我表姐，特意從外地趕來參加我們婚禮的，她什麼也不知道……」

我把包子的情況跟她一說，花木蘭點頭道：「行，那你以後就叫我姐吧。」

第十章

偶像的偶像

王羲之茫然道：「你是？」

柳公權道：「我也喜歡寫字啊。」

這老頭乍見偶像，一時興起就用手指蘸著酒水在桌上劃拉起來，

王羲之背著手看了幾眼，大聲道：

「哎呀，你這個中鋒寫得好啊，石刻斧鑿，骨意昂然。」

我們來到樓下，花木蘭往沙發上盤腿一坐，用手抖著濕漉漉的頭髮，我問她：「姐，這一年有什麼打算？」

花木蘭滯了一滯，莫名地感傷道：「打了這麼多年仗，幾乎忘了自己是誰，現在，我想做一回女人。」

花木蘭見我眼神異樣，隨即蹺起一條腿，把胳膊肘支在上面，一副男人樣，自嘲道：「呵，是不是很難？」

我連忙說：「你其實很漂亮，絕對算得上美女！」

花木蘭把手一揮：「切，你見我這麼黑的美女嗎？」原來她對自己的膚色沒有自信。

說實在，她是比那些都市白領皮膚顏色深了些，但配上她幹練豪爽的軍人作風，顯出一種格外的成熟和野性美。

透過閒聊我才知道，花木蘭從軍十二年，回家不久之後就病逝了，大概是打仗的時候染上了很嚴重的胃病，所以剛從戰場上下來就離開了人世，只留下一個千古美名和給花家的世代榮耀，根本沒來得及享受這一切，所謂「當窗理雲鬢，對鏡貼花黃」，只是後代詩人的一種美好想像而已，更別說嫁人什麼的了，所以，木蘭才有了這麼一個願望：做一回女人。

正說話間，項羽從外面一推門進來了，他見沙發上坐著一個客人，微微點了點頭，便往樓上走去。

我急忙給花木蘭介紹：「這位是項羽，剛才樓上的胖子是秦始皇。」

花木蘭站起身，有點吃驚地說：「楚霸王呀？」看得出，身為武將，花木蘭對項羽好奇心更濃一點。

項羽聽我這麼介紹，重新打了一眼花木蘭，問我：「來新客戶了？」說著也不多問，直奔樓梯走去。

我眼睛一亮，猛地拉住項羽——腦海裡剎那的想法把我自己也嚇了一跳：花木蘭想做一回女人，別的咱幫不上，是不是能把項羽介紹給她當男朋友呢？沒聽說麼，巾幗英雄配西楚霸王，怎麼看怎麼都是珠聯璧合的一對呀，反正虞姬也沒影兒了，花木蘭哪點也不比張冰差啊。

我拉住項羽，鄭重給他介紹：「羽哥，這是花木蘭，代父從軍十二年，忠孝兩全，可是位好姑娘啊！」

項羽哦了一聲，「軍人啊？」

我忙道：「這是咱中國屬一屬二的女將軍！」

花木蘭微微有些不自在，謙虛道：「哪是什麼將軍，當過幾年先鋒而已。」

項羽忍不住問道：「你們是什麼朝代，怎麼靠女人打仗？」

花木蘭這下可不高興了，皺眉道：「女人怎麼了？我身經大小數百戰，也沒被人家圍得鐵桶似的！」

項羽臉上一沉，這話對他確實有點惡毒了，可見木蘭繼承了中國女性吵架時牙尖嘴利、點人死穴的傳統，要不是因為她是女的，項羽大概早就動手了。最後他沉聲道：「別讓我在戰場上遇見你！」

「遇見又能怎麼著？」花木蘭不甘示弱地說：「柔然的騎兵比劉邦的漢軍只強不弱。」

這意思很明顯，就是說我的敵人比你的敵人要強大得多，可是我贏了你輸了，由此推算出：我比你強太多了。

項羽一甩手，哼了一聲：「無謂之爭，嘴上的功夫！」一副好男不跟女鬥的架勢就要走開。

花木蘭鄙夷道：「不服試試，你不是連兵法推演也不會吧？」

項羽「咦」了一聲，不得不重新打量眼前這個女人，衝我一伸手道：「小強──」

這兩人一照面就接火，項羽這一喊嚇我一跳：「幹什麼，你不是要和女孩子動手吧？」

項羽瞪我一眼道：「給我紙筆。」

項羽不耐煩地從我桌上拿起一張白紙和兩枝筆走到花木蘭跟前，遞給她一枝，隨即在紙上畫了起來，不一會兒紙上就出現了山河小徑還有平原。

項羽在紙中畫了一個圈，跟花木蘭說：「你我各五千步兵，搶這一點。」

花木蘭接過筆道：「好！」然後好奇地把玩著手裡的筆。

我忙湊過去看，見兩人各從一頭排兵佈陣，一會兒紙上就畫滿了代表士兵的點點。項羽在一個河邊畫個圈，一邊說：「我以此為供給點，向目的地發起急行軍……」

花木蘭不客氣地在他必經之路的山上畫圈圈：「我離這比你近，兵分四路這樣伏擊你，看你過是不過？」

項羽輕蔑地一笑：「區區五千人居然還要分成四路，你會不會帶兵？」

但是隨著花木蘭的解說，項羽臉色漸漸凝重起來，看得出他在謀略上已經吃了大虧。

花木蘭把項羽的兵都圈起來，然後引了一條箭頭通過山間，說：「等出了這座山，你最多還剩下五百人，就算把目的地讓給你，你能守得住嗎？」

項羽目瞪口呆，最後只得說：「就算我只剩五百人也還有勝算……」說著拿筆在紙上胡亂劃拉著，「只要我帶頭衝幾個來回，絕對能把你的人趕散。」

這下誰都看得出項羽開始胡攪蠻纏了，花木蘭把筆一扔，表示不屑和項羽玩了。

項羽惱羞成怒道：「打仗又不是紙上談兵，項某乃萬人之敵，難道懼你這區區五千步卒？」

項羽一甩手走了，走到一半忍不住回頭說：「那我要不走山路呢？」

花木蘭道：「那你就肯定比我晚到目的地，五千對五千，我在城上你在城下，什麼後果你知道了吧？」

項羽哼了一聲，儼然地消失了。我今天才發現羽哥也有孩子氣的一面。

打跑項羽，花木蘭又盤腿往沙發上一坐，朝我無奈地一笑。

我說：「姐，我領你隨便看看吧。」

我得把日常生活的知識先教給她，不能讓包子見我這表姐連錶都不會看，連門也不會開。我從牆上掛的石英鐘開始，一直給她介紹，直到樓上的各種電器。

秦始皇玩著遊戲，頭也不回地問：「來新人咧？」

我忙給花木蘭介紹：「這是秦始皇，以後叫嬴哥就行。」

花木蘭朝秦始皇笑了笑，然後搔著頭說：「秦始皇……剛才那個是項羽，那還不……」

我急忙對她做了個噤聲的手勢，然後才悄悄告訴她：「荊軻也在樓下呢。」

花木蘭頓了一頓，道：「你這也太熱鬧了吧？」

我點點頭：「還行，晚上劉邦回來更紅火。」

花木蘭啞然失笑：「這兒還有什麼人？」

我說：「蘇武給我看大門，盜蹠在郊區收保護費呢，剩下的你就不知道了，等以後有機會再給你介紹。」

我跟正在客廳裡抽菸的項羽說：「羽哥，你開車帶著木蘭姐出去轉轉。」

項羽把菸掐了，拿起車鑰匙朝花木蘭勾勾指頭：「走。」

花木蘭看來很不願意跟項羽在一起，說：「騎馬就行，坐什麼車呀？」

項羽站在樓梯口說：「少廢話，騎馬能上一百邁嗎？」

花木蘭跟在他後面走了出去：「什麼叫邁……」

直到他們走出大門口我才反應過來：項羽開著報廢車居然敢跑一百邁！我趴在玻璃上衝

項羽狂喊：「羽哥，慢點開！」話音未落，項羽和花木蘭已經一溜黑煙跑沒影兒了。

我坐在樓下打了一小會兒盹，再睜眼天已經有點暗了，包子提著菜籃子進來，一邊回頭說：「軻子，洗洗再吃……」只見她身後，荊軻拿著個咬了一口的柿子在探頭探腦地張望。

包子進了門，問我：「聽軻子說，下午家裡來了個女的？」

我按照編排好的謊話說：「我表姐，特地來參加咱們婚禮的。」

「人呢？」

「跟羽哥出去了。」

「以前沒聽說你有這麼多姐姐妹妹呀？」

我說：「等著吧，辦事那天不定還來什麼人呢，我們蕭家那也是名門望族來著。」

包子鄙夷道：「你不是跟我說，你們家就你爺爺的堂兄給偽保長算過帳嗎？」她問我，「也該算人了，你說那天十桌夠不？」

我搖頭：「夠吧。」笑話，十桌！三百那天肯定回來，加上梁山好漢這就多少桌了？

包子上樓以後沒多大工夫，門口汽車熄火的聲音，緊接著傳來吵架聲，項羽的聲音：「……那我右翼的兩千騎兵就看著你打我？」

花木蘭的聲音：「你的兩千騎兵早被我利用俯衝之勢摸掉了！」

項羽不服的聲音：「來，你給我說說，就憑你不到三千重步兵怎麼吃掉我的騎兵？」

花木蘭邊用肩膀抵門，邊在手掌上比劃：「我不是跟你說了麼，在沒總攻以前，我先偷襲你的騎兵營，你的騎兵總不能在馬上睡覺吧？」

看來這倆人一路上什麼也沒幹，換了幅地圖又交上火了，我納悶，都是打了半輩子仗的人，還沒打夠嗎？

兩人吵吵嚷嚷地進來，項羽明顯在兵法上又吃虧了，於是他故技重施，變態英雄再現江湖，以一敵萬突出重圍……

花木蘭用教訓的口氣說：「你老是這樣，打仗不是一個人兩個人的事，要講究……」

我接口道：「團隊合作。」

花木蘭一拍手：「對，就是團隊合作，你老強調……」

我再接口：「個人英雄主義。」

花木蘭：「嗯，個人英雄主義是不行的！」

項羽擺手道：「那你老強調陰謀詭計就對嗎？十個人絕對就能圍住一個人嗎？我項某的部下哪個不是以一擋百的精銳，我那兩千騎兵就算光著屁股照樣反吃你三千步兵。」

花木蘭氣哼哼地跟我說：「看看這人講不講理吧？說好只論兵法，再說，我的人又不是紙糊的，憑什麼你的楚軍一個人就能當我兩個人用？」

我聽得頭大如斗，連連揮手說：「你們別吵了，戰爭這東西沒法說，人家官渡之戰怎麼打的，淝水之戰怎麼打的，以弱勝強多的是。」

這時包子聽見有人說話，從樓梯口探出頭來問：「表姐回來了？」

我向她一招手：「來我給你介紹。」

我把包子拉在花木蘭跟前說：「表姐，這就是我老婆，包子。」

花木蘭把包子攬在懷裡，右手重重拍了她肩膀一下，我想這可能是他們過去的軍禮。

包子笑道：「也不知道表姐要來，啥也沒準備，晚上想吃什麼？」

花木蘭道：「隨便吧，把東西弄熱乎就行，吃了好些年冰疙瘩，就是胃有點不好。」

「吃炸醬麵行嗎？」

花木蘭道：「行！」

包子揉著肩膀小聲跟我說：「表姐真夠酷的。」說著上樓去了。

我跟花木蘭說：「姐，見了我老婆，對自己有信心了吧？」

花木蘭瞟了我一眼道：「你懂什麼，這才叫女人，我喜歡這姑娘！」

我看著花木蘭惋惜地說：「可惜師師不在，要不讓她領著你先買幾套衣服。」

「師師是誰？」

我頓了一下，含糊道：「皇帝的妃子。」

花木蘭道：「哦，你們的皇帝是不是又選妃呢，我剛才出去還看見了。」

我愕然：「什麼？」

項羽在一邊說：「露天展會上模特兒表演呢。」我這才恍然。

開飯了，麵條端上來以後，花木蘭拌了點醬，把麵條捲在筷子上，像啃雞腿似的那麼吃，我剛拌上黃瓜絲兒她已經吃完了，驚得我們嘆為觀止。

見滿桌人都看她，花木蘭不好意思地說：「習慣了，軍令不等人，有一吃就趕緊吃一口，練出來的。」

包子問：「表姐參過軍？」花木蘭點頭。

包子滿眼小星星：「我就說嘛，你身上有股特別的氣質，你是怎麼進去的？」

包子不止一次跟我說過，她二十歲前最大的夢想就是參軍，可惜那時候服役名額已經緊缺，沒有門路根本進不去。

花木蘭隨口說：「我是因為我爹才去的。」

「呀，伯父是哪個軍區的首長吧？」包子口氣曖昧，不由自主地帶著一股巴結之意，她甚至還瞪了我一眼，大概是怪我有這種親戚為什麼不早告訴她。

我立刻瞪回去：「軍隊裡有紀律的，保密！」

花木蘭看出包子的拳拳之意，拍著她的手說：「我要是能回去就把你帶上，不過，你要能吃苦才行。」

包子立刻挺起胸：「我當然能吃苦，我每次站在門口就把自己想像成一個衛兵，站好每一班崗！這樣就一點也不累了。」

項羽嘆道：「可惜我們都回不去，要不我非給包子封個將銜，我相信她一定會是個好軍人。」

秦始皇看著包子，猶豫了一會才說：「歪餓（那我）讓你當餓滴司馬。」司馬，國防部部長？

我鄙夷地看了他們一眼，就會出一張嘴，你們還回得去嗎？我摟著包子肩膀說：「讓咱去咱也不去，還是當我老婆就好。」

飯間我跟包子說：「明天能休息不，你帶著表姐買點東西。」

包子不解道：「你和姐去唄，不就是逛逛街嗎？」

她大概以為我這表姐也就是初到外地想隨便看看，她哪知道花木蘭想做女人的心思？而且女人的玩意兒我陪著去也不方便呀。

晚上睡覺的時候，我把花木蘭安排在包子那屋，花木蘭挺新奇的，據她自己說，這還是她第一次和女人在一起睡……

第二天，包子早班一早走了，我今天的計畫就是包裝花木蘭，木蘭已經養成了睡不解衣的習慣，早上起來襯衫皺巴巴的，雖然長得不醜，但這身行頭穿出去對一個女人來講是有點糟糕。

木蘭自己倒沒有太在意，在我的指導下，用牙刷刷完牙以後，衝我曖昧的一笑，說：「你小子好福氣，看包子那身板，絕對是個生兒子的料。」

我無言以對，花木蘭見我不自在的樣子，拍著我肩膀哈哈笑道：「害羞啦？你還沒見過她的身子吧？」

我很想告訴她，我對包子身體的瞭解比對我自己的還熟悉，但是我怕說了以後會引起尷尬，畢竟時代的觀念完全不同，我怕她會把我往道德敗壞那想。

我鄭重地跟她說：「姐，今天咱們就來完成做女人的第一步，包裝自己。」

「包裝？」

「嗯，就是打扮。」

花木蘭頓時局促起來，四下看著說：「你這有粉沒有，女人哪有我這麼黑的？」

說實話我不覺得她黑，那是一種健康的金棕色，我把她擋在臉前的手拿下去，直視著她的眼睛說：「抹成藝妓那樣的已經過時了，咱們先從頭做起。」

我看到花木蘭的頭髮因為常年缺乏保養，有的已經開叉了，所以我決定先帶她去做個頭髮。

上了車，我發現花木蘭捂著肚子滿臉痛苦的表情，我小心地問：「你不會是那個來了吧？」

花木蘭皺著眉頭說：「胃疼，打仗時落下的病。」

她一隻手捂著胃，另一隻手疼得直砸車門，我把車開到藥店門口，幫她買了藥和一袋熱豆漿，上了車塞在她手裡說：「吃兩片。」

「這是什麼？」

「治胃痛的藥。」

花木蘭用豆漿送了兩片藥下去，不一會兒果然大見緩和，她輕鬆地擦著汗，感激地看了我一眼說：「我要真有你這麼個弟弟就好了。」

我心說：你要真有我這麼個弟弟當然好，打仗就不用你去了。

等上了路，我問她：「覺得這裡怎麼樣？」

花木蘭目不暇接地說：「的確比我們那時候好，就是女人穿得少了點——你看那個女的，大腿都露出來了。」

「哪兒啊？」

花木蘭指給我看，一個翹臀女郎穿著超短裙在我們的視線裡走了過去。要不是目光敏銳的花先鋒，我差點就錯失了看絕世尤物的機會，沒想到帶著花木蘭上街還有這好處。

我倆一起看完女人的大腿，我說：「你昨天不是就看了嗎？」

花木蘭道：「昨天淨跟項羽吵架了。」

我忙問：「你覺得項羽怎麼樣？」

花木蘭對項羽的評價只有五個字：「可以做兄弟。」看來兩人之間根本不來電呀。

我找了一家全市最好的髮型設計室，把花木蘭推在那個裝扮樸素的女設計師面前：「你就照著參選世界小姐的標準給我姐拾掇，什麼離子燙分子燙，該用的都用上。」

女設計師站開一步，打量了一下花木蘭，又用手撩了撩她的頭髮，微笑著說：「這位小姐適合大波浪。」

我說：「大波浪不是流行過了嗎？」

設計師笑道：「流行沒有過去一說，要看個人氣質和條件的。」

我一揮手：「那你弄吧，反正要是不好看，我不給錢。」

女設計師僵硬地笑了笑，趁我不注意白了我一眼。

花木蘭拉住我小聲問：「非得燙嗎，是不是很疼？」說著，她看了一眼坐成一排燙髮的顧客，疑慮地說，「你看那麼多人都受傷了。」

我把她按在椅子上說：「你放心吧，比裹腳輕鬆。」

女設計師開始給花木蘭修頭髮，我就被發配在休息席看雜誌，在我旁邊有兩個打扮入時的時髦女白領，大概也是在等人，自從看到花木蘭進來，兩人就一直盯著看，不時小聲議論幾句，還比比劃劃地指自己的臉。

花木蘭本來就對自己的膚色很敏感，見有人在一邊嘀咕，頓時變得十分窘迫，我們的女英雄在戰場上無懼無畏，但哪個女人不愛美呢？恢復了女兒身的將軍，照樣怕人對自己的容貌說三道四。

我看得相當不爽，正想上前找事，誰知這倆女的突然站起來，一溜小跑到花木蘭跟前，其中一個怯生生地問：「小姐，請問怎樣才能把皮膚曬成你這樣的顏色？」另一個把手捧在心前，狀極癡迷。

花木蘭一愣，察覺到對方不是在故意諷刺之後，才呆呆地說：「曬成這樣幹嘛，好看啊？」

倆白領面現迷醉之色，異口同聲道：「當然，太美了！」

其中一個還說：「我們也做過日光浴，可是曬出來的顏色不對。」另一個馬上說，「嗯，跟中毒了似的。」

花木蘭哭笑不得地說：「像你們這樣白白淨淨不是挺好的嗎？」

「好什麼呀？看著病歪歪的，哪像姐姐你，一看就顯得知性和成熟。」另一個索性拽住花木蘭撒嬌說：「姐姐，你就告訴我們吧，我們絕不外傳。」

我咳嗽一聲站起，朗聲道：「你們想變成那樣嗎？」倆女立刻把目光集中到我這，我慢條斯理道：「這主要取決於你們的老爹……」

其中一個誤會了我的意思，捂著嘴驚訝道：「原來姐姐是混血兒呀，難怪這麼漂亮。」

兩個人立刻顯出無盡的失落來，這才依依不捨地走了。

花木蘭看看我，聳了聳肩，好像很無奈似的，可我發現她趁人不注意，得意地摸了摸臉，哎，女人吶。

好吧，繼續看雜誌。

當一個全新的花木蘭站在我面前時，還是一個字：帥！

那一頭大波浪飛揚跋扈肆無忌憚，顯出無限張揚，但是配上花木蘭清澈的眼眸和嬌憨的性格，正如小白領所言：知性，成熟，這是一種有個性的帥氣。現在只少點東西，那就是她這一身衣服有點太隨便了。

可這件事就有點尷尬了，難道要我領著花木蘭逛內衣賣場？我開始冒汗，花木蘭問：「你怎麼了？」

「沒事，咱先休息一下，等涼快點再逛。」我得利用這個工夫想想辦法。

我帶著她進了一家高檔咖啡館，一個全副空姐打扮的服務員把厚厚的菜單遞給我，我假裝很懂似地說：「不看了，先給我來杯卡奇布諾，再來一杯鮮牛奶。」

我問花木蘭：「你真的連一天女裝也沒穿過嗎？」

「沒有，怎麼了？」

我摸著下巴說：「總得有個風格參考一下，你喜歡什麼樣的？」

花木蘭四下裡看了看，忽然指著對面卡座說：「那個妹妹好漂亮。」

我順她手一看，只見一個明眸皓齒的小美女正坐在那裡沉思，我忙喊：「小雨！」

倪思雨莫名其妙地抬頭看了看，我把胳膊招搖著，繼續大喊：「倪思雨，這！」

倪思雨終於看見了我，端上她的杯慢慢走過來，笑道：「呵呵，小強。」

我說：「這個時間你不好好訓練，跑到這種地方幹什麼，跟男朋友來的？」

「才不是呢！」倪思雨看見花木蘭，忽然俏臉一沉：「這是誰，包子姐呢？」

我在她腦袋上拍了一把：「小腦瓜裡胡想什麼呢，這是我表姐。」

「真的嗎？」倪思雨半信半疑地問。

花木蘭笑道：「真的，我昨天還和你包子姐在一起呢。」

這時，一個身材微胖的禿頂老頭走過來對倪思雨說：「小雨，我跟你說的事好好考慮一下吧，儘快給我答覆。」說完夾著包走了。

這下輪我拷問倪思雨了，我臉一沉問：「這是怎麼回事？」

一個看上去事業成功的老頭讓一個漂亮女孩儘快給他答覆，很容易引起人不好的聯想，倪思雨不會是……

倪思雨也使勁給我來了一下：「腦瓜裡想什麼呢，他是教練！」倪思雨低著頭說：「他是一個外國教練，想讓我去他們隊裡發展。」

我說：「這不是好事嗎？」

倪思雨摳著指甲道：「可是得更改國籍……」

我明白了，倪思雨自從跟張順和阮家兄弟學藝以來，成績突飛猛進，肯定引起不少外國教練的注意，現在想挖牆角。

我問她：「你爸是什麼意思？」

「他說尊重我的選擇。」

看來小雨她爸是偏向讓她出去，一個運動員的運動生涯短短幾年，拋去經濟利益不說，誰不想引起重視？

「那你是怎麼想的？」

倪思雨咬著嘴唇說：「我很矛盾，我現在的成績比上不足比下有餘，需要更好的教練和合理的方法，可是一想到要改國籍，心裡就怪怪的。」

花木蘭悄悄問我：「改國籍是什麼意思？」

我說：「就是從這國人變成那國人。」

「那打起仗來該幫哪頭呢？」

這是當了十二年軍人的結果，考慮問題永遠那麼直接尖銳，眼裡揉不得半點沙子。但這顯然把簡單問題搞複雜了。

花木蘭見我支吾了半天回答不上來也不再問，只深深看了倪思雨一眼。

倪思雨笑笑說：「先不想這些了，小強，你們在這幹嘛？」

「帶我表姐買幾身衣服——誒，你下午沒事吧？」

倪思雨很自覺：「我和你們一起去吧，還能幫著參考參考。」

我笑道：「那最好了，這個姐姐剛還誇你漂亮呢。」

「呵呵，姐姐才漂亮呢。」小丫頭忽然怯怯問：「……大哥哥，還好吧？」

「挺好。」我小聲跟花木蘭說：「——項羽的小粉絲。」

花木蘭迷惑地看著我，我只得又跟她解釋什麼是粉絲……

我原以為倪思雨的加入會使我們買內衣之行不再那麼彆扭，可是等進了女性內衣店我才發現我錯得厲害，這種尷尬還是來源於組合，事實上，一男一女逛內衣店，只要我不說，誰也不知道我們是什麼關係，可是一男二女一起來這個地方，那就很難說得清了，我迎著服務小姐曖昧的目光，手腳都沒地方擱。

還有一點我錯了，我以為花木蘭會多少有些不自在，畢竟當眾購買如此私密的東西肯定難為情，沒想到她一見到琳琅滿目的胸罩就興奮地撲了上去，喃喃道：「好漂亮的胸甲，昨天我見包子就戴著一副。」說著隨手就拿起一副往胸前扣。

合著她以為這是到兵器鋪了。

我小聲在花木蘭耳邊說了幾句話，花木蘭聽完奇怪地看著我說：「穿裡面，內甲？」

我：「……」

花木蘭拿起一件走進了試衣間，我走到倪思雨跟前對她說：「進去幫幫她。」

沒過一會兒，倪思雨探出小腦袋來，衝我比了一個「ＯＫ」的手勢，表示很合適。

出了內衣店不遠就是女鞋專賣，倪思雨問：「姐姐需要買鞋嗎？」

我毫不猶豫地往裡走：「買！」

女人打扮就是要從頭到尾，幾款經典高跟鞋擺放在最顯眼的位置，散發著高貴氣息，花木蘭背著手欣賞了一會，由衷地說：「真好看——幹什麼用的？」

……

當花木蘭穿上高跟鞋試圖站起來，幾次都搖搖晃晃地失敗了以後，她揉著腳小聲跟我抱怨：「你不是說你們這裡不用裹腳嗎？」

這時我的電話突兀地響了起來，我接起來，對方小心翼翼地說：「……強哥，我是孫思欣，你二大爺又來了。」

「他又有什麼事？」

「沒說，但看樣子在等你。」

我一手拿電話，遲疑地看了花木蘭一眼，倪思雨道：「你要有事就先走吧，我陪著姐姐就行了。」

花木蘭也揮揮手說：「你走吧。」

臨走我拉住花木蘭的手：「我相信你一定會站起來的！」

我把卡留給倪思雨，又告訴她當鋪的地址，讓她時間晚了就直接把花木蘭送回去。

我到了酒吧，第一眼就見舞池邊上坐著六七個人在那喝酒，現在是下午一點多，平時這個時段是絕對沒客人的，因為沒開大燈，黑糊糊的也瞧不見是些什麼人。

我跟孫思欣說：「買賣不錯呀，現在就開張了。劉老六呢？」

孫思欣往舞池那邊一指，我這才看見劉老六原來正跟那幾個人喝酒呢。

我頓時產生了一種不祥的預感，慢慢走近之後，只見劉老六身旁一共坐著六個人，全是老頭，個個鬚髮皆白，神情飄逸，相互間話雖不多，但看那樣子簡直是一個模子裡刻出來的，我懷疑他們分別是劉老大、劉老二、劉老三……劉老七。

我抱了抱拳，笑著招呼：「老哥兒幾個來了？」

老頭們很矜持，誰也不理我。我把劉老六拉在一邊，問：「這都是你們天橋底下算卦的老哥們兒吧？」

劉老六嘟囔道：「來……我給你介紹，這位是……」

我握住第一個的手，熱情道：「歡迎歡迎，以後常來玩。」

誰知第一個見我伸過手來，出手如電，一下拿住了我的脈門，用兩根手指搭在上面閉著眼睛凝神了片刻，遂盯著我跟我說：「你脾力不足，肝火上亢。」

我啞然道：「算命的連這也算？」

這時劉老六已經含含糊糊地介紹到了第二個：「這是柳公權。」

柳公權？聽著耳熟。

劉老六一指第三個老頭：「這是吳道子。」

這就更耳熟了，畫畫的好像……

劉老六再指第四個老頭：「這個，王羲之。」

在我吃了一驚的同時，被劉老六剛介紹過的柳公權也站了起來，攥著王羲之的手使勁搖著，激動地說：「前輩，真的是你呀？真是三生有幸啊！」

王羲之茫然道：「你是？」

柳公權道：「我也喜歡寫字啊。」這老頭乍見偶像，一時興起，就用手指蘸著酒水在桌上劃拉起來，王羲之背著手看了幾眼，也急忙站起來，大聲道：「哎呀，你這個中鋒寫得好啊，石刻斧鑿，骨意昂然。」

柳公權不卑不亢地笑道：「慚愧慚愧，不少是師法前輩來的。」

兩人越說越投機，就用手指一起劃拉，第五個老頭從懷裡掏出一大堆各式各樣大大小小的毛筆來，遞給二人每人一枝：「用這個吧。」

王羲之朝他點頭示意，隨即問：「不敢請教……」

筆販子衝王羲之施了一禮：「在下閻立本，對王大家也是很推崇的。」

王羲之還沒怎麼樣，吳道子蹦了起來：「閻大師？真沒想到在這能見到你，你仙逝那年我才七歲，跟大師緣慳一面，一直是我生平第一恨事啊！」

閻立本看了吳道子的手一眼，道：「畫畫的吧？」

「正是正是。」

這倆老頭越聊越來勁，再不搭理旁人了。

現在還剩最後一個老頭我不知道是誰，但我明白，檔次絕低不了，我現在反應過來了，這是一批新客戶，吳道子、閻立本、王羲之、柳公權，個個如雷貫耳啊。

劉老六把最後一個老頭介紹給我：「這位是華佗。」

哇！我就說麼，華神醫！我幾乎把手杵到了華老的鼻子上，一個勁說：「神醫，幫我看看脈象吧。」

那第一個老頭好像很不高興的樣子道：「我不是給你把過了嗎——你脾力不足肝火上亢！」

我剛要回口，一想都是這級別的，這位準也差不了，剛才太吵沒聽見這位叫什麼，急忙恭敬地問：「您老尊姓大名？」

這老頭淡淡道：「秦越人。」

呀，上當了，這個還真的沒什麼名氣。

華佗渾身微微顫抖，直起身子道：「秦越人，可是神醫扁鵲嗎？」

扁鵲道：「不敢當，一介尋常郎中而已。」

扁鵲！哇，我一把抱住老頭叫道：「扁神醫，親爹，你一定得給我看看我有什麼病，就算治不了也別跑！」

這次來的客戶總結如下：倆寫字兒的，倆畫畫兒的，還有倆看病的，可謂都是知識分子，我看了眼劉老六，劉老六點點頭道：「是，前段時間因為何天竇的事兒積壓了一批客戶，這幾天我可能得往你這多送幾趟人，尤其是文人。」

我看了看在座的幾位，學醫的可以起死回生，寫字的是千字千元（不止！），畫畫兒的隨便甩個墨水點就能賣個幾十億不成問題。面對此情此景，我慢慢生出一種暈眩感。

六位大神在我的酒吧裡把酒言歡，一時熱鬧非凡，可惜就是缺倆彈琴的，劉老六把我拉在眾人面前道：「這是小強，各位以後的飲食起居都由他照顧。」

六個老頭客氣地跟我點頭致意，雖然沒幾個是認真的，但我也很滿足了，這可都是國寶啊！

劉老六跟我說：「那你忙吧，我得趕緊辦下一批人的手續去了，這文人們來了，何天竇應該拿你沒辦法。」

這時候大神們的聊天內容已經向著更為複雜的程度發展了，吳道子拉著柳公權說：「你這字寫得好啊，下次我畫完，你給我配幾個字吧。」

自古書畫不分家，繪畫大師一般字也不會差到哪兒去，但畢竟術業有專攻，吳道子抱著力求完美的心態對柳公權發出請求。

這裡頭，柳公權年紀最小——大概只有一千兩百多歲，其他人都是他前輩，於是謙虛道：「不勝榮幸！」

閻立本和華佗聊了一會說：「大夫，我最近看東西眼花，久坐之後更是頭暈目眩，你說這是怎麼了？」

華佗給他把了一會脈說：「你這是氣血有點虧，加上長時間不運動，哪天有工夫了，我把五禽戲教給你。」

我搓著手說：「祖宗們，大家也都累了吧？咱們先去休息一下。」

王羲之道：「小強，喝了這半天的酒，口渴得很，找點能潤喉的來。」

這下我更為難了，伺候王羲之這個級別的得喝什麼？

「王老爺子，咱這不賣茶，要不您忍會，我帶您去茶樓？」

王羲之擺擺手道：「不用，解渴的就行。」

我忙跑吧台問：「咱們這什麼最解渴？」

「礦泉水……」孫思欣奇怪地看了我一眼。

「不行！」這個被我輕易地否決了，總不能讓大師們以為我就拿涼水來招待他們。

「那就只有這些飲料了。」孫思欣抱出一大堆花花綠綠的瓶子，我一古腦全攬在懷裡放在老頭們面前。

閻立本先拿過一瓶雪碧端詳著，道：「這個東西畫畫能用上。」我忙告訴他那不是顏料，一邊幫他擰開，閻立本喝了一口點點，未做評價。

扁鵲嘗了一口可樂道：「味道怪得很，什麼藥材配的你知道嗎？」

開玩笑，我要知道就不在這了，可口可樂配方一百多年來都是個謎，有人估算光這方子就值好幾億美金呢。

我問他：「您喝得出來嗎？」

扁鵲先是搖搖頭，然後說：「這裡必定有幾味我還沒見過的草藥，假以時日，不難推算出來。」

老頭們喝著飲料，好像都還滿意，過了一會，我把國寶們先讓到車上，忽然想起了什麼，又飛奔回酒吧，孫思欣正在收拾剛坐過的桌子，我搶上去拿袖子先一頓亂抹，問孫思欣：「剛才那幾位沒留下字條什麼的吧？」

「沒有呀。」孫思欣發現我有點語無倫次。

「那就好……」我又一陣風跑到車上，我這才想起來，他們是六個人，而劉老六的交通工具是我淘汰下來的摩托車，那他們是怎麼來的？

柳公權最後給了我解釋：「劉老六在前邊帶路，給我們幾個雇了輛車。」

哦，搭計程車來的，劉老六膽子真夠大的，他也不怕司機半路跑了，綁架這六個活寶可比綁架比爾·蓋茲來錢快，只要好吃好喝養著，把他們隨手寫的玩意兒拿去就能賣個千八百萬——哪怕是求救信呢。

車到了學校門口，因為裡面還在鋪路，所以只能徒步，一群人下了車，吳道子一眼就看見了校旗，不禁指著天上誇張地說：「那是掛著個什麼玩意兒？」

對這面經常被人誤會成三角板的校旗，在別人跟前，我完全可以理直氣壯地說這是抽象藝術，但在這老哥兒幾個眼皮子底下我哪敢放肆，害羞地說：「那是我們學校的校旗。」

吳道子把一隻手擋在頭頂上，一個勁地說：「拿下來拿下來，真夠不嫌丟人的！」

我立即照辦，拽著滑輪把旗子降了下來，吳道子拿在手裡問我：「你這是畫的什麼？」

王羲之在一邊插嘴道：「字還寫得這麼醜！」

我老老實實地說：「這是一個小人兒，這是一個大人，因為我們是一個文武學校，所以代表面對惡勢力不妥協不害怕的境界……」

畢竟是藝術大師，吳道子很快就理解了我的意思，說：「寓意是好的，就是畫功太差了，畫這畫的人不超過十歲吧？」

真是目光如炬啊！

吳道子找了塊平坦的地方把畫放下，自己盤腿坐到地上，從懷裡掏出畫筆和一盒墨來，喃喃道：「我實在是不忍心看你天天丟人，幫你添幾筆吧。」

我湊上前去討好地說：「您索性幫我重畫一幅唄。」

吳道子頭也不抬道：「沒那工夫。」

他見附近沒水，就把喝剩下的半瓶子可樂往墨水匣裡倒了點，研了幾下，蘸好了筆，在那小人兒身周和太陽上細心地描了幾下，布料擴印，剎那間多了幾分山水意境，把那兩個人物襯托得立體起來，吳道子畫完把筆遞給閻立本：「至於人物，那是非閻大師不可了。」

閻立本笑了笑道：「不用左一個大師右一個大師的，我癡長你幾歲，就厚顏稱你聲賢弟吧。」

吳道子也很想親睹閻立本風采，把畫筆又往前遞了遞道：「閻兄請。」

閻立本不接那筆，伸出右手，用小指頭撩了點墨水，在旗中兩個人物臉上刮了幾下，隨即搓著手道：「呵呵，大功告成。」

再看畫裡那兩個人，一個怒目橫眉，一個態勢熏天，形神躍然紙上栩栩如生，吳道子端著畫布癡癡端詳，不住說：「妙，妙啊……」

閻立本笑道：「吳賢弟這幾下又何嘗不是神來之筆？」

王羲之接過畫布，又拿起一枝筆來，說：「畫是好了，只是這字著實醜陋，羲之不才，擅做主張幫你改了吧。」

我小聲嘀咕：「那可是李白的真跡……」

吳道子聽了，呵呵笑道：「是小白寫的呀，難怪如此飄逸，你放心，我跟他乃是舊識，你就說是我主張改的，他絕不會怪罪於你，再說能得羲之兄的墨寶，那是三生有幸的事啊。」

後來我才知道，吳道子不但和李白認識，而且大李白二十歲，難怪敢叫詩仙小白呢……

王羲之拈著筆，面帶微笑在李白原來的字上修改起來，因為畫布有限，重寫地方肯定是不夠，再說看著也不像話，我們是育才文武學校，又不是育育才才文文武武……學校，校園再大，名字也不能帶回音啊。

所以王羲之只在原來的字上把邊角拓開，使每一個字看上去都像是重寫的一樣。

王大神看來酒喝得正好，心情也愉悅，隨手幾筆先把「亡月」連在一塊，使我們學校回歸本名，再抹勾提腕，把「才文」兩個字也勾畫出來，再看「育才文」這三個字——我也看不出好壞來，但至少看上去是渾然天成了，王羲之忍不住道：「嗯，今日這三個字，寫得竟比《蘭亭序》還滿意幾分。」

他得意之際正要把下面的字也描出來，一眼看到柳公權在邊上躍躍欲試，便把筆遞過去：「剩下的就有勞柳老弟了。」

柳公權點點頭，也不說話，提筆就寫，看來是早就醞釀足了情緒，於是「武學校」這三個字就在他手底下重新做人（字）了。

人們老說「顏筋柳骨」，後三個字經他一寫，格外崢嶸，連我這外行都看得津津有味，尤其那個「武」字，真是劍拔弩張，看著就帶種。

四個老頭各施絕技完畢，相互一笑，然後齊聲跟我說：「掛起來我們看看。」

我把旗子又升上去，我們的大旗迎風招展，旗中，兩個人勢成水火，最妙的是，平分秋色之下居然能讓人有意無意地體會到那個小人兒的奮發精神。

老頭們欣賞了一會旗，都很滿意，吳道子遺憾地說：「可惜小白不在，要不讓他即興賦詩一首，豈不是千古美談？」

我說：「我抽空就把他接回來，他現在跟杜甫在一塊呢。」李白在老張搬回家住以後，索性也跟了去，倆老頭現在形影不離。

我帶著一幫大師來到舊校區，中途還瞻仰了一下蘇武老爺子，蘇侯爺對新發配的生活很滿意，披著老棉襖，手裡緊緊握著他的棍子，在小屋門口支了一口鍋，每天去食堂揀點菜自己熬著吃，相當自得其樂。

隨著好漢們去新加坡比賽，舊校區基本上已經人去樓空，我當眾示範了一些生活常識，然後找到徐得龍，告訴大師們以後有什麼不明白的就問他，徐得龍身為武官，只對前朝的各位名宿表示了應有的敬意，至於老爺子們，根本不知道所謂岳家軍是何物，也只對他點頭示意。

這就是我們育才面臨的最大問題之一，來這裡的人，除了秦檜，都是英雄、名士、起義領袖，各代傑出之士，我覺得他們相互間應該惺惺相惜和睦相處，但目前他們彼此缺乏基本瞭解，尤其是前代對後代；第二，每來一個人我都得從生活常識一一教起，還得回答他們各式各樣奇怪的問題，光自行車和燈泡我就解說過不下二十次了，這讓我心力交瘁。

所以，我覺得非常有必要在他們和現代人接觸之前先開一個啟蒙班，包括自我介紹和傳授日用版十萬個為什麼，本來最好的教師人選是李師師，但現在看她肯定是顧不上了，我還得物色一個啟蒙班老師。

這個人首先得是已經在我這待過一陣子，熟悉現代生活，然後，這個人還得熟知歷史，這樣的話，最好是明清兩朝以後的客戶……

我發愣的工夫，一直沉默穩重的扁鵲就像個翻版二傻一樣，把電燈的按鈕按來按去，眼睛望著天花板直發傻，這不怪他，畢竟扁大夫距今兩千多年了，咱要穿越到兩千多年以後，還不定是什麼傻樣呢。

王羲之則對自來水龍頭產生極其濃厚的興趣，他把水擰開，從懷裡掏出毛筆，剛要洗，忽然鄭重地問我：「我洗筆的水是不是就流到樓下去了？」

我一時沒反應過來就點了點頭，王羲之立刻把筆收了起來，說：「那不能洗了，樓下的人萬一要喝了怎麼辦？」

我急忙跟他解釋說這水雖然流下去了，走的是另外一根管道，不礙事，王羲之這才又掏出筆來繼續洗，邊洗邊說：「這下就不用去池塘裡洗了，你是不知道，那池塘讓我長年累月的洗筆，裡面爬出來的青蛙都一色黑，還四腿寫篆字……」

眾人：「……」

柳公權四下轉了轉，指著廁所上的「男女」二字說：「這字也太難看了，盯著這麼醜的字如廁也不爽利，我給你換換？」

不等我說話，吳道子問我：「這是你開的私塾？」

我只能點頭，吳道子撇嘴道：「沒一點學術氛圍，還有，那幫小孩子不去讀書，在草地上瞎晃悠什麼呢？」

我看著一幫正在打拳的學生無言了，最後只能說：「我們是一所文武學校……」

「是嘛，文武學校，文在前武在後，把書讀好才是正經。」

幸虧現在只有寬厚的徐得龍在場，要是讓李逵扈三娘聽見這句話，這還不打起來?!

吳道子繼續說：「這樣吧，你這有大殿沒，我先給你畫幾個廬頂，你這實在是素得慌。」

閻立本道：「牆壁上我給你畫上孔子七十二賢。」

我誠惶誠恐道：「現在我這空間最大的兩個地方就是階梯教室和大禮堂了——其實是小禮堂，不知道入不入二位法眼；再說，你們有工夫嗎？」

閻立本和吳道子一起點頭：「有。」

這下我好奇了，剛才讓他們給我畫幅校旗都不行，這會兒倒有工夫了，我問：「幾位這段時間有什麼打算？」

閻立本看了看吳道子他們幾個，作為代表說：「字畫這東西，越搞才越覺得深奧——當然，醫術也是一樣，我們這些人，上輩子到了頭都還有些問題沒搞明白，雖然一年時間也做不了什麼，但總歸還是拋不下。就拿畫畫來說，到了新地方就有了新感覺，我現在只想畫畫，這一年裡，我只要能畫出一幅滿意的畫來，那就沒白來。」

其他幾個人紛紛點頭。

我明白，藝術家嘛，最滿意的作品永遠是下一個，脫口說：「對幾位的要求，我一定大力滿足……」

剛說了半句，我忽然意識到：文人其實比武將還要麻煩，武將來了，只要不出人命，打完一場就算，而王吳閻柳這四位的墨寶一旦流出去，只要是稍入門道的業餘愛好者一看，那就得引起大混亂。

我正色跟在座的幾位大師說：「各位大大，你們在學校裡搞創作就不說了，但一定注意：用過的紙啊、畫過的畫啊千萬收好，絕不能傳出去。」

幾人一起道：「為什麼？」

「幾位的作品實在是太珍貴了，全世界也就有那麼幾個國家級博物館裡有，萬一流出去，往小說頭破血流，弄不好就會引發戰爭。」

王羲之詫異道：「很值錢？」

「怎麼能說很值錢呢，是相當值錢！」

吳道子忍不住問：「有多值錢？」看來大神也有虛榮心。

「這麼說吧，」我一指窗外：「看見我這學校沒，到現在已經把十幾億花進去了，這些錢，各位只要在草紙上隨便劃拉幾下就賺回來了。」

四個老頭面有得色，吳道子問：「那我們在學校作壁畫不礙事吧？」

我說：「應該不礙事。」

柳公權看著窗外一眼望不到邊的工地，嘆道：「工作量不小呀。」

我說：「您只管給大地方題字，別的不用操心了。」

扁鵲忽然道：「看樣子我和華老弟是幫不上什麼忙了？」

我忙說：「您二位也了不得，現在咱們國家幾乎有醫院的地方就有二位的畫像。」

華佗笑呵呵地問：「畫得像嗎？」

我訕笑著搖搖頭，醫院裡的華佗像，包括扁鵲像、張仲景像甚至是孔子像，根本就是一個老頭換了個髮型而已。

閻立本道：「有工夫我親自給兩位畫，畫完再送他們掛去。」

扁鵲道：「我們來也不求名利，你只要給我們準備一間屋子就行，我先把治痲瘋病的湯劑研究出來。」

「……已經研究出來了。」

「啊？」扁鵲又驚又喜，一伸手道：「藥方給我！」

「這……我也沒有，您要理解，我知道的唯一醫學常識就是有病要去醫院。」

扁鵲朝思暮想的目標沒了，有點失落，我忙道：「不要緊的，愛滋病和癌症還等著您攻克呢，到時候拿個諾貝爾醫學獎不成問題。」

「艾滋，癌？」

大概是因為職業關係，扁鵲一聽這兩個名字就興奮起來，「你把現存所有的醫學書籍都給我找來。」

告別六位大神出來，我見校園裡剛卸下來一堆牌子，有長有短，製作得非常雅觀，我問他們：「這是幹什麼用的？」

一個工人說：「這是往草坪上插的，還有一部分是新樓裡的廁所標識牌。」

我說：「怎麼光牌子，上面的字呢？」

那個工人說：「字還沒定呢，等新校區建好，根據名稱，有些牌子是要做路標用的。」

我點點頭：「把廁所上用的都給我吧。」想了想，我又拿走幾個帶長把的，然後從工地上拎了桶黑油漆找秦檜去了。

秦檜自從來了學校更是閒出鳥來，偌大的宿舍樓除了他再沒一個人，因為還沒正式投入使用，也沒電視，徐得龍雖然從不過這邊來，但他也不敢輕易出去放風，無聊之際見我來找他，以為有什麼好事呢，急忙從床上爬下來。

我把牌子和油漆桶都堆在他腳下，把毛筆塞在他手裡：「你也給學校做點貢獻吧，寫倆字。」

秦檜甩著手腕子說：「寫什麼？」

我把那幾個帶把的牌子立在他眼前說：「這幾個，寫『愛護花草樹木』。」

「那些呢？」一說寫字，秦檜躍躍欲試，看來對自己很有信心。

我指著不下一百多的牌子說：「這些一半寫『男』一半寫『女』。」

「男女？」秦檜嘀咕了一會，叫道：「你不是要往廁所上掛吧？」

「就是，怎麼了？」

秦檜委屈地說：「有沒有洪武殿養心宮什麼的地方，我給你題上，保證絕對漂亮。」

我呵斥道：「少廢話，你這樣的只配給廁所題字——」

回到當鋪是下午四點多，花木蘭和倪思雨剛到家不久，花木蘭把高跟鞋甩在一邊，坐在沙發上拼命揉腳，腳邊放了一大堆購物袋。

現在的花木蘭儼然是一副某外商公司高管的樣子，雪白的襯衫，筆挺的套裝，看上去精幹無比。

倪思雨臨走的時候跟我說：「我想好了，不去外國了。」

我看了看沙發上的花木蘭，問：「那姐姐給你上愛國教育課啦？」

倪思雨笑道：「我想過了，今年我才十九歲，就算參加下一屆奧運會也來得及。」

倪思雨的眼光在屋裡掃來掃去，我說：「你大哥哥可能出去了。」小丫頭臉一紅，逃跑似的去了。

其後的兩天裡，劉老六也沒讓我閒著，又往我這帶來倆人，第一個是個老頭，第二個……還是一個老頭，第一位坐在酒吧裡什麼也不喝，一問才知道是茶聖陸羽，領到茶葉店東聞西聞，選了兩種名不見經傳的茶，回了學校又說水不行。

恰好那天是入秋後的第一場大雨，陸聖人趕忙把廚房能找到的所有的容器都擺在外邊接水，但是大家也知道，現在城市裡的降水都是酸雨，澆臉上就毀容，所以陸聖上午喝了一小盅雨茶，下午就再也離不開廁所了……

第二位一來，手老在桌上亂按，一開始我以為是電腦工作者呢，後來劉老六說這是俞伯牙。我一打聽才知道這就是「高山流水」的作者。當年俞伯牙摔琴謝知音可是引為一段佳話呢——鍾子期死後，俞伯牙認為世上已無知音，終身不再鼓琴。

這樣一來，育才已經集結了書聖、畫聖、茶聖、詩仙、琴仙等諸多藝術大師。

這天我又百無聊賴地坐在當鋪裡打盹，說真的，如果沒有後來的事情，我真願意就這樣一輩子下去，只是有點稍微對不起老郝，當鋪業績慘澹，有多一半原因是因為我混吃等死的態度，所以我已經下定決心，結完婚就辭職，只是現在還得借老郝的地方住幾天，這樣才能在結婚那天送給包子一個驚喜。

正在我將睡未睡的時候，一個電話吵得我一激靈，我抓起電話怒氣沖沖地說：「喂！」

老郝那樂呵呵的聲音：「強子你在呢？」

我臉一紅，真是說曹沖他爹，曹沖他爹就到啊。

「呵呵，老大。」

「最近忙嗎？」

「……還行。」我臉更紅了。

「你學校的事我都聽說了，辦得不錯呀，下次校慶記得叫我啊。」

「郝總，我……」

「強子，什麼也不用說了，我這個地方就是個耗人的營生，年輕人都幹不長我能理解，見你幹出自己的事業我也很欣慰，說句肉麻的話，我拿你一直當自己的兒子一樣。」

老郝語重心長地說：「不要有顧慮，你什麼時候想走，我立馬放人——你別多心啊，你要沒那意思，我也永遠歡迎你。」

反正這事遲早得挑明了，我期期艾艾地說：「幹完這個月行麼？」

老郝痛快地說：「行。」

我動情地說：「謝了，老大，以後有什麼事儘管張口，只要我能做的，絕對沒二話，我欠你的一定補報回來。」

老郝嘿嘿笑了起來，笑得我一身雞皮疙瘩：「現在就有一個機會，就看你敢幹不敢幹了。」

老郝要幹什麼？搶銀行？印假鈔？聽他的口氣，這事絕對簡單不了。

「老大，有事直說吧。」

老郝呵呵一笑：「好，那我就不繞彎子了，有人欠了我一筆錢沒還，而且看樣子不打算還了，我不知道他是不是真的忘了，所以準備找個人提醒他一下。」

「欠了多少？」我長出了一口氣，畢竟還在合法範圍內。

「五百萬。」

……

請續看《史上第一混亂》卷六 世紀暖男

史上第一混亂 卷五 水滸決鬥

作者：張小花
發行人：陳曉林
出版所：風雲時代出版股份有限公司
地址：10576台北市民生東路五段178號7樓之3
電話：(02) 2756-0949
傳真：(02) 2765-3799
執行主編：朱墨菲
美術設計：吳宗潔
行銷企劃：林安莉
業務總監：張瑋鳳

初版日期：2019年8月
版權授權：閱文集團
ISBN：978-986-352-710-7
風雲書網：http://www.eastbooks.com.tw
官方部落格：http://eastbooks.pixnet.net/blog
Facebook：http://www.facebook.com/h7560949
E-mail：h7560949@ms15.hinet.net
劃撥帳號：12043291
戶名：風雲時代出版股份有限公司

風雲發行所：33373桃園市龜山區公西村2鄰復興街304巷96號
電話：(03) 318-1378
傳真：(03) 318-1378
法律顧問：永然法律事務所 李永然律師
北辰著作權事務所 蕭雄淋律師

行政院新聞局局版台業字第3595號 營利事業統一編號22759935

國家圖書館出版品預行編目資料

史上第一混亂 / 張小花著. -- 初版. -- 臺北市：風雲時代, 2019.03-　冊；　公分

ISBN 978-986-352-710-7（第5冊：平裝）--

857.7　　108002518